2022年國家社會科學基金一般項目"敦煌講經文與東亞講經文獻研究"
（項目編號：22BZW068）階段性成果

敦煌講唱文學研究

計曉雲

圖書在版編目（CIP）數據

敦煌講唱文學研究 / 計曉雲著. -- 成都：四川大學出版社，2025.8. --（中國俗文化研究大系）.
ISBN 978-7-5690-7954-8

Ⅰ．I207.7

中國國家版本館CIP數據核字第2025RE4855號

書　　　名：	敦煌講唱文學研究
	Dunhuang Jiangchang Wenxue Yanjiu
著　　　者：	計曉雲
叢　書　名：	中國俗文化研究大系・俗文學與俗文獻研究叢書
出　版　人：	侯宏虹
總　策　劃：	張宏輝
叢書策劃：	張宏輝　王　冰
選題策劃：	梁　明
責任編輯：	梁　明
責任校對：	周衛平
裝幀設計：	墨創文化
責任印製：	李金蘭
出版發行：	四川大學出版社有限責任公司
	地　址：成都市一環路南一段24號（610065）
	電　話：（028）85408311（發行部）、85400276（總編室）
	電子郵箱：scupress@vip.163.com
	網　址：https://press.scu.edu.cn
印前製作：	四川勝翔數碼印務設計有限公司
印刷裝訂：	成都金龍印務有限責任公司
成品尺寸：	170mm×240mm
印　　張：	15
插　　頁：	2
字　　數：	259千字
版　　次：	2025年8月　第1版
印　　次：	2025年8月　第1次印刷
定　　價：	78.00圓

本社圖書如有印裝質量問題，請聯繫發行部調換

版權所有 ◆ 侵權必究

掃碼獲取數字資源

四川大學出版社
微信公衆號

總　序

項　楚

　　四川大學中國俗文化研究所，作爲教育部人文社會科學重點研究基地，已經走過了二十年的歷程。不忘初心，重新出發，是我們編輯這套叢書的目的。

　　俗文化是中國傳統文化的重要部分，與雅文化共同形成中國文化的兩翼。俗文化集中反映了中華民族獨特的思維模式、風俗習慣、宗教信仰、語言風格、審美趣味等，在構建民族精神、塑造國民心理方面，曾經起過并正在起着重要的作用。因此，俗文化研究不僅在認知傳統的中華民族文化方面具有重大的學術價值，而且在促進社會主義精神文明建設方面具有傳統雅文化研究不可替代的意義。不過，俗文化和雅文化一樣，都是極其廣泛的概念，猶如大海一樣，汪洋恣肆，浩渺無際，包羅萬象，我們的研究祇不過是在海邊飲一瓢水，略知其味而已。在本所成立之初，我們確立了三個研究方向：俗語言研究、俗文學研究、俗信仰研究，後來又增加了民族和民俗研究。同時，我們也開展了相關領域的研究，如敦煌文化研究、佛教文化研究等。在歷史上，雅文化主要是士大夫階級的意識形態，俗文化則更多地代表了下層民衆的意識形態。它們是兩個對立的範疇，有各自的研究領域和研究路數，不過在實踐中，它們之間又是互相影響、互相滲透、互相轉化的。當我們的研究越來越深入的時候，我們就會發現它們在對立中的同一性。雖然它們看起來是那樣的不同，然而它們都是我們民族心理素質的深刻表現，都是我們民族性格的外化，都是我們民族的魂。

二十年來，本所的研究成果陸續問世，已經在學界產生了廣泛的影響。本套叢書收入的祇是本所最近五年來的部分研究成果，正如前面所說，是在俗文化研究大海中的一瓢水的奉獻。

凡 例

本書的研究對象爲敦煌講唱文學中的講經文，第一章爲講經文研究總論，第二章爲唐五代的俗講儀式研究，第三至六章爲近年來新刊布、新發現或新證實的講經文研究，附錄爲講經文編撰中常借鑒的中土撰造經典——《净土盂蘭盆經》校釋。本書論述時引用的講經文、變文等敦煌講唱文學寫卷編號、敦煌文獻影印圖版及彩色圖版、敦煌文獻目録著作、變文整理專著較多，爲使行文簡潔、便於閱讀，書中論述使用目前學界通行的且已經達成共識的簡稱。本書所參考學界前賢的論文、史書、類書、中古佛經目録著作則保持原有的名稱。爲免繁複，本書提及前賢時，皆不贅"先生""教授""老師"等字樣，敬請諒解。

一　常用文獻簡稱

（一）本書編號涉及的館藏簡稱與對應全稱信息

本書所引敦煌文獻編號，主要依據最新刊布的圖版和目録編號。學界通行的敦煌寫卷編號，英、法、俄、中共有兩種：（1）以收集者、館藏地略稱的英文首字母＋阿拉伯數字形式的寫卷編號，如 S.6551 號《阿彌陀經講經文》，"S."爲館藏簡稱，"6551"爲藏品序號。（2）以英文名字首字母音譯字、館藏地略稱＋藏品序號，此編號又分兩類：一類藏品序號爲漢字，如俄弗三六五號，"俄弗"爲俄羅斯科學院東方文獻研究所藏敦煌文獻弗魯格編號的簡稱，"三六五"爲藏品序號；一類藏品序號爲阿拉伯數字，如臺圖32號，即《臺灣省圖書館藏敦煌卷子》影印臺北"中央圖書館"藏敦煌文獻三十二號。本書叙述英、法、俄以及中國國家圖書館藏寫卷編號時，選擇第一種編號，即英文字母＋阿拉伯數字編號，其餘寫卷簡稱采取第二種編號中第二類，即館藏地名稱略稱＋阿拉伯數字編號，如羽153V《妙法蓮華經講經文》等。敦煌文獻多正背面抄寫，正面一般不標示，背面用"V"（Verso）標識。

S.——英國國家圖書館藏敦煌文獻斯坦因編號

P.——法國國家圖書館藏敦煌文獻伯希和編號

Ф——俄羅斯科學院東方文獻研究所藏敦煌文獻弗魯格編號

Дx.——俄羅斯科學院東方文獻研究所藏敦煌文獻編號

BD——中國國家圖書館藏敦煌文獻統編號

上博——上海博物館藏敦煌吐魯番文獻編號

上圖——上海圖書館藏敦煌吐魯番文獻編號

北大——北京大學藏敦煌文獻編號

臺圖——臺北"中央圖書館"藏敦煌文獻編號

羽——日本杏雨書屋藏敦煌文獻羽田亨編號

（二）引用敦煌文獻彩色圖版、攝製寫卷、影印出版物、縮微膠卷等簡稱、全稱及版本

《寶藏》——《敦煌寶藏》，臺北：新文豐出版公司，1981—1986年

《英藏》——《英藏敦煌文獻（漢文佛經以外部分）》，成都：四川人民出版社，1990—1995年

《英圖》——《英國國家圖書館藏敦煌遺書》，桂林：廣西師範大學出版社，2011年起陸續出版

《法藏》——《法藏敦煌西域文獻》，上海：上海古籍出版社，1995—2005年

《俄藏》——《俄藏敦煌文獻》，上海：上海古籍出版社，1992—2001年

《上博》——《上海博物館藏敦煌吐魯番文獻》，上海：上海古籍出版社，1993年

《上圖》——《上海圖書館藏敦煌吐魯番文獻》，上海：上海古籍出版社，1999年

《北大》——《北京大學藏敦煌文獻》，上海：上海古籍出版社，1995年

《國圖》——《國家圖書館藏敦煌遺書》，北京：北京圖書館出版社，2005—2012年

《臺圖》——《臺灣省圖書館藏敦煌卷子》，臺北：石門圖書公司，1996年影印臺北"中央圖書館"藏敦煌寫卷

《秘笈》——《敦煌秘笈》，日本武田科學振興財團影印杏雨書屋藏（原羽田亨藏）敦煌文獻，〔日〕吉川忠夫編集，大阪：武田科學振興財團，2009—2013年

IDP圖版——國際敦煌項目（IDP）圖版

法藏彩圖——法國國家圖書館官網公布的高清彩色圖版

（三）下列著作本書引用較多，統一使用簡稱

《雜錄》——許國霖校輯《敦煌雜錄》，上海：上海商務印書館印行，1937年出版，後收入黃永武主編《敦煌叢集初編》第10冊，臺北：新文豐出版公司，1985年

《彙錄》——周紹良編《敦煌變文彙錄》，上海：上海出版公司，1954年

《變集》——王重民等編《敦煌變文集》，北京：人民文學出版社，1957年

《論錄》——周紹良、白化文編《敦煌變文論文錄》，上海：上海古籍出版社，1982年

《補編》——周紹良、白化文、李鼎霞編《敦煌變文集補編》，北京：北京大學出版社，1989年

《新書》——潘重規編著《敦煌變文集新書》，臺北：文津出版社，

1994 年

《校議》——郭在貽、張涌泉、黃征著《敦煌變文集校議》，長沙：岳麓書社，1990 年

《校注》——黃征、張涌泉校注《敦煌變文校注》，北京：中華書局，1997 年

《輯校》——周紹良、張涌泉、黃征輯校《敦煌變文講經文因緣輯校》，南京：江蘇古籍出版社，1998 年

《選注》——項楚《敦煌變文選注》（增訂本），北京：中華書局，2006 年版

《翟目》——*Descriptive Catalogue of the Chinese Manuscripts from Tunhuang in the British Museum*，Lionel Giles（翟理斯），London：The Trustees of the British Museum，1957

《索引》——商務印書館編《敦煌遺書總目索引》，北京：中華書局，1983 年

《黃目》——黃永武編《敦煌遺書最新目錄》，臺北：新文豐出版公司，1986 年

《孟目》——〔俄〕孟列夫主編，袁席箴、陳華平譯《俄藏敦煌漢文寫卷叙錄》，上海：上海古籍出版社，1999 年

《索引新編》——敦煌研究院編《敦煌遺書總目索引新編》，北京：中華書局，2000 年

《國圖總目錄》——方廣錩主編《中國國家圖書館藏敦煌遺書總目錄》，北京：中國人民大學出版社，2013 年

《歌辭總編》——任半塘編著，何劍平、張長彬校理《敦煌歌辭總編》，南京：鳳凰出版社，2014 年

（四）本書中敦煌講經文、變文、歌贊等篇目名稱編號使用規範

本書主要研究敦煌講唱文學作品中的講經文。敦煌遺書中現存 32 篇講經文，大多僅存一個抄本，偶有存兩個抄本者，因此，本書正文論述涉及講經文、變文篇目的稱名，共分爲以下三類：

1. 僅有一個抄本的講經文，首次敘述以"卷號＋篇名"稱之，如 P.2133V 號《金剛般若波羅蜜經講經文》，第二次敘述則僅稱篇名。

2. 若某部佛經現存四五篇講經文時，每篇以"卷號＋篇名"稱之。若有的篇目抄本有兩種及以上者，則以本文校錄寫卷時所選"底本卷號＋篇名"稱之，如 BD8006 號《太子須大拏經講經文》。

3. 本文所引的其他敦煌變文、歌辭，若僅有一篇者，則以黃征、張涌泉《敦煌變文校注》、任半塘《敦煌歌辭總編》中的篇名稱之。

二 本書所引新見或新證實的講經文錄文規範

本書所引新見講經文內容係筆者校錄，如 BD15245 號《維摩詰經講經文·文殊問疾（第二卷）》、羽 153V 號《妙法蓮華經講經文》、BD7849 號《妙法蓮華經講經文》以及附錄《孤本〈淨土盂蘭盆經〉（P.2185 號）校釋》等；學界已整理的講經文文本，主要參考黃征、張涌泉《敦煌變文校注》。本書新見講經文等敦煌文獻的校注規範，如下所示：

（一）講經文寫卷物質形態敘述

本書各章新見、新證實的講經文個案研究，在論述前，都會簡要說明本章研究的講經文底本及參校本的物質形態等相關信息，其中，講經文底本或參考本有首尾題者，參考首尾題定名；無首尾題者，參考已有同部佛經的講經文篇名定名；若原講經文底本題名已被學界前賢改定，則斟酌選擇最為適切者。本書每章僅存一個寫卷時，標題便會附上其卷號信息，如描述中國國家圖書館所藏講經文寫本物質形態等信息時，用"北敦編號＋館藏序號＋篇名"稱名，論述中首次出現時，會括注縮微膠卷號和千字文編號，如 BD7849（北 6204、製 49）《妙法蓮華經講經文》，隨後論述中引用時則不括注附號，以免重複。如果某章論述共涉及兩篇同部佛經的俗講經文，標題則不附寫卷編號。

（二）新見、新證實的講經文校錄

本書所引新見或新證實的講經文的錄文，主要依據的是國際敦煌項目（IDP）網站公布的彩色圖版。羽153V號《妙法蓮華經講經文》校錄時，依據的是杏雨書屋藏《敦煌秘笈》中刊布的彩色圖版，個別寫卷國際敦煌項目（IDP）網站沒有公布彩色圖版時，依據已經出版的黑白影印圖版校錄，錄文體例與校勘符號規範如下：

假借字、俗字、訛字在底卷所抄之字後用"（ ）"注出本字或正字，不出校記。已經確定的衍文，正文中用"{ }"括注。原卷缺字用"□"號表示，缺幾字用幾個"□"號，不能確定者，上部、中部、下部殘缺時，分別用"⊟""⊡""⊞"號表示；缺字能依據文意補出者，在缺字符號後用圓括號注明，模糊不清無法錄出或僅殘存偏旁者用"☒"號表示，缺幾字用幾個"☒"號；原卷確定有脫文，則加"[□]"號表示，脫字據文意能補出時外加 [ ] 號；衍文用 { } 號括住。講經文底本中的重文符號或省代符號，徑直回改爲原字。附錄《孤本〈净土盂蘭盆經〉（P.2185號）校釋》中出校的詞語後用逗號，出注的詞語後用冒號。同一注碼，先校後注，校記與注釋用◎◎形符號隔開，校記與校記之間、注釋與注釋之間用◎形符號隔開。

另外，本書行文使用規範繁體字。正文部分引文爲部分引用，其中的异體字、俗字等一般情況下徑改，唯附錄部分是對整部疑僞經的整理和校釋，酌情保留了部分异體字和俗字，并括注了正字。

目　錄

緒　論 ………………………………………………………………… 1

第一章　敦煌講經文研究 …………………………………………… 25
　第一節　晚唐五代以前的佛教通俗講經 ………………………… 28
　第二節　敦煌講經文及其主講經典 ……………………………… 36
　第三節　從敦煌講經文看講經場合 ……………………………… 45

第二章　唐五代的俗講儀式研究 …………………………………… 55
　第一節　俗講的組織者與參與者 ………………………………… 57
　第二節　俗講的程式及特徵 ……………………………………… 61
　第三節　俗講的應用文範——開題文 …………………………… 69

第三章　敦煌本《維摩詰經講經文》研究 ………………………… 77
　第一節　貞松堂本與國圖本的關係 ……………………………… 81
　第二節　貞松堂本與國圖本講經文的撰寫年代 ………………… 86
　第三節　貞松堂本、國圖本講經文與敦煌民間文殊信仰之關係
　　　　　………………………………………………………………… 88
　第四節　貞松堂本、國圖本《維摩詰經講經文》文本來源 …… 97

第四章 羽153V號《妙法蓮華經講經文》研究 ………… 105
第一節 羽153V號《妙法蓮華經講經文》中鹿王捨身救懷孕母鹿的故事出處 ………… 109
第二節 窺基《妙法蓮華經玄贊》中鹿王本生故事的注釋依據 ………… 114
第三節 玄奘《大唐西域記》中鹿王本生故事的文本源流 ………… 117

第五章 BD7849號《妙法蓮華經講經文》研究 ………… 131
第一節 BD7849號寫卷的性質、創作背景與抄寫概況 ………… 134
第二節 BD7849號寫卷前所附押座文的文本來源 ………… 140
第三節 BD7849號寫卷所抄《法華經開題》的素材探源 ………… 143
第四節 BD7849號寫卷的創作、抄寫時間 ………… 147

第六章 敦煌本《太子須大拏經講經文》研究 ………… 149
第一節 Дx.285等六殘片與BD8006號殘卷的定名 ………… 155
第二節 Дx.285等六殘片與BD8006號殘卷的關係 ………… 160
第三節 《太子須大拏經講經文》的抄寫時間 ………… 164
第四節 太子須大拏本生故事在中古的傳播 ………… 168

參考文獻 ………… 187
附錄 孤本《净土盂蘭盆經》（P.2185號）校釋 ………… 203

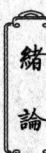

緒論

一　研究旨趣與研究範圍

　　敦煌藏經洞中保存了四世紀中期到十一世紀初期七萬多號寫本文獻，涉及語言、歷史、地理、天文、政治、宗教、文學、藝術等多個領域。在七萬多號敦煌文獻中，佛教文獻占比超過 90%，敦煌文學寫本的體量雖然不是很大，但却對中國文學的發展至關重要，項楚《敦煌語言文學資料的獨特價值》以敦煌遺書中保留的王梵志詩爲例，指出其"不以抒情見長，也不流連風景，形成了質樸明快、犀利潑辣的風格，并由此開始形成了與傳統文人詩歌面貌迥異的唐代白話詩派。它顛覆了人們對唐詩的認知，展現了長期不爲人知的唐代詩歌另一番全新的風景"，而曲子詞、變文、講經文等敦煌文獻中保留的通俗文學樣式，顯示出中國文學史改寫的必要性和可行性。①

　　敦煌講唱文學是敦煌文學中最爲重要的通俗文學作品，按照體裁樣式可以分爲變文、講經文、俗賦、因緣、話本、押座文等，學界常將"變文"視作敦煌講唱文學作品的總稱。敦煌講唱文學作品，早期曾被當作"通俗詩"或"通俗小說"或"佛曲"等。1920 年，王國維《敦煌發現唐朝通俗詩及通俗小說》一文，將《季布歌》(《捉季布傳文》)、

---

　　① 項楚《敦煌語言文學資料的獨特價值》，《中國社會科學》2021 年第 8 期，第 151、154 頁。

《孝子董永傳》、江右某氏所藏《目連救母》、《唐太宗入冥記》、《伍員入吴小説》(《伍子胥變文》)等講唱文學作品帶入大家的視野。① 1924年，羅振玉《敦煌零拾》收入了《降魔變文》、《維摩詰經講經文》、《歡喜國王緣》、《季布歌》(《捉季布傳文》)等講唱文學作品，并將前三篇題名爲佛曲。② 向達《論唐代佛曲》(1929)指出這三篇是唐代流行的通俗文學，而非佛曲。③ 鄭振鐸《中國俗文學史》(1938)認同向達的觀點，并提到"佛曲"是梵歌，是宗教贊曲，而"變文"是一種"嶄新的不同的成就更爲偉大的文體"，書中將變文分成講授佛經故事和非佛經故事兩類，其中講説佛經故事的又分成嚴格説經和離開經文自由敷陳的；講唱文學作品中的詞文、俗賦與曲子詞和長篇叙事歌曲如《太子贊》《董永行孝》《大漢三年季布罵陣詞文》單獨列爲第五章"唐代的民間歌賦"，可見這一時期"變文"還未成爲講唱文學的總稱。④ 周紹良《敦煌變文彙録》(1954)共收録36篇講唱文學作品⑤，王重民等主編《敦煌變文集》(1957)時，將當時能見到的78篇講唱文學作品，例如俗賦、變文、押座文、論、講經文等彙集整理後收入書中。⑥ 周紹良《談唐代民間文學——讀〈中國文學史〉中"變文"節書後》一文，依據講唱文學的體裁和形制將講唱文學作品分成變文、俗講文、詞文、詩話、話本、賦共六類⑦；周紹良《唐代變文及其它》對前文做了修訂，將講唱作品分成變文、講經文、因緣（緣起）、詞文、詩話、話本、賦共七種⑧，這樣的分類更爲適切。張鴻勛《敦煌俗文學研究》依據《敦煌變

---

① 王國維《敦煌發見唐朝通俗詩及通俗小説》，《東方雜志》第十七卷第八號，1920年，第95—100頁。
② 羅振玉《敦煌零拾》，民國上虞羅氏印本。
③ 向達《論唐代佛曲》，周紹良、白化文編《敦煌變文論文録》，上海：上海古籍出版社，1982年，第9—29頁。
④ 鄭振鐸《中國俗文學史》，上海：上海古籍出版社，2013年，第88—199頁。
⑤ 周紹良《敦煌變文彙録》，上海：上海出版公司，1954年。
⑥ 王重民等編《敦煌變文集》，北京：人民文學出版社，1957年。
⑦ 周紹良、白化文主編《敦煌變文論文録》，上海：上海古籍出版社，1982年，第405—423頁。
⑧ 周紹良《唐代變文及其它》(上)，《文史知識》1985年第12期。

文集》《敦煌變文集新書》所收 40 種存有原標題的説唱故事類作品，將其分成詞文、故事賦、話本、變文、因緣、講經文六類，另有押座文被列在附類。① 王小盾《敦煌文學與唐代講唱藝術》按照體裁樣式，將敦煌文學分成講經文、變文、話本、詞文、俗賦、論議、曲子詞、詩歌。② 其他學者的分類略有不同，但將敦煌講唱文學作品總稱爲"變文"，已是學界的共識。正如項楚所言，敦煌説唱類作品"各類文體中都有一些思想性和藝術性俱佳的杰作"③，本書以現存講經文爲研究對象，在前人研究的基礎上，挖掘其作爲講唱文學作品的獨特價值。

敦煌講經文是傳世文獻未載，僅保留在莫高窟藏經洞中的佛教俗講的底本和記錄本，以韻散結合的形式，爲民衆講唱當時流行的佛教經典，屬於一種新興的講唱文學體類。講經文現存篇目僅次於變文，是比較重要的敦煌講唱文學作品，它的發現與研究，填補了中國俗文學史、中國文學史的空白，既是古印度佛教説法傳統在中國變遷的具體表現，也是唐五代民間講經文化繁榮的見證，更是東亞講經文獻的典型代表。

敦煌講經文屬於敦煌講唱文學作品中的一類，而"變文"是敦煌講唱文學作品的總稱，講經文的整理本常收錄在"變文集"之中。1924 年，羅振玉《敦煌零拾》校錄的三種"佛曲"(實爲《降魔變文》《維摩詰經講經文》《歡喜國王緣》)④，拉開了變文整理的序幕。學界現有六種變文整理本，依次是周紹良編《敦煌變文彙錄》，王重民等編《敦煌變文集》，潘重規《敦煌變文集新書》，周紹良、白化文、李鼎霞編《敦煌變文集補編》，黄征、張涌泉《敦煌變文校注》，周紹良、張涌泉、黄征《敦煌變文講經文因緣輯校》，其中收錄最全、字詞校勘最精審的當屬黄征、張涌泉的《敦煌變文校注》，共校注 21 篇講經文。

---

① 張鴻勛《敦煌俗文學研究》，蘭州：甘肅教育出版社，2002 年，第 1—26 頁。
② 王小盾《敦煌文學與唐代講唱藝術》，《中國社會科學》1994 年第 3 期，第 114—130 頁。
③ 項楚《敦煌語言文學資料的獨特價值》，《中國社會科學》2021 年第 8 期，第 153 頁。
④ 羅振玉《敦煌零拾》，民國上虞羅氏印本。

近二三十年以來，世界各地所藏敦煌寫卷基本上都已影印出版，特別是國際敦煌項目（IDP）彩色圖版的逐漸公布，爲我們提供了更多高品質的彩色圖版。"敦煌變文全集"的彙注、整理與研究，也迎來了最佳時機。2014 年 11 月，項楚、張涌泉主持的國家社科基金重大項目"敦煌變文全集"立項，目標是爲學界新增一部篇目搜集齊全、錄文精準、彙注詳盡的真正意義上的"敦煌變文全集"。作爲該項目的一位參與者，筆者主要承擔部分講經文的整理工作。

截至目前，學界新發現、新證實的講經文共 11 篇，總篇數從舊有的 21 篇增至 32 篇，共計 46 件寫本。這些新增篇目以及舊有篇目的新增寫本及相關文獻，促使講經文的研究從過去"挖寶式"的個別篇目的考察，轉型爲現階段的綜合性研究。主要體現在以下三個方面。

（一）更精確更完善的講經文文本整理

這些新增篇目以及舊有篇目的新增寫本，豐富了講經文整理的原始文獻，主要體現在兩個方面：

一是全面調查敦煌遺書中的講經文寫卷，通過殘卷綴合提高文本完整性，有利於後期的整理、彙注，材料彙編更完善。如張涌泉已將 S. 8167 號殘片，與舊有的 S. 4571 號《維摩詰經講經文》綴合，彌補原缺近 17 行的内容，如圖一所示：

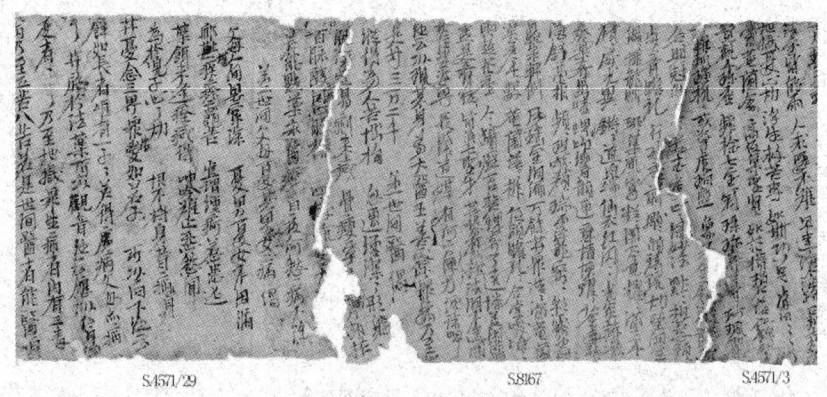

圖一　S. 4571＋S. 8167 號《維摩詰經講經文》綴合圖（IDP 圖版）

又如張新朋發現 Дx.11862號、Дx.10734號殘片,與已知的Дx.11862號、Дx.10734號《盂蘭盆經講經文》,屬於同一寫卷的撕裂,且Дx.11862號、Дx.12642號可直接綴合。我們正是據此纔得以判定這四個殘片與臺圖32號寫卷,分別抄自兩部撰述風格不同的《盂蘭盆經講經文》。

二是新增的11篇講經文,完善了"敦煌講經文"的名義,還補充了兩種不同的講經文文本類型。王重民、潘重規、平野顯照等前賢,曾據當時手頭可見的講經文篇目,將其文本形式歸納爲"經文+散文+韻文",此爲二十世紀八十年代以來,學界判定講經文的重要標準。新增篇目中比較典型的,如首都博物館藏32.536V號《佛説如來八相成道經講經文》、P.2459V號《佛本行集經講經文》爲講經文新添兩種不同類型的文本,依次是"主講內容+散文+韻文""散文+韻文"。這些新增篇目開拓了講經文的研究園地,更能彰顯出其作爲中古講唱文學作品的獨特屬性。

早期講經文整理依據的縮微膠卷、影印黑白圖版等,無法完全呈現寫卷所附各種朱筆標注符號,這就導致校錄的文本中偶爾會出現細節上的疏漏、疏誤。我們項目組收集、購買的講經文圖版(46件)均爲高清彩圖,提高了文本校錄與彙注的精確度,爲全面釋讀寫卷蘊含資訊、深入理解文本等奠定了基礎。

(二) 分類別分層次的講經文文本研究

講經文不同於傳統的文學作品,它是在佛教俗講活動中產生的,既有俗講法師提前準備的講稿,也有聽衆隨手抄寫的筆記,還有不少初學者傳抄的文本等,因此,即使文本類型相同的講經文,撰述風格也各不相同。現存的32篇講經文,共講解12部佛經,其中有6部每部至少存兩篇講經文(共26篇)。我們將同一部佛經的所有講經文篇目視爲一個整體進行考察的同時,對每篇展開抽絲剝繭式的考證,不僅是現階段講經文文本研究的關鍵突破口,還是解構唐五代民間俗講經文撰述情形的典型實證。

同一部佛經的俗講經文現存篇目衆多者，如《維摩詰經講經文》8篇、《法華經講經文》7篇、《阿彌陀經講經文》5篇等。《維摩詰經講經文》都由"經文＋散文＋韻文"的形式組成，但其文本撰述風格頗具特色，可分成四種：（1）彙注式，S.4571＋S.8169號《維摩詰經講經文》主講《佛國品》寶積與五百長者子以七寶蓋供養佛陀之前的經文，散文說白部分以彙注的形式疏解關鍵經文，徵引經論注疏十餘種，與佛經彙注形式接近，語言質樸、文學性不強。（2）鋪陳演繹式，散文說白撰述時不徵引經論注疏，以經中人物對話推進故事情節，共有 4 篇，即Φ252 號、P.2292 號、P.3079 號、Φ101 號。Φ101 號演繹《佛國品》寶積與五百長者子以七寶蓋供養佛陀一事時，以對話形式叙述維摩詰居士勸寶積菩薩等抛却享樂，前往毗耶離聽法的故事，如"居士贊佛""居士呵責寶積""居士語寶積""寶積對居士叙"。（3）直接或間接以經講經，P.3872 號散文說白內容常摘引或化用《維摩詰所說經》相應部分的經文解說大義。（4）佛經注疏式，散文說白常借鑒《維摩詰經》相關注疏，共兩篇，即貞松堂本、BD15245 號，這兩個寫卷爲同一部講經文中前後相接的兩個抄本，抄者雖不相同，但謀篇布局，都深受唐道液《淨名經集解關中疏》的影響。足以說明，這四種不同類型的《維摩詰經講經文》的撰者身份、講說場合、聽衆文化程度、素材來源等各具特色。

對同一部佛經的講經文文本進行細分，既是探究這些俗講文本撰述情形的切入點，也是考察撰者義學水準、文學修養，以及俗講場合、聽衆身份等資訊的客觀要求，更是講經文研究由文本校注及單篇考證階段走向整體性、綜合性研究的必然趨勢。

（三）多重視域下的講經文綜合研究

在講經文彩色圖版全面搜集、文本精確整理及分類解讀等基礎上，綜合全面的講經文研究，主要從以下四個方面展開：

一是講經文生成歷程的追溯。敦煌講經文是中國佛教通俗講經文本纍積的階段性碩果，它與中國寺院僧講密切相關，寺院僧講文本又借鑒過古印度佛陀説法及其弟子造論的體例或技巧。因此，我們考察這種專門講解佛經的通俗文學作品演變歷程時，須將它放在漢傳佛教講經文化發展的一般規律及佛教中國化的歷史環境中進行探討。

二是講經文的音樂屬性詮釋。講經文是唐五代民間盛行的一種講唱文學作品，它是在法師、都講兩人有説有唱回環往復的表演過程中形成的，屬於中國音樂文學與佛教音樂文學的研究範疇。講經文的唱誦曲調複雜多樣，據不完全統計，有近 20 種以漢字標注的音曲符號。我們以講經文的音曲符號爲主要研究對象，以變文、佛教齋會儀式文本中的音曲符號爲參照，以期能在前賢研究的基礎上，正確解讀這些唱誦符號的含義。

三是講經文文本内涵的分類解讀。講經文創作時經義解釋與勸誡信衆修行向善并重，其文本内涵早已超越主講佛經之大義，故而借鑒了當時民間流行的多種文化元素等，主要分成四類：(1) 儒家典籍，(2) 童蒙讀物，(3) 歷史故事，(4) 古代的典故等。對這些文化符號的系統性詮釋，是我們深入研究的重要方向。

四是敦煌佛道俗講文化比較研究。學界釋道俗講儀式、俗講經文的研究，猶如兩條平行綫，獨立并行。筆者在整理校注道教講經文時發現其中佛教文化、佛教俗講儀式的影響痕迹非常明顯。因此，很有必要采用文獻比較法，理清二者間的關聯，彰顯佛教俗講文化的影響。

敦煌講經文是僅存於莫高窟的唐五代佛教的俗講文本，是宋元以來多種説唱文學體類的源頭，在文學史上承擔着繼往開來的角色。我們對講經文進行全面的整理與系統的闡發，希望可以充分肯定它在中國俗文學史、中國佛教文學史乃至整個中國文學史上的價值與地位，同時，爲其他不同體裁的敦煌文學作品的研究提供一種可供參考的新範式。

二　前賢相關研究成果概述

近百年以來，敦煌講唱文學是國內外敦煌學界研究的熱門領域，變文和講經文作爲講唱文學最重要的文學體類，一直都是敦煌文學領域最受關注者。講經文屬於廣義的變文，其文本整理往往囊括在變文整理的範疇之內。下文簡要梳理近百年以來變文整理的學術史，重點關注其中的講經文相關信息。

（一）敦煌變文的整理可以劃分成三個階段

第一階段，挖寶式的整理，以輯錄變文文本爲主（1924—1954年）。

羅振玉《敦煌零拾》（1924）共收錄十三種敦煌文學作品，包括韋莊《秦婦吟》、《雲謠集雜曲三十首》、《季布歌》、"佛曲三種"、"俚曲三種"、"小曲三種"、《搜神記》一卷。《季布歌》（《捉季布傳文》）是狩野直喜據 S.5440 號寫卷錄文，羅福萇借抄移錄，羅振玉定名《季布歌》，又印入該書。書中輯錄了三篇敦煌講唱文學寫本，即貞松堂本《維摩詰經講經文》《歡喜國王緣》《降魔變文》，書中皆擬題 "佛曲"，共稱作 "佛曲三種"，并在文末跋文中説明緣由：

> 佛曲三種，皆中唐以後寫本。其弟（第）二種演《維摩詰經》，他二種不知何經。考《古杭夢游錄》載説話有四家，一曰小説，謂之銀字兒，如烟粉、靈怪、傳奇、公案，皆是搏拳提刀趕棒及發迹戀態之事。説經謂演説佛書，説參謂參禪，説史謂説前代興廢戰争之事。《武林舊事》載諸技藝亦有説經。今觀此殘卷，是此風肇於唐而盛於宋兩京。元、明以後，始不復見矣。甲子三月，取付於民。卷中訛字甚多，無從是正，一

仍其舊。①

按：《古杭夢游録》，指南宋自署爲"耐得翁"者所撰《都城紀勝》，羅氏引文稍有節略，其將以上三種皆擬作"佛曲"，主要依據該段所述"演説佛書"之"説經"類。羅氏編纂《貞松堂藏西陲秘籍叢殘》時，又將演繹《維摩詰所説經·文殊師利問疾品》的俗講經文擬作"文殊問疾佛曲"。徐嘉瑞《敦煌發現佛曲俗文時代之推定》、鄭振鐸《佛曲叙録》亦沿用"佛曲"這一名稱。② 向達《論唐代佛曲》（1929）指出羅氏《敦煌零拾》所載三篇是唐代流行的通俗文學，而"佛曲者，是由西方傳入中國的一種樂曲，有宫調可以入樂。内容大概都是頌讚諸佛菩薩之作，所以名爲佛曲"③，文中明確提出這是兩種不同的體裁。

鄭振鐸《敦煌的俗文學》（1929）依據敦煌卷子上原有的題目，提出"變文"這一名稱，得到國際敦煌學界的認可，文中將韻散相兼的敦煌文獻統稱爲"變文"④，鄭振鐸《中國俗文學史》（1938）則將韻散相間的講唱文本都歸在"變文"的範疇。⑤ 1935年，鄭振鐸主編的《世界文庫》從第五册開始收録敦煌文學作品，一直收録到第十二册，所收變文篇目，如下表所示：

---

① 羅振玉《敦煌零拾》，民國上虞羅氏印本。
② 徐嘉瑞《敦煌發現佛曲俗文時代之推定》，《文學周報》1925年第199期，第223—225頁，今據後者徵引；鄭振鐸《佛曲叙録》，鄭爾康編《鄭振鐸全集》，石家莊：花山文藝出版社，1998年，第223—226頁。按：鄭文原載於《小説月報》第17卷號外，後收入《中國文學研究》下册（上海商務印書館，1927年）。
③ 向達《論唐代佛曲》，周紹良、白化文編《敦煌變文論文録》，上海：上海古籍出版社，1982年，第13頁。
④ 鄭振鐸《敦煌的俗文學》，《小説月報》第20卷第3號（1929年2月22日），第475—496頁。
⑤ 鄭振鐸《中國俗文學史》，上海：上海古籍出版社，2012年，第134—151頁。

表一　鄭振鐸主編《世界文庫》所收敦煌變文篇目①

篇數	卷號	篇名	《世界文庫》册序號
1	雲字 24 號	《八相變文》	第九册
2	S.2614 號	《大目乾連冥間救母變文》	第十册
3	麗字 85 號	附錄一：《目連變文》第二種	同上
4	成字 96 號	附錄二：《目連變文》第三種	同上
5	P.2292 號	《維摩詰經變文》第二十卷	第十一册
6	光字 94 號	《維摩詰經變文持世菩薩第二》	同上
7	《敦煌零拾》	《維摩詰經變文·文殊問疾（第一卷）》	同上
8	P.2721 號	《舜子至孝變文》	第十二册
9	P.2553 號	《王昭君變文》	同上

　　鄭振鐸《世界文庫》共收錄敦煌變文 9 篇，其中，《目連變文》第二種、第三種都是《大目乾連冥間救母變文》的異本，且《維摩詰經變文》三卷，經證實爲《維摩詰經講經文》。鄭振鐸將敦煌變文收入《世界文庫》，足見其對敦煌講唱文學的重視。1929 年，許國霖任職於北平圖書館寫經組，負責編纂館藏敦煌文獻目錄，率先整理校錄出國圖藏 12 篇敦煌變文，并收入《敦煌雜錄》（1935），如下表所列：

表二　許國霖《敦煌雜錄》收錄的變文篇目

序號	寫卷	擬題
1	光字 94 號	《維摩詰所説經變文》
2	潛字 80 號	《佛本行集經變文》
3	雲字 24 號	《八相成道變文》
4	乃字 91 號	《八相成道變文》
5	衣字 33 號	《譬喻經變文》
6	麗字 85 號	《目連救母變文》

---

①　鄭振鐸主編《世界文庫》第九、十、十一、十二册，石家莊：河北人民出版社，1991 年，第 3735—3744，4347—4361，4362—4366，4367—4370，4865—4885，4886—4895，4896—4901，5457—5459，5461—5468 頁。

(續表)

序號	寫卷	擬題
7	霜字 89 號	《目連救母變文》
8	盈字 76 號	《目連救母變文》
9	成字 96 號	《目連救母變文》
10	河字 12 號	《父母恩重變文》
11	推字 79 號	《太子變文》
12	殷字 62 號	《阿彌陀經變文》

許國霖《敦煌雜錄》將以上 12 篇皆擬題作"××變文",其中,光字 94 號(BD5394)爲《維摩詰經講經文》、河字 12 號(BD6412)是《父母恩重經講經文》、殷字 62 號(BD9541)應作《阿彌陀經押座文》。①

1954 年,周紹良編《敦煌變文彙錄》收録 36 篇變文,包括押座文、緣起、傳、詩咏等,其中,有 6 篇變文實爲講經文,即《阿彌陀經變文》(P.2955)、《妙法蓮華經變文》(P.2305)、《維摩詰經菩薩品變文》(甲,P.2292)、《維摩詰經菩薩品變文》(乙,BD5394,P.3079)、《維摩詰經問疾品變文》(《貞松堂藏西陲秘籍叢殘》本)、《父母恩重經變文》(BD6412),可參王重民等《敦煌變文集》,潘重規《敦煌變文集新書》,黄征、張涌泉《敦煌變文校注》等。

還有一些單篇的講經文整理,如劉復《敦煌掇瑣》(1925)校録了 P.2955 號寫卷文本,并標注爲"瑣一七號",實爲《阿彌陀經講經文》。② 向達根據北京圖書館所藏光字 94 號寫卷整理的《維摩唱文》(《國立北平圖書館刊》第六卷第二號,1932 年)實際上就是《維摩詰經講經文》。向達校録《長興四年中興殿應聖節講經文》,并收録在《唐

---

① 許國霖《敦煌雜録》,黄永武主編《敦煌叢集初編》第 10 册,臺北:新文豐出版公司,第 65、151、161 頁。

② 劉復《敦煌掇瑣》,《敦煌叢刊初集》第 15 册,臺北:新文豐出版公司,1985 年,第 135—136 頁。

代俗講考》一文後面。① 總的來説，本階段的敦煌學研究還處於寫卷編目與整理階段，講唱文學寫本文本，如講經文、押座文等，多被擬題爲"佛曲""唱文""變文"等。可見，這一時期敦煌講唱作品的體裁界限還是比較模糊的，變文、講經文、押座文、緣起等，皆被納入廣義的變文整理範疇。

第二階段：較大規模的搜集和整理（1955—2013 年）。

敦煌講經文篇目隨着敦煌遺書的公布陸續增加，自二十世紀五十年代到二十世紀末，學界共出版了六七種變文集整理本，影響較大者共有四種，即《敦煌變文集》（下稱《變集》）、《敦煌變文集新書》（下稱《新書》）、《敦煌變文校注》（下稱《校注》）、《敦煌變文選注》（下稱《選注》），其中《選注》是精選變文中最經典的篇目進行詳細校釋。兹列前三種校録本中的講經文篇目如下：

表三　《變集》《新書》《校注》收録的講經文篇目

篇次	卷號	篇名
1	P.3808	《長興四年中興殿應聖節講經文》
2	P.2133V	《金剛般若波羅蜜經講經文》
3	P.2931	《阿彌陀經講經文》（一）
4	S.6551	《阿彌陀經講經文》（二）
5	P.2955	《阿彌陀經講經文》（三）
6	P.2122、P.3210、BD9541（殷字62）	《阿彌陀經講經文》
7	P.2305	《妙法蓮華經講經文》（一）
8	Φ365	《妙法蓮華經講經文》（二）
9	P.2133	《妙法蓮華經講經文》（三）

---

① 向達《唐代俗講考》，原載於《燕京學報》1934 年第十六期，向達於 1940 年根據新獲見若干英法敦煌文獻新材料，整理增補後，又重新寫了一遍，相繼刊載於《文史雜志》第三卷第九、十期（1944 年 5 月），《國學季刊》第六卷第四號（1950 年 1 月）；《國學季刊》版修訂本收入《唐代長安與西域文明》（該論文集 1957 年由三聯書店出版），北京：商務印書館，2015 年，第 325—336 頁，本文據後者徵引。

(續表)

篇次	卷號	篇名
10	Φ365V	《妙法蓮華經講經文》（四）
11	S.4571+S.8167（殘片）	《維摩詰經講經文》（一）
12	Φ101	《維摩詰經講經文》（二）
13	S.3872	《維摩詰經講經文》（三）
14	P.2292	《維摩詰經講經文》（四）
15	BD5394（光字94）、P.3079	《維摩詰經講經文》（五）
16	Φ252	《維摩詰經講經文》（六）
17	貞松堂《西陲秘籍叢殘》本	《維摩詰經講經文》（七）
18	P.2122背後半部分	《維摩詰經講經文》
19	Φ96	《雙恩記》
20	P.3093	《佛説觀彌勒菩薩上生兜率天講經文》
21	P.2305	《無常經講經文》（《解座文彙編》）
22	P.2148	《父母恩重經講經文》（一）
23	BD6412	《父母恩重經講經文》（二）
24	臺圖32	《盂蘭盆經講經文》
25	Φ223	《阿彌陀經講經文》（《十吉祥》）

按：《變集》《新書》收録的《阿彌陀經講經文》，《校注》定名作《阿彌陀經解座文》；P.2122號《維摩詰經講經文》，實爲《維摩詰經押座文》，《校注》將其合并到《變集》《新書》等原本收録的《維摩詰經押座文》之中；P.2305號《無常經講經文》，實爲唐五代俗講活動常用的解座文彙集，《校注》和《選注》題名《解座文彙抄》。《變集》共收録18篇講經文，誤將以上3篇題名作講經文，且少收上表第8、10、12、16、24、25篇；《新書》共收録23篇講經文，誤收篇目與《變集》相類，少收上表第8、10篇；《校注》共收録21篇講經文，上表第6、18、21、25篇亦收録，但題名作《阿彌陀經押座文》《維摩詰經押座

文》《解座文彙抄》《十吉祥》。通過對比這三個變文整理本可知：王重民、潘重規明確標示講經文由經文、散文、韻文三個部分構成，然校錄編纂《變集》《新書》時，却將無經文解説的《維摩詰經押座文》《無常經講經文》列爲講經文，可見當時學界對講經文的定義并不嚴格。而黃征、張涌泉《敦煌變文校注》則按照構成講經文的經、白、唱三要素進行選擇。

第三階段：新一代敦煌變文整理與研究（2014年至今）。

2025年4月6日，項楚主持的"敦煌變文全集"項目通過專家結題鑒定會，順利結項。變文篇目由《敦煌變文校注》收録的86篇184個寫本，增至114篇319個寫本，新增寫本135個。該項目的結項成果——《敦煌變文全集》的出版，將給敦煌講經文研究帶來新的資料，促使講經文的研究更加全面。

（二）俗講儀式研究

俗講是佛教在民間傳播的主要方法之一。佛教傳入中國後，三國時期便有通俗講經說法活動的記載；至兩晋南北朝，各種齋會和唱導法會的盛行，加速了其在民間的傳播；唐五代時期，俗講活動在民間盛極一時。敦煌講經文、押座文等相關寫卷則是當時民間俗講活動的文獻實録。

二十世紀三十至五十年代，學界掀起了一股研究俗講活動及其儀式的熱潮，學者們常發文互相商榷相關問題。據筆者不完全統計，論及俗講的中外學者有三四十位。向達《唐代俗講考》一文，拉開了俗講研究的序幕，其對俗講儀式、話本（底本）、俗講的起源和衰微等問題進行考察，并提出俗講是"專爲啓發流俗的通俗講演"[①]。孫楷第《唐代俗講軌範與其本之體裁》一文，從講唱經文、變文、唱導文、俗講與後世伎樂之關係等四個方面，分析了講經活動記録本的組成結構，并對講唱

---

① 向達《唐代俗講考》，《唐代長安與西域文明》，北京：商務印書館，2015年，第234—299頁。

經文活動的儀軌、參與者及講唱適用題材等相關問題進行分析和考辨。① 向達與孫楷第的這兩篇文章，是後來研究俗講文學常用的參考篇目。周一良《俗講新考》一文，在向達、孫楷第研究的基礎上，對俗講的舉辦場地和講唱方式進行了補充。② 周一良、關德棟分別撰文《讀〈唐代俗講考〉》《讀〈唐代俗講考〉的商榷》，與向達對話，對其文中部分細節進行商榷。向達《補說唐代俗講二三事——兼答周一良、關德棟兩先生》一文，回應周一良、關德棟兩位先生，又對講經高座的位置、"變"字的來源等問題進行商榷。而後，周一良《關於〈俗講考〉再説幾句話》再次探討了"素唱""變""契"字的含義，周一良將文章寄給向達，向達還收到關德棟、施蟄存討論相關問題的信件，又撰文對"契""變"字及相關問題與諸位先生進行商榷，幾位先生的商榷文章，詳見《敦煌變文論文錄》。③

向達自述《唐代俗講考》發表近二十年後，孫楷第、周一良、關德棟等學者紛紛加入俗講文學研究隊伍，讀諸位先生的文章，令他不禁生出"空谷足音之感"④。此後，國內外學界有關俗講儀式、內容及文本等考述成果迅速豐富起來。有關俗講的單篇論文多達七八十種，如日本

---

① 孫楷第《唐代俗講軌範與其本之體裁》，《國學季刊》第六卷第二號，1937年3月模印，1938年裝於長沙，後收入《俗講、説話與白話小說》，北京：作家出版社，1957年，第42—97頁。本書據後者徵引。按：據孫楷第自述，該文撰於1933年，1934年稍有潤色，是其所撰講唱經文第一篇，還有三篇，材料雖收集齊全，但因年老多病而未撰述成文（《俗講、説話與白話小說》，第98頁）。

② 周一良《俗講新考》，原載於《新思潮月刊》1929年第一卷第二期，收入《敦煌變文論文錄》，上海：上海古籍出版社，1982年，第147—156頁。

③ 周一良《讀〈唐代俗講考〉》，《大公報·圖書周刊》第6期，1947年2月8日；關德棟《讀〈唐代俗講考〉的商榷》，《大公報·圖書周刊》第15期，1947年4月12日。向達《補說唐代俗講二三事——兼答周一良、關德棟兩先生》，原載於《大公報·圖書周刊》第18期，1947年5月9日。周一良1947年5月10日於燕京撰文《關於〈俗講考〉再説幾句話》，該文寄給向達後，向達1947年5月29日於北京撰文回應相關問題，文章發表在《大公報·圖書周刊》第21期，1947年7月20日。按：以上五篇文章皆收入《敦煌變文論文錄》，上海：上海古籍出版社，1982年，第157—184頁。本書據後者徵引。

④ 向達《補說唐代俗講二三事——兼答周一良、關德棟兩先生》，《敦煌變文論文錄》，第157—184頁。

學者福井文雅撰《唐代俗講儀式成立諸問題》①、川口久雄《敦煌出土"俗講儀式"略出因緣諸本——我國説話文學》②、平野顯照《唐代文學與佛教》③詳細論述了唐代俗講儀式以及俗講素材與俗變的關係、唐代寺院講談情形等問題。羅宗濤《敦煌講經變文研究》④、王重民《敦煌變文研究》⑤、鄭阿財《敦煌孝道文學研究》⑥、王文才《俗講儀式考》⑦、程毅中《唐代俗講文體制補説》⑧、陳祚龍《唐代敦煌佛寺講經之真象（相）》⑨、林聰明《俗講與講經文》⑩、張弓《從經導到俗講——中古釋門聲業述略》⑪、胡小偉《三教論衡與唐代俗講》⑫、侯冲《中國佛教儀式研究——以齋供儀式爲中心》⑬、李小榮《敦煌變文》⑭ 等，皆述及俗

---

① 〔日〕福井文雅《唐代俗講儀式成立諸問題》，《大正大學研究紀要》（文學部－佛教學部）54，第307—330頁，1968年11月。
② 〔日〕川口久雄《敦煌出土"俗講儀式"略出因緣諸本——我國説話文學》，《東洋研究》68，1983年，第1—26頁。
③ 〔日〕平野顯照撰，張桐生譯《唐代文學與佛教》，臺北：華宇出版社，《世界佛學名著譯叢》第92册，1986年，第248—258頁。
④ 羅宗濤《敦煌講經變文研究》，1972年由臺北文史哲出版社出版，後收入《中國佛教學術論典》第104册，高雄縣大樹鄉：佛光山文教基金會出版，2001年，第339—395頁。今據後者徵引。
⑤ 王重民《敦煌變文研究》，《中華文史論叢》1981年第2期，并收入周紹良、白化文編《敦煌變文論文録》，上海：上海古籍出版社，1982年，又收入王重民著《敦煌遺書論文集》，北京：中華書局，1984年，第175—227頁，文字略有不同。
⑥ 鄭阿財《敦煌孝道文學研究》，中國文化大學博士學位論文，臺北：石門圖書公司，1982年，第103—110頁。
⑦ 王文才《俗講儀式考》，甘肅省社會科學研究院文學研究所主編《敦煌學論集》，蘭州：甘肅人民出版社，1985年，第100—111頁。
⑧ 程毅中《唐代俗講文體制補説》，中國敦煌吐魯番學會語言文學分會主編《敦煌語言文學研究》，北京：北京大學出版社，1988年，第62—82頁。
⑨ 陳祚龍《唐代敦煌佛寺講經之真象（相）》，《第二届國際唐代學術會議論文集》，第581—615頁。原載於《大陸雜志》總第86期，1993年第6期，第1—12頁。
⑩ 林聰明《俗講與講經文》，原載於《中華文化學報》，1995年第2期，後收入《港臺敦煌文庫》第35册，第37—95頁。本書據後者徵引。
⑪ 張弓《從經導到俗講——中古釋門聲業述略》，《中國社會科學院研究生院學報》，1995年第6期，第51—60頁。
⑫ 胡小偉《三教論衡與唐代俗講》，白化文等編《周紹良先生欣開九秩慶壽文集》，北京：中華書局，1997年，第405—422頁。
⑬ 侯冲《中國佛教儀式研究——以齋供儀式爲中心》，上海師範大學2009年博士學位論文，修訂本2018年由上海古籍出版社出版，第206—219頁。本書據後者徵引。
⑭ 李小榮《敦煌變文》，蘭州：甘肅教育出版社，2013年，第125—150頁。

講儀式及組織內容，亦對俗講儀式等細節進行了補充。此外，學界亦有專門考述俗講儀式中的諸多細節者。

1. 俗講起源

湯用彤的《康復札記四則》之《何謂"俗講"?》一文，指出"俗講"的名目是爲區別於"僧講"而創的，前者的主要目的有二：一是弘傳佛教教義與基本思想，二是布施斂財造像建寺。出家人不得聽"俗講"，俗衆亦不能聽"僧講"，二者涇渭分明。① 冉雲華《俗講開始時代的再探索》指出俗講的前身即"唱導"，俗講的寫本——"變文"與佛教懺儀相關。②

2. 押座文

學界對押座文的研究可分爲三類。第一，押座文的整理。除了上節提到的六種敦煌變文整理本，皆收入押座文外，還有張涌泉《蘇聯所藏押座文及說唱佛經故事五種校勘拾零》對Φ109號《押座文》中的疑難俗字進行校勘。③ 第二，單篇押座文研究。釋幻生《讀敦煌膠卷筆記之三——談押座文》（一至三），論述押座文的性質，并兼及講經文與變文的區別以及《維摩詰經押座文》與《維摩詰經》的關係④。傅芸子《敦煌本溫室經講唱押座文跋》一文，對《溫室經講唱押座文》的文本內容進行分析，兼論押座文的功能。⑤ 李小榮《敦煌變文作品校錄二種》一文，將其新發現的D180V號《盂蘭盆經講經文》進行錄文和校勘。⑥

---

① 湯用彤《康復札記四則》，原載於《新建設》1961年第6期，後收入湯用彤《往日雜稿·康復札記》，北京：生活·讀書·新知三聯書店，2011年，第244—246頁。本書據後者徵引。

② 冉雲華《俗講開始時代的再探索》，姜伯勤等著《敦煌文藪》（上），臺北：新文豐出版公司，1999年，第115—129頁。

③ 張涌泉《蘇聯所藏押座文及說唱佛經故事五種校勘拾零》，《蘭州大學學報（社會科學版）》，1987年第1期，第101—104頁。

④ 釋幻生《讀敦煌膠卷筆記之三——談押座文》（一至三），《菩提樹》總第322—324期，臺中：菩提樹出版社，1979年9—11月。

⑤ 傅芸子《敦煌本溫室經講唱押座文跋》，《正倉院考古記·白川集》，瀋陽：遼寧教育出版社，2000年，第197—203頁。

⑥ 李小榮《敦煌變文作品校錄二種》，《敦煌學輯刊》2002年第2期，第32—33頁。

聶志軍、謝名彬《敦煌本〈故圓鑒大師二十四孝押座文〉及相關文書再探》一文，以 S.P.1 號爲底本，以 P.3361、S.3728、Дх.1703 爲參校本，酌情參考《敦煌變文集》等整理本，重新釋録及校注《故圓鑒大師二十四孝押座文》。① 第三，押座文的整體性考察。金岡照光撰、摩夫譯《押座考》，潘重規《敦煌押座文後考》，荒見泰史《敦煌變文寫本的研究》等對押座文的定義、特徵、類别、用途、位置等進行了詮釋。②

3. 開題文

楊明璋《從講經儀式到説唱伎藝：論古代的唱釋題目》一文，對唐代講經文、變文中的唱釋經題進行考察，并將其分爲三類：（1）簡要唱釋經題，如《長興四年中興殿應聖節講經文》；（2）有催唱經題但無解釋經題之文，如臺圖 32 號《盂蘭盆經講經文》；（3）解説經題甚爲繁複，散韻間雜，篇幅較長，如 S.6551 號《阿彌陀經講經文》。"常釋經題"的形制還被宋代的合聲伎藝借鑒，二者的表演方式、吟誦、歌咏的用辭、創作手法相類，如《喻世明言》中的《蔣興哥重會珍珠衫》等話本的入話均簡要解釋題名。③

4. 散座文

P.2305 號是諸種解座文的合集，見載於《變集》《新書》《校注》《輯校》《選注》等，前二者誤題作"無常經講經文"，後三者擬題"解座文彙抄"。周紹良《讀變文札記》一文校録了 P.3128V 號所録"1. 雜齋文一篇"④，并指出其最後兩句"各自念佛歸舍去，來遲莫譴阿婆

---

① 聶志軍、謝名彬《敦煌本〈故圓鑒大師二十四孝押座文〉及相關文書再探》，《文津学志》第 15 輯，北京：國家圖書館出版社，2021 年，第 124—130 頁。

② 〔日〕金岡照光著，摩夫譯《押座考》，《世界華學季刊》第 2 卷第 4 期，1981 年 12 月，第 83—110 頁；潘重規《敦煌押座文後考》，《華岡文科學報》1982 年第 14 期，臺北：中國文化大學印，第 79—100 頁；〔日〕荒見泰史《敦煌變文寫本的研究》，北京：中華書局，2010 年，第 240—280 頁。

③ 楊明璋《從講經儀式到説唱伎藝：論古代的唱釋題目》，《敦煌學》第 31 輯，臺北：樂學書局，2015 年，第 81 頁。

④ 《敦煌遺書總目索引》載：P.3128V 號正面作《大佛名懺悔文》殘卷，其注云："背 1. 雜齋文一篇。2. 曲子《菩薩蠻》《浣溪沙》《浪淘沙》《望江南》《感皇恩》共十五首。3. 殘贊文一節。"（商務印書館編《敦煌遺書總目索引》，北京：中華書局，1983 年，第 280 頁）

嗔"揭示了本篇爲講經結束時吟誦的散座文,《輯校》收録本卷。①

5. 俗講僧

那波利貞《中唐時代俗講僧文㴒法師釋疑》、金岡照光《再論文㴒法師俗講の諸樣相》,主要論述俗講的通俗性以及俗講僧文㴒法師在長安講經情形。② 周紹良《五代俗講僧圓鑒大師》一文,考察圓鑒所撰《二十四孝押座文》、《佚詩》十首、《十慈悲偈》、《左街僧録與緣人遺書》等,勾勒其生平主要活動及時間,指出《二十四孝押座文》應是俗講《父母恩重經》時所用。③ 敦煌本《二十四孝押座文》提到"兩肩荷負非爲重,千繞須彌未可償,勤奉晝昏知動静,專看顔色問安康。吐甘嚥苦三年内,在腹懷耽十月强,試出去遥和夢逐,稍歸來晚立門傍。孝慈必感天宮福,五逆能招地獄殃"等,是參考敦煌丁本《父母恩重經》創作的④,然"若向二親能孝順,便招千佛護行藏。目連已救青提母,我佛肩昇净梵王",參考了宗密《佛説盂蘭盆經疏》卷二:"述曰:有經中説,定光佛時,目連名羅卜,母字青提。"⑤ 此外,敦煌文獻中宣傳孝道的俗文學,除《父母恩重經講經文》外,還有《盂蘭盆經講經文》《目連變文》《目連緣起》《大目乾連冥間救母變文》等。押座文分爲兩類,即專用與普通,圓鑒所撰《二十四孝押座文》并未述及寫卷所用之

---

① P.3128V 號所録"3. 殘贊文",《變集》校作《不知名變文》,《校注》題作"解座文"。(商務印書館編《敦煌遺書總目索引》,北京:中華書局,1983年,第280頁)
② 〔日〕那波利貞《中唐時代俗講僧文㴒法師釋疑》,《東洋史研究》1939年第4輯,第461—484頁;〔日〕金岡照光《再論文㴒法師俗講の諸樣相》,《東洋學研究》1969年第3期,第69—84頁。
③ 周紹良《五代俗講僧圓鑒大師》,《佛教文化》創刊號,1989年,第2—7頁。
④ 張涌泉《以父母十恩德爲主題的佛教文學藝術作品探源》一文的附録首次整理了丁本《佛説父母恩重經》(《原學》第二輯,北京:中國廣播電視出版社,1995年)。隨後,張涌泉又對丁本《佛説父母恩重經》舊本重新校理,附載於《敦煌本〈父母恩重經〉研究》附録(《文史》第49輯,北京:中華書局,1999年,第74—76頁)。張涌泉前兩次整理時,皆據P.3919A-2號寫卷録文,第三次重新校理時,以上圖119號爲底本,P.3919A-2號爲甲本,該修訂本作爲《以父母十恩德爲主題的佛教文學藝術作品探源》一文的附録,收入《敦煌文獻論叢》(上海:上海古籍出版社,2011年,第248—251頁)。按:本節論述時徵引的丁本《佛説父母恩重經》以第三次整理本爲據。
⑤ 〔唐〕宗密《佛説盂蘭盆經疏》卷二,《大正藏》第39册,臺北:新文豐出版公司,1983年,第509頁。(若無特別説明,本書所參皆爲此版本)

處,《二十四孝押座文》既可專用於《父母恩重經》俗講之前的押座,亦可用於一般的孝道類俗講場合。李正宇《敦煌俗講僧保宣及其〈通難致語〉》一文,主要考察保宣的生平及所撰《講經通難致語》的意義。①

6. 俗講器具

講經活動中使用的器具較多,如鼓、麈尾、高座等。向達《補説唐代俗講二三事——兼答周一良、關德棟兩先生》探討了俗講時高座的具體位置。② 鄭阿財《唐五代俗講中之高座考論》一文,先是考察了佛教高座的起源與發展,着重論述唐五代俗講中高座形制、實物、作用及安置位置,以證實其在俗講中的作用。③ 福井文雅《麈尾新考・儀禮的象徵の一考察》《講經儀式における服具の儀禮的意味》等探討了講經活動中麈尾、如意的作用、形制及意義。④

三 本書内容簡介

通過上文的綜述,我們可以看到,學界對敦煌講經文的整理,從單篇録文到彙集所有可見的講經文篇目,再到詳校精釋,大概經過了近一個世紀,這與世界各地的敦煌文獻影印出版、中國的國際影響力日益增強,以及中國敦煌學研究發展壯大等密切相關。國内外學界有關俗講的研究成果特别豐富。本書在借鑒前人研究成果的基礎上,搜集近二十年

---

① 李正宇《敦煌俗講僧保宣及其〈通難致語〉》,《程千帆先生八十壽辰紀念文集》,南京:江蘇古籍出版社,1992年,第210—219頁。
② 向達《補説唐代俗講二三事——兼答周一良、關德棟兩先生》,周紹良、白化文編《敦煌變文論文録》,上海:上海古籍出版社,1982年,第171頁。
③ 鄭阿財《唐五代俗講中之高座考論》,樊錦詩、榮新江、林世田主編《敦煌文獻、考古、藝術綜合研究——紀念向達教授誕辰110周年國際學術研討會》,北京:中華書局,2011年,第261—278頁。
④ 〔日〕福井文雅《麈尾新考・儀禮的象徵の一考察》,《大正大學研究紀要》第56輯,1971年,第79—101頁;〔日〕福井文雅《講經儀式における服具の儀禮的意味》,《日本佛教學會年報》1978年第43期,第101—117頁。

來學界已證實或新發現的講經文篇目，補充和完善已有的講經文研究之不足，并對新發現或新證實的講經文進行深入的研究，充分挖掘其學術價值與意義。

全書共分爲六章。第一章，敦煌講經文研究。主要從"晚唐五代以前的佛教通俗講經""敦煌講經文及其主講經典""從敦煌講經文看講經場合"等方面，分析三國至晚唐五代民間通俗講經的發展與變遷，探討現存講經文的文本特徵以及唐五代民間俗講活動中常講的經典等。

第二章，唐五代的俗講儀式研究。主要從"俗講的組織者與參與者""俗講的程式及特徵""俗講的應用文範——開題文"等三個方面進行論述，補充俗講活動中開題這一環節的研究不足，推動俗講活動研究的新進程。

第三章，敦煌本《維摩詰經講經文》研究。主要探討羅振玉貞松堂藏本和BD15245號（新1445）《維摩詰經講經文》寫卷的關係以及這兩個寫卷的創作時間，揭示其文本中蘊含的文殊信仰的歷史與社會淵源。

第四章，羽153V號《妙法蓮華經講經文》研究。通過整理和校錄新發現的日本杏雨書屋影印的羽田亨舊藏羽153V號《妙法蓮華經講經文》寫卷，考察講經文中九色鹿王救度懷孕母鹿故事的文本來源等相關問題。

第五章，BD7849號《妙法蓮華經講經文》研究。在整理和校注《妙法蓮華經講經文》的基礎上，探討其文本性質、撰述背景、抄寫情形、素材來源及創作時間。

第六章，敦煌本《太子須大拏經講經文》研究。通過考察ДX.285等六殘片與BD8006號殘卷的内容及抄寫時間，分析這兩個寫卷的關係，論述聖堅譯《太子須大拏經》在中古的傳播形式。

另有附錄，爲孤本《净土盂蘭盆經》（P.2185號）校釋。現存唐五代宣傳孝道文化的講唱文學如《大目乾連冥間救母變文》《盂蘭盆經講經文》等在撰述時，經常參考中土撰造的佛典——《净土盂蘭盆經》中目連母墮餓鬼道的因緣故事。本書以法國國家圖書館藏 P. 2185 號高清彩色圖版爲底本，參考學界前賢的校録成果，重新校釋《净土盂蘭盆經》，以期爲學界提供一部更爲完善的整理本。

第一章 敦煌講經文研究

兩漢之際，佛教通過絲綢之路上的西域諸國傳入中國，漢地第一座寺院便是漢明帝永平十一年（68）在洛陽興建的白馬寺。佛教初傳的首要任務便是翻譯經典，但當時中土并無出家僧尼。這些以梵文及西域諸國語言抄寫的佛經，最開始都是由來華的印度或西域僧人以及中土好佛居士共同翻譯的。東漢時期，佛典翻譯後，最初是在出家沙門或居士間傳抄講習，且以僧團内部傳播爲主。衆所周知，佛教傳播的主要途徑有譯經、講經、誦經等。隨着中國本土出家僧侣的日益增多，佛教講經逐漸分化成兩種形式：第一種，針對出家僧尼的專業講經，在唐代時普遍被稱作"僧講"；第二種，聽講對象爲普通民衆及好佛人士的通俗講經，在唐代被稱作"俗講"。寺院僧講主要由高僧大德準備或製作義疏講説佛教的經、律、論三藏，這是佛教義學發展的關鍵因素，俗講則由化俗法師與都講以韵散相間的形式對佛經、佛經故事等進行演繹，如敦煌遺書中現存多篇講唱文學作品的代表題材——敦煌講經文，如《金剛般若波羅蜜經講經文》《妙法蓮華經講經文》《維摩詰經講經文》《父母恩重經講經文》《盂蘭盆經講經文》等，俗講活動演變到後來，講説的内容還由佛教故事擴展到中國歷史故事，如《漢將王陵變》《舜子變》《伍子胥變文》等。

　　敦煌講經文是未見載於傳世文獻，僅保留在敦煌藏經洞中的佛教俗講的底本和記録本，是敦煌講唱文學中一種新的文體，更是宋元以來多種説唱文學的源頭。中國佛教通俗講經活動至遲在三國吴主孫皓時期便已展開，不同歷史時期的佛教通俗講經有着各自的特色。敦煌講經文爲我們瞭解唐五代佛教通俗講經的具體情形提供了最原始、最重要的史料。

敦煌講經文是唐五代民間俗講過程中產生的講唱文學作品之一，對中國佛教俗講活動進行溯源，是探究這一文體生成歷程的前提。敦煌藏經洞中保留了許多晚唐五代俗講儀式與講經文的底本或記錄本，爲研究這一時期的俗講活動提供了不少原始史料，向達《唐代俗講考》、孫楷第《唐代俗講軌範與其本之體裁》、侯冲《俗講新考》等都是利用這些材料論述晚唐五代的俗講儀式等相關問題。然而，中國傳世文獻留存的唐五代以前的佛教通俗講經及其相關記載較少，致使我們對其發展脈絡不甚清楚。中國佛教通俗講經到底始於何時以及它在不同歷史時期的演變軌迹等問題，亟待深入考察。對講經文、變文的研究是敦煌文學中起步最早、發展最快者，但早期的研究多屬於"挖寶式"或"填鴨式"的，學界前賢的立論和研究深度常常受限於手頭可見的寫卷數量，例如，二十世紀前刊布的講經文寫卷顯示其文本構成僅有一種類型，即"經文＋散文＋韻文"。近二十年以來，世界各地所藏敦煌寫卷基本上都已刊布，學界前賢及筆者新發現或新證實的 9 篇講經文的文本組織形式，由原來的一種增至三種："經文＋散文＋韻文""經中內容＋散文＋韻文""散文＋韻文"。其中後兩種爲新增文本形式，其篇目亦由舊有的 23 篇（黃征、張涌泉《敦煌變文校注》）增至 32 篇，且主講的都是唐五代最爲流行的佛典，這兩種不同文本類型的講經文，對此類講唱文學作品的整體性考察起着重要作用。梳理與分析講經文的傳播場所，有助於我們深入瞭解俗講活動及其使用文本在唐五代民間傳播的多元化特徵。

第一節　晚唐五代以前的佛教通俗講經

　　中國佛教通俗講經活動至遲在三國吳主孫皓統治時期（264—280）便已開始。梁慧皎《高僧傳》卷一《魏吳建業建初寺康僧會》載：三國吳赤烏十年（247），僧會至江左建業傳法，吳主孫皓凶殘嗜殺，不懂佛法妙理，僧會入宮爲他講說因果報應故事，開導其心。① 兩晋時期通俗講經活動的參與者主體爲帝王、官員、世家大族、文人，講說者有高僧也有士族好佛文人。《高僧傳》卷四《晋剡東仰山竺法潛》載：竺法潛，俗姓王，時晋丞相武昌郡公王敦之弟，十八歲出家，善講經論，東晋哀帝時應邀入宮爲帝與大臣講《大品》。②

南北朝佛教齋會上唱導的出現，促使通俗講經活動更加普及。《高僧傳》在譯經、義解、習禪等八科的基礎上，增加唱導、轉經兩科，皆因此二者"雖於道爲末，而悟俗可崇"③，慧皎認爲唱導師須具備聲、辯、才、博四種能力，才能更好地爲不同社會群體的人說法，"如爲出家五衆，則須切語無常，苦陳懺悔。若爲君王長者，則須兼引俗典，綺綜成辭。若爲悠悠凡庶，則須指事造形，直談聞見。若爲山民野處，則須近局言辭，陳斥罪目。凡此變態，與事而興。可謂知時知衆，又能善說"④，慧皎記録當時僧人爲在家信衆舉辦八關齋會時的情景：

  至如八關初夕，旋繞行周，烟蓋停氛，燈惟靖耀，四衆專心，叉指緘默。爾時導師則擎爐慷慨，含吐抑揚，辯出不窮，言應無盡。談無常，則令心形戰慄；語地獄，則使怖泪交零。徵昔因，則如見往業；覆當果，則已示來報。談怡樂，則情抱暢悦；叙哀感，則灑泪含酸。於是闔衆傾心，舉堂惻愴。五體輸席，碎首陳哀。各各彈指，人人唱佛。爰及中宵後夜，鐘漏將罷。則言星河易轉，勝集難留。又使人迫懷抱，載盈戀慕。

---

① 《高僧傳》卷一《魏吴建業建初寺康僧會》："會在吴朝，亟説正法，以晧性凶粗，不及妙義，唯叙報應近事，以開其心。"（[梁]慧皎撰，湯用彤校注《高僧傳》，北京：中華書局，1992年，第18頁）
② [梁]慧皎撰，湯用彤校注《高僧傳》卷四，北京：中華書局，1992年，第156頁。
③ [梁]慧皎撰，湯用彤校注《高僧傳》卷十三，北京：中華書局，1992年，第521頁。
④ [梁]慧皎撰，湯用彤校注《高僧傳》卷十三，北京：中華書局，1992年，第521頁。

當爾之時，導師之爲用也。①

南北朝唱導師經常在八關齋等法會開始時宣唱無常、地獄、因果報應、歡樂悲傷都難永駐等，聽衆聞後心驚膽戰、涕泪長流，皆離席長跪懺悔，無比哀傷。法會後半場，唱導師開始宣唱時間飛逝，今日盛會即將解散，使聽衆心生留戀之情。音聲出衆是唱導師必備條件之一，人生無常等也是齊梁唱導師法會宣唱的主題之一，梁慧皎《高僧傳》卷十三共載多位唱導師，如劉宋京師祇洹寺釋道照常在宋武帝内殿齋會上講説人生無常、百年轉瞬即逝，所受苦樂皆前世之因等；南齊孝武帝殷淑儀薨，釋曇宗爲孝武帝講説人生在世所見爲虛，恩愛終將别離的道理。②南北朝的唱導師以因緣譬喻等故事唱説法理，旨在開化俗衆。《廣弘明集》收録的梁簡文帝蕭綱的《唱導文》、王僧孺的《禮佛發願文》《初夜文》等都是散文，可見這一時期佛教唱導文應以散文爲主。

直到隋代初年中土纔出現與敦煌講經文韵文説唱部分音聲曲調相類的翻譯佛典。羅宗濤指出《敦煌變文集新書》收録的 6 篇《維摩詰經講經文》標注"吟上下""古吟上下""上下吟"的韵文，每四句構成"平、仄、仄、平"的韵律，往復交替，以高低抑揚的腔調來吟咏，這一現象不見於魏晋各家詩集與唐詩，却在隋闍那崛多譯《佛本行集經》的偈頌中比較常見。據他統計，該經共有 452 首偈頌，完全符合"平、仄、仄、平"交錯規律者共 310 首。此外，他還注意到早期翻譯的佛典偈頌符合這種規律者甚少。闍那崛多精通華梵音義，通曉殊方俗語，譯經時保留了梵文偈頌的聲律特色。現存敦煌變文、講經文中平仄交錯的韵文非常多，創作時應受到《佛本行集經》的偈頌

---

① ［梁］慧皎撰，湯用彤校注《高僧傳》卷十三，北京：中華書局，1992 年，第 521－522 頁。
② ［梁］慧皎撰，湯用彤校注《高僧傳》卷十三，北京：中華書局，1992 年，第 510、513 頁。

影響。①

"俗講"一詞最早出現在唐初，當時佛教徒用它專指儒家經典的講說，唐道宣《續高僧傳》卷二十六《唐衡岳沙門釋善伏傳》載：釋善伏五歲出家，貞觀三年（629）被充州學後，常"日聽俗講，夕思佛義"。此處"俗講"就是指佛教徒眼中州郡縣鄉學堂講說儒家經典一事。其實，早在南北朝時，六經等儒家經典便經常被高僧、居士視爲"濟俗之書"，梁慧皎《高僧傳》卷七《宋京師東安寺釋慧嚴》載："范泰、謝靈運常言六經典文，本在濟俗爲治，必求靈性真奧，豈得不以佛經爲指南耶。"② 而研讀這些"濟俗"之書的僧人，便被評爲懷抱"俗志"，例如，唐道宣《續高僧傳》卷一《梁揚都莊嚴寺金陵沙門釋寶唱傳》載："（寶唱）乃從處士顧道曠、呂僧智等，習聽經史《莊》《易》，略通大義。時以其游涉世務，謂有俗志，爲訪家室，執固不回。"③ "俗志"與"俗講"中的"俗"字，皆爲世俗之義。"俗講"一詞，從何時起專指佛教通俗講經，現已無法考知。

現存最早的一部佛教俗講經文，極有可能出現在高宗顯慶元年（656）之前。唐高宗顯慶元年玄奘所上《慶佛光王滿月并進法服等表》中提到"《報恩經變》一部"④，潘重規將這部《報恩經變》視爲俗講經文可稱爲變文的主要依據。⑤ 鄭阿財從"變""部"二字用法等方面進行考察，提出早在七世紀初便有講唱《報恩經》的俗講經文。⑥ 因此，以佛經爲依據創作的變文很可能在七世紀初便已存在。唐玄宗開元天寶年間，民間講唱活動已風靡一時，撰於玄宗天寶七年至十三年（748—

---

① 羅宗濤《敦煌講經變文"古吟上下"探源》，《漢學研究》1986年第4卷第2期，第129—140頁。
② ［梁］慧皎撰，湯用彤校注《高僧傳》卷七，北京：中華書局，1992年，第261頁。
③ ［唐］道宣撰《續高僧傳》卷一，《大正藏》第50冊，第426頁。
④ ［唐］慧立本、釋彥悰箋《大唐大慈恩寺三藏法師傳》卷九，《大正藏》第50冊，第272頁。
⑤ 潘重規《敦煌變文新論》，《幼獅月刊》1979年總第49卷第1期，第18—41頁。
⑥ 鄭阿財《敦煌講經文是否爲變文之平議》，《敦煌吐魯番研究》2011年第12卷，第303—321頁。

754)的敦煌本《降魔變文》可爲實證。①

　　唐憲宗元和末年（820）至敬宗寶曆二年（826）前後，佛教俗講活動在民間特別興盛。段成式的《酉陽雜俎續集》卷五《寺塔記上》"平康坊菩薩寺"條記載："佛殿内槽東壁維摩變，舍利弗角而轉睞，元和末，俗講僧文淑裝之，筆迹盡矣。"② 按："文淑"應作"文溆"③，憲宗元和末年，佛教俗講已盛行於長安，主講法師文溆被稱作"俗講僧"。這是現存文獻中我們能找到"俗講"一詞專指佛教徒對世俗信衆弘法活動的最早的記載。北宋司馬光《資治通鑒》卷二四三《唐紀》五十九"敬宗"載：寶曆二年六月，敬宗幸興福寺觀文溆法師俗講。④ 俗講僧文溆法師於元和末至寶曆二年活躍於各大講席，向達等前輩學者據此推知俗講應產生於此前。

　　唐文宗大（太）和九年（835），可能因爲國家多故，社會動蕩不安，所以從這一年起就沒有再敕開俗講⑤。唐武宗會昌元年（841）正月敕令長安左右兩街寺觀重啓俗講活動。會昌元年至二年（842）五月之間，長安兩街俗講活動尤爲興盛，現據日本求法僧圓仁《入唐求法巡禮行記》卷三的記載，將當時的俗講活動整理如下：

---

① 黃征、張涌泉《敦煌變文校注》卷七，北京：中華書局，1997年，第1192頁。
② ［唐］段成式撰，方南生點校：《酉陽雜俎續集》卷五，北京：中華書局，1981年，第252頁。
③ 向達《唐代俗講考》，《唐代長安與西域文明》，北京：商務印書館，2015年，第303頁。
④ ［北宋］司馬光撰、［元］胡三省注《資治通鑒》卷二四三《唐紀》五十九，北京：中華書局，2012年，第7850頁。
⑤ 〔日〕圓仁撰，白化文、李鼎霞、許德楠校注《入唐求法巡禮行記校注》卷三"從太和九年以來廢講"注釋，石家莊：花山文藝出版社，2007年，第373頁。

表一　圓仁《入唐求法巡禮行記》所載會昌初年長安左右兩街的俗講活動①

	敕令開講時間	佛教俗講活動	道教俗講活動
1	會昌元年，正月十五日起至二月十五日	左右街七寺，左街四處：此資聖寺令雲花寺賜紫大德海岸法師講《花嚴經》；保壽寺令左街僧録三教講論賜紫引駕大德體虛法師講《法花經》；菩提寺令招福寺內供奉三教講論大德齊高法師講《涅槃經》；景公寺令光影法師講。右街三處：會昌寺令內供奉三教講論賜紫引駕起居大德文淑法師講《法花經》——城中俗講，此法師爲第一；惠日寺、崇福寺講經法師未得其名	太清宮內供奉矩令費於玄真觀講《南花》等經；右街一處，未得其名
2	五月一日	兩街十寺講佛教，兩觀講道教。青龍寺內供奉講論大德嗣標法師於當寺講《金剛經》，青龍寺圓鏡法師於菩提寺講《涅槃經》，自外不能具書	未載
3	九月一日	敕兩街諸寺開俗講	未載
4	會昌二年正月一日	正月一日，家家立竹竿，懸幡子。新歲祈長命。諸寺開俗講	未載
5	五月□（一）日	奉敕開俗講，兩街各五座	未載

　　會昌元年至二年五月，武宗敕令長安左右兩街舉辦了五次俗講活動，圓仁對會昌元年正月的俗講活動叙述得比較詳細：左街有四個寺院舉辦俗講法會，海岸法師在資聖寺講《華嚴經》、體虛法師在保壽寺講《法華經》、齊高法師在菩提寺講《涅槃經》、光影法師在景公寺所講經典未載。右街有三個寺院負責此次俗講活動，會昌寺由文淑法師講《法華經》，圓仁不知惠日寺、崇福寺講經法師及主講經典之名，故於日記中略載。長安諸寺的講經法師多爲賜紫三教講論大德，如體虛、齊高、文淑法師等，文淑法師當時是長安俗講第一人。《法華經》分別在左右兩街開講，足證此經在當時深受民衆喜歡。相較而言，道教俗講規模較小，會昌元年正月至二月的俗講活動中，左右兩街分別

---

① 〔日〕圓仁撰，白化文、李鼎霞、許德楠校注《入唐求法巡禮行記校注》卷三，石家莊：花山文藝出版社，2007年，第369、389、393、395、403頁。

祇有一處道觀開展俗講活動，左街玄真觀矩令費道士講《南華真經》等，右街開講道觀、主講道士等具體信息未載。會昌元年五月一日，唐武宗敕令長安左右兩街十寺開講，此次開講寺院比上次（正月九日）增加三寺，足見此次俗講規模較上次有所擴大，其中嗣標法師在他修行的寺院講《金剛經》、青龍寺的圓鏡法師在菩提寺講《涅槃經》，其他寺俗講法師及主講佛經并未詳載，但應與上次兩街俗講情形相類。圓仁雖未詳載後三次俗講的詳細信息，但由開講寺院的數目，如"諸寺""兩街各五座"等信息可推知：這三次俗講規模、開講寺觀、主講經典與前兩次基本相同，圓仁是佛教徒，主修密宗，他省略當時道觀的俗講信息也在情理之中。

上述官方敕令舉辦的五次俗講，都在正月、五月、九月舉辦，這三個月是佛教的三長齋月，又稱神變月、神通月、神足月、三齋月、善月、三長月等，持齋者須在這三個月内吃素修福，帝釋天及四天王等會巡查人間，考察衆生之善惡，若衆生行善持五戒，帝釋諸天王俱喜悦，派遣諸善神護佑，使其風調雨順，凶疫、灾害不侵；若衆生犯十惡業道，四天王不悦，不令諸神營護，則其所居處日月無光，風雨失調。詳可參劉宋智嚴與寶雲所譯《佛説四天王經》。① 唐代三長齋月制度比較盛行，在此期間國家避免刑殺，不殺畜類，官方的俗講法會也多在這一時期舉辦。上述材料顯示：元和至大和九年之間、會昌元年至二年之間，佛道二教的俗講非常興盛，尤其是會昌初長安兩街寺觀俗講興盛的吉光片羽被圓仁記錄在《入唐求法巡禮行記》中，為瞭解當時俗講概況提供了最關鍵的信息。

會昌法難以後，寺院俗講又逐步恢復。日僧圓珍於唐宣宗大中七年（853）入唐求法，大中十二年（858）回到日本，他所撰《佛説觀普賢菩薩行法經》提到了當時寺院僧俗講經制度，即寺院俗講法會的舉辦時間一般在每年正月、五月、九月，聽衆為普通民衆，出家僧尼不能聽

---

① ［劉宋］智嚴、寶雲譯《佛説四天王經》卷一，《大正藏》第15冊，第118頁。

講，舉辦目的是勸說民眾施捨財物補充寺院資產；寺院僧講法會大多在安居月舉辦，俗眾不得參與，否則召集聽講之僧會被官員問責。① 圓仁、圓珍所載寺院俗講法會舉辦情形應大致相同。遺憾的是，現存史料并未記載文溆、體虛等法師俗講活動中使用的底本，我們現已無法探知此類俗講所用文本與敦煌現存晚唐五代的講經文之間的關聯。

晚唐五代的佛教俗講活動濫觴於民間。現有題記的講經文篇目，如P.3808號《長興四年中興殿應聖節講經文》、S.6551V號《阿彌陀經講經文》、P.2133V號《金剛般若波羅蜜經講經文》、Ф101號《維摩碎金》等，多抄於晚唐五代。荒見泰史考察了現存24種講經文、變文的成書年代，指出它們大多集中在十世紀前期與中期。② 可見，晚唐五代時期民間的俗講活動依然盛行。

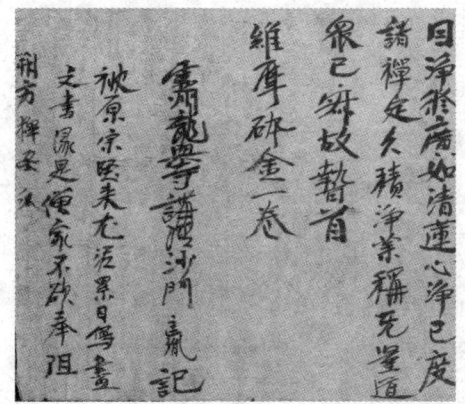

圖一　Ф101《維摩碎金》卷末題記（IDP 圖版）

綜上所述，兩漢之際佛教傳入中國，最先在知識分子階層傳播，但至遲在三國吳主孫皓時便已展開了通俗講經活動。南北朝齋戒禮懺活動

---

① 〔日〕圓珍《佛說觀普賢菩薩行法經》卷上："講者，唐土兩講。一俗講，即年三月就緣修之，只會男女，勸之輪物，充造寺資，故言俗講（僧不集也云云）；二僧講，安居月傳法講是（不集俗人類也，若集之僧被官責）。"（圓珍撰《佛說觀普賢菩薩行法經》卷上，《大正藏》第56冊，第227頁）

② 〔日〕荒見泰史《敦煌變文寫本的研究》，北京：中華書局，2010年，第196－197頁。

的興盛，促使唱導師雜引因緣譬喻宣唱佛理，此舉促進了佛教通俗講經的技藝、內容、儀式等不斷豐富與完善。唐高宗時便有演繹《大方便佛報恩經》的《報恩經變》一部。唐玄宗開元、天寶年間，韵散相間的俗講便已在民間盛行。從憲宗元和年間至五代末，朝廷雖偶有敕令罷講習，或中斷俗講活動，但一般很快都會恢復。晚唐五代是俗講活動最爲發達的時期，敦煌藏經洞中保留的俗講儀式、俗講經文的底本或記錄本，多抄寫於這一時期，這些文本的留存爲深入考察講經文提供了一手材料。

第二節　敦煌講經文及其主講經典

敦煌莫高窟出土的七萬多件文書中，收錄了大量的文學作品，包括變文、講經文、押座文、解座文、因緣、話本、詞文、詩、曲子詞、故事賦、邈真贊、書、啓、狀、牒、碑、銘等十數種文體，內容雅俗并存，以俗爲主。這些文學作品的創作地點有在敦煌的，也有很多是敦煌以外地區的，通過絲綢之路傳到了敦煌，并在莫高窟保留了下來。講經文是敦煌講唱文學作品的一種，是僅保留在莫高窟藏經洞的文學體裁，在俗文學史、佛教文學史以及整個中國文學史上都具有舉足輕重的地位。講經文寫卷自披露於世以來，便引起國內外文學史家的高度關注，其整理本亦多過其他體裁的敦煌文學作品，學界對這一新見文體名稱及性質的界定，也在多次的篇目搜集與文本整理過程中愈加精確。

（一）敦煌講經文名義的發展與演變

近百年來，講經文的定名共經歷了三個階段：第一階段，二十世紀三十至五十年代，敦煌講經文的研究尚處於起步階段，當時藏在英法等國的敦煌寫卷還沒有影印圖版，這就導致了國內學者案頭可見的講經文篇目特別有限。這一時期的講經文與變文、因緣等其他敦煌講唱文學作品之間的界限并不明確，講經文常被當作俗文、佛曲等進行著錄與整理。羅振玉《敦煌零拾》將貞松堂藏本《維摩詰經講經文》擬題作"文殊問疾佛曲"①。鄭振鐸《中國俗文學史》中則將韻散相間的講唱文本都歸在"變文"的範疇。② 許國霖《敦煌雜錄》校錄國立北平圖書館（今國家圖書館前身）所藏的 12 篇變文，擬將其中 3 篇講經文題爲變文，如光 94 號（BD5394 號）《維摩詰所説經變文》、河 12 號（BD6412 號）《父母恩重經變文》、殷 62 號（BD9541 號）《阿彌陀經變文》等。③

第二階段，二十世紀五十年代至二十世紀末，講經文與變文區分開來，講經文的名義漸趨明確。向達《唐代俗講考》將敦煌俗講文學作品分爲三類：押座文、變文、講經文。他最早使用"講經文"一詞，并以 P.3808《長興四年中興殿應聖節講經文》爲例指出："此一類作品，大都引據經文，偈語末總收以'□□□唱將來'之格式。敷衍全經者爲多，……亦引'經云'，間注'念佛'二字，……則俗講話本第三類之名稱，疑應作講經文。"④ 平野顯照贊同向達這一看法。⑤ 王重民、潘重規再次肯定講經文由三部分構成，即"經文＋散文＋韻文"⑥。金岡照光亦認可這一説法。⑦ 可見"經、白、唱"是當時學界公認的講經文文本最主要、最明顯的特徵。

敦煌講經文的整理本一般都容括在廣義的變文集中。這一歷史時期，學界共出版了七八種變文集整理本，影響較大的有王重民等《敦煌變文集》，潘重規《敦煌變文集新書》，黄征、張涌泉《敦煌變文校注》，

---

① 羅振玉《敦煌零拾》，民國上虞羅氏印本。
② 鄭振鐸《中國俗文學史》，上海：上海古籍出版社，2012 年，第 134—151 頁。
③ 許國霖《敦煌雜錄》，黄永武主編《敦煌叢刊初集》第 10 册，臺北：新文豐出版公司，1985 年，第 65、151、161 頁。
④ 向達《唐代長安與西域文明》，北京：商務印書館，2015 年，第 313—315 頁。
⑤ 〔日〕平野顯照撰，張桐生譯《唐代文學與佛教》，臺北：華宇出版社，《世界佛學名著譯叢》第 92 册，1986 年，第 248—258 頁。
⑥ 王重民《敦煌變文研究》，周紹良、白化文編《敦煌變文論文錄》上册，上海古籍出版社，1982 年，第 273 頁；潘重規《敦煌變文新論》，《幼獅月刊》1979 年總第 49 卷第 1 期，第 18—41 頁。
⑦ 〔日〕金岡照光《講座敦煌 9：敦煌の文學文獻》，東京：大東出版社，1990 年，第 37 頁。

项楚《敦煌變文選注》等①。這些變文集整理本共收録 23 篇講經文，具體篇目如下：

(1) P.3808 號《長興四年中興殿應聖節講經文》

(2) P.2133V 號《金剛般若波羅蜜經講經文》

(3) P.2931 號《阿彌陀經講經文》

(4) S.6551V 號《阿彌陀經講經文》

(5) P.2955 號《阿彌陀經講經文》

(6) 《阿彌陀經押座文》［新定爲《阿彌陀經講經文》（P.2122 號、P.3210 號、BD7783 號（製 83）+BD9541 號（殷 62）］

(7) P.2305 號《妙法蓮華經講經文》

(8) Φ365 號《妙法蓮華經講經文》

(9) P.2133《妙法蓮華經講經文》

(10) Φ365V 號《妙法蓮華經講經文》

(11) S.4571 號+S.8167 號（殘片）《維摩詰經講經文》

(12) Φ101 號《維摩詰經講經文》

(13) S.3872 號《維摩詰經講經文》

(14) P.2292 號《維摩詰經講經文》

(15) 《維摩詰經講經文》［BD5394 號（光 94）、P.3079 號］

(16) Φ252 號《維摩詰經講經文》

(17) 羅振玉貞松堂藏本《維摩詰經講經文》

(18) Φ96 號《雙恩記》

(19) P.3093 號《佛説觀彌勒菩薩上生兜率天經講經文》

---

① 2025 年 4 月，項楚主持的國家社科基金重大項目"敦煌變文全集"已經通過會議鑒定結項，近 10 年以來，課題組成員張涌泉教授、何劍平教授、張小艷教授、羅鷺教授等，在項楚先生的指導下，在《敦煌變文集》《敦煌變文集新書》《敦煌變文校注》等變文整理本的基礎上，全面調查國內外公私收藏機構所藏敦煌文獻，共收録 114 篇變文、319 個寫本，其中新增變文 26 篇，共 46 號，該結項成果《敦煌變文全集》創建了敦煌文獻整理的新範式，打造了敦煌文獻高質量整理的標杆，相信該結項成果的出版，將會在學界掀起新一輪的變文研究熱潮。

(20) P. 2148 號《父母恩重經講經文》

(21) BD6412 號（河 12）《父母恩重經講經文》

(22) 臺圖 32 號《盂蘭盆經講經文》

(23) Φ223 號《十吉祥》（新擬《阿彌陀經講經文》）

2013 年，朱鳳玉《敦煌〈妙法蓮華經講經文〉（普門品）殘卷新論》一文提出了判斷此類講經文較爲詳細的標準，即"催唱經題之有無；是否引據佛經經文，逐句闡釋演述；韻文說解是否采用佛教轉讀之法"。此外，她還將講經文其他特徵總結得非常細緻，如下所示：

> 講經文是專據某一部經的本文來進行佛教義理的宣說講解。其題材是以佛教經典爲基本；其結構是正說開題前有用梵贊吟詞以鎮攝高座下聽衆，使其專心致意聽講的押座文；然後唱釋經題，進入正說。正說部分采三分科判，即：序分、正宗分、流通分，依序講說；最後則有解座文。其正說體制則是先引經文，次據經文依序逐句以散文進行解說，復以韻文宣唱。解說時除義理之闡釋外，其間每每穿插佛教本生、因緣、譬喻等故事，使之通俗化，用以啓悟聽衆。①

除"經文唱誦—散文解說—韻文宣唱"外，講經文底本前的押座文、開題文、三分科判的解說形制、中間穿插的譬喻、因緣故事等，皆可作爲判斷講經文的參考標志。

第三階段，新發現的講經文拓展了敦煌佛教講經文的名義。二十一世紀以來，隨着世界各地所藏敦煌遺書影印圖版及彩色照片的公布，學界前賢與筆者又新發現、新證實了 9 篇講經文。至此，講經文篇目由舊有的 23 篇新增至 32 篇，新增篇目如下：

---

① 朱鳳玉《敦煌〈妙法蓮華經講經文〉（普門品）殘卷新論》，《敦煌寫本研究年報》2013 年第 7 號，第 52—54 頁。

(1) BD15245 號（新 1445）《維摩詰經講經文》

(2) Дх.12642＋Дх.12010＋Дх.11862……＋Дх.10734《盂蘭盆經講經文》

(3) P.3944 號《法華經講經文》

(4) 羽 153V 號《法華經講經文》

(5) BD7849 號（製 49）《法華經講經文》

(6) 首都博物館藏 32.536V 號《佛說如來八相成道經講經文》

(7) P.2459V 號《佛本行集經講經文》

(8) S.4194 號《佛本行集經講經文》

(9) Дх.285 等六個殘片、BD8006 號（字 6）《太子須大拏經講經文》

以上新刊布的前 5 篇講經文的文本組織形式與前面所列 23 篇基本相同，都是"經文＋散文＋韵文"，即由都講唱誦經文，法師以散文說白的形式進行宣講，接着由都講以韵文形式唱誦、強調法師主講內容，如此循環往復，直到結束。但其餘 4 篇講經文體制稍異，依據文本形態將其分成兩類：一是由"經中內容＋散文＋韵文"三部分構成，此類講經文一般不全部敷演經文，而是摘取經文中部分內容進行講說，如首都博物館藏 32.536V 號《佛說如來八相成道經講經文》徑直敷演如來成道所歷之八相。二是敷演本生、因緣譬喻類佛經的講經文，由"散文＋韵文"構成，以散文解說爲主，韵文唱誦爲輔。這些新增篇目有助於講經文名義、文本類型等信息的進一步完善，使其作爲一種獨立文學體裁的特徵更加鮮明。

敦煌藏經洞中保存的講經文篇目都是道真修復三界寺藏經時在敦煌地區及其周邊的各大寺院、道觀、學校及官府衙門以及民間搜集而來，① 它們的存在一定程度上揭示了唐五代民間俗講活動中常講佛經概

---

① 張涌泉、羅慕君、朱若溪《敦煌藏經洞之謎發覆》，《中國社會科學》2021 年第 3 期，第 180—203 頁。

況及其流傳等信息。講經文現存 32 篇，通過列表比較可知，民間俗講中的主講經典大致有兩類：一是中土翻譯的佛經，主要包括大乘經典和佛傳經典；二是中土撰述的佛典，即疑偽經。詳參下表：

表二　敦煌佛教講經文主講各部佛經的篇數彙總

		主講經典	篇數	涉及佛經部數	占比
大乘經典	1	唐 不空譯《佛說仁王護國般若波羅蜜多經》	1	7	58%
	2	姚秦 鳩摩羅什譯《金剛般若波羅蜜經》	1		
	3	姚秦 鳩摩羅什譯《妙法蓮華經》	7		
	4	姚秦 鳩摩羅什譯《維摩詰所說經》	8		
	5	姚秦 鳩摩羅什譯《佛說阿彌陀經》	5		
	6	劉宋 沮渠京聲《佛說觀彌勒菩薩上生兜率天經》	1		
	7	西晉 佚名譯《佛說盂蘭盆經》	2		
佛本生、本行經	8	三國吳 支謙譯《太子須大拏經》	1	2	17%
	9	隋 闍那崛多譯《佛本行集經》	2		
中土撰述佛典	10	《佛說如來八相成道經》	1	3	25%
	11	《佛說大方便佛報恩經》	1		
	12	《佛說父母恩重經》	2		

現存敦煌講經文涉及佛經 12 部，共計 32 篇，共演繹大乘經典 7 部，約占 58％；佛本生、本行經經典共 2 部，約占 17％；中土撰述佛典 3 部，占 25％。講經文中演繹中土翻譯佛典的共有 28 篇，其中就有 21 篇演繹的是姚秦鳩摩羅什翻譯的《金剛般若波羅蜜經》《妙法蓮華經》《維摩詰所說經》《佛說阿彌陀經》，足證鳩摩羅什譯本在後世傳播之廣、影響之巨。釋迦牟尼本生及其成道故事是唐五代民間俗講活動中常見的主題之一，與之相關的講經文雖祇有 3 篇，但敦煌遺書中還有 23 種佛傳押座文、變文、因緣、唱詞等講唱文學作品，11 種佛傳贊歌，以及 6 件俗講常用的《佛本行集經抄》；此外，克孜爾石窟、敦煌莫高窟等石窟中的佛傳變相、榜題等，無不證明佛陀本生、本行以及成道故

事在民間受衆甚廣。敦煌遺書中還有 13 件中土撰述的《佛説如來成道經》，與之性質相類的《太子成道經》《佛説如來八相成道經》雖已散佚，但從某種程度上講，這些中土撰述的佛傳經典是古印度佛本行、本生及佛傳類原典走向中土民間通俗宣演的橋梁，如《降魔變文》叙述釋迦成道故事的 72 句中"有 64 句是從《佛説如來成道經》中直接取用或稍加改寫或調整而來的"①。《佛説盂蘭盆經》《佛説大方便佛報恩經》《佛説父母恩重經》等主要宣揚佛教的孝道思想，後兩部是佛教徒爲佛教融入中土社會以取得更有力的發展而編撰，尤其是《佛説父母恩重經》汲取了儒釋二家的孝道觀，在民間傳抄最爲廣泛，正體現了唐五代官方及民間對孝道的推崇。

（二）講經文演繹佛經在敦煌佛教文獻中的整體關照

上表（表二）從某種程度上揭示了《金剛般若波羅蜜經》《妙法蓮華經》等佛經的俗講經文在民間的流傳狀況及其受歡迎程度。敦煌藏經洞保留的寫卷共計七萬餘件，其中百分之九十以上都是佛教文獻，個别佛經的抄本多達千件以上。講經文演繹的大多是敦煌寫經中保留件數較多、傳抄較廣的佛經，如下表所示：

表三　敦煌遺書中保留的講經文主講佛經的件數信息②

數量	經名	敦煌寫經中件數
1	姚秦 鳩摩羅什譯《金剛般若波羅蜜經》	3459
2	姚秦 鳩摩羅什譯《妙法蓮華經》	5300
3	姚秦 鳩摩羅什譯《維摩詰所説經》	1280
4	姚秦 鳩摩羅什譯《佛説阿彌陀經》	295
5	劉宋 沮渠京聲《佛説觀彌勒菩薩上生兜率天經》	18

---

① 李文潔、林世田《〈佛説如來成道經〉與〈降魔變文〉關係之研究》，《敦煌學輯刊》2005 年第 4 期，第 49 頁。

② 表中所列幾部佛經寫卷數量，大多源自"敦煌殘卷綴合總集"項目組成員的碩士或博士論文以及單篇文章，已於後文標示詳盡出處；個别佛經的件數是筆者自己統計。

(續表)

數量	經名	敦煌寫經中件數
6	西晉 佚名譯《佛説盂蘭盆經》	11
7	西秦 聖堅譯《太子須大拏經》	10
8	隋 闍那崛多譯《佛本行集經》	104
9	佚名撰《佛説大方便佛報恩經》	68
10	佚名撰《佛説父母恩重經》	114

敦煌遺書中姚秦鳩摩羅什譯《佛説仁王護國般若波羅蜜多經》(《仁王經》)的件數多於唐不空譯本。《仁王經》《法華經》《金光明經》并稱護國三部經,有退兵息灾護國之功,自南北朝起,官方、民間講説《仁王經》的風氣較盛,如釋彦琮在武平初年(570—573)到晉陽大開講席,又被齊后請入宣德殿爲太后皇帝百官等講説《仁王經》。① 南朝陳時便有一年兩次講説《仁王經》的集會,智者大師曾在太極殿爲陳後主講《仁王經》,後遷居光宅寺講説此經時,陳後主還親臨法會聽講。② 玄奘西行求法至高昌國時爲高昌王講《仁王經》。③ 唐代宗永泰元年(765),不空奉敕譯《仁王經》,此年八月代宗令長安資聖寺、西明寺共設一百個高座,又邀請百位法師講《仁王經》。④ 不空在代宗朝備受推崇,又是佛經翻譯四大家之一,其所譯《仁王經》在唐五代亦頗具影響力,P.3808 號《長興四年中興殿應聖節講經文》演繹的便是不空的譯本。隋、唐、宋時由求法僧流傳至日本、朝鮮的《仁王經》大多爲不空所譯,"仁王會"至今還是日本諸多寺院常辦法會之一。那麽,爲何不空譯本《仁王經》在敦煌遺書中并無抄本?或與其翻譯時間較晚有關。

現存講經文的主講經典一定程度上印證了這些經典在當時的流傳概况。例如,《金剛經》現存六種譯本,據羅慕君統計,敦煌漢文本《金

---

① [唐] 釋道宣撰《續高僧傳》卷二,《大正藏》第 50 册,第 436 頁。
② [唐] 釋道宣撰《續高僧傳》卷十七,《大正藏》第 50 册,第 565—566 頁。
③ [唐] 冥祥撰《大唐故三藏玄奘法師行狀》卷一,《大正藏》第 50 册,第 215 頁。
④ [唐] 圓照集《大唐貞元續開元釋教録》卷一,《大正藏》第 55 册,第 751 頁。

剛經》現存3718件，已確定爲羅什譯本的有3459件，流支譯本157件，真諦譯本6件，玄奘譯本7件，存文見於多個《金剛經》譯本的共41號，未見圖版不明譯本的43件，非寫本5件，①足證傳播最廣的當屬姚秦鳩摩羅什譯本。《法華經》現存三種譯本，據秦龍泉調查，敦煌漢文本《法華經》共7600餘號，其中，竺法護譯《正法華經》約30號，鳩摩羅什譯《妙法蓮華經》共5300號左右，隋闍那崛多譯《添品妙法蓮華經》共40餘號，還有2300餘號不能確定爲後兩種譯本中的哪一種，其中《妙法蓮華經》的唐抄本數量最多。②敦煌本《維摩詰經》現存1477號以上，③鳩摩羅什譯本有1280餘號。④《阿彌陀經》的同本異譯共有三種，劉宋求那跋陀羅譯《佛説小無量壽經》早已散佚，現僅存咒語和利益文。據陳琳調查，敦煌遺書中現存鳩摩羅什譯《阿彌陀經》295件，玄奘譯《稱讚净土佛攝受經》5件。⑤綜上所述，敦煌遺書中保存的羅什所譯《金剛經》《法華經》《維摩詰經》《阿彌陀經》的抄本數量已超過10325件，約占現存敦煌寫卷的七分之一，且數量遠超這些經典的其他同本異譯之抄本。這四種大乘佛典中唐寫本最多，這既與唐五代以前寺院講經主講經典的趨勢相符，又與唐五代民間俗講敷演佛典的概況基本一致，説明羅什所譯這四部經典在中國佛教經典傳播史上有着舉足輕重的作用。因此，不管僧講、俗講抑或傳寫抄誦等，所據多爲其譯本。王重民《記敦煌寫本的佛經》指出，敦煌莫高窟出土的漢文卷子中佛經約有2萬件，最多不超過2.2萬件，其中漢文寫本佛經中數量最多的是"隋唐時代最通行的五部大經，即《大般若波羅蜜多經》

---

① 羅慕君《敦煌漢文〈金剛經〉整理研究》，浙江大學2018年博士學位論文，第575－690頁。
② 秦龍泉《敦煌〈妙法蓮華經〉漢文寫本研究》，浙江師範大學2018屆碩士學位論文，第4頁。
③ 張磊、周思宇《從國圖敦煌本〈維摩詰經〉系列殘卷的綴合還原李盛鐸等人竊取寫卷的真相》，《文獻》2019年第6期，第24頁。
④ 張瑞蘭《敦煌本〈維摩詰經〉异文研究》，浙江師範大學2013年碩士學位論文，第4頁。
⑤ 陳琳《敦煌本〈阿彌陀經〉寫本考》，浙江師範大學2015年碩士學位論文，第1頁。

《金剛般若波羅蜜經》《金光明最勝王經》《妙法蓮華經》和《維摩詰所說經》。到了唐代末年《妙法蓮華經》中的第二十五品——《觀世音經》和一部疑偽經《佛說無量壽宗要經》（亦稱《大乘無量壽經》），在敦煌特別流行，寫本也就特別多"①。可見隋唐流行的五部大乘經典之中羅什譯本已占據了三部。再者，敦煌遺書中羅什所譯這三部經典以及《阿彌陀經》共保留了至少10325件，多爲唐五代抄本，說明羅什譯本在唐五代亦頗具影響力。敦煌現存7篇《法華經講經文》、9篇《維摩詰經講經文》、4篇《阿彌陀經講經文》、1篇《金剛般若波羅蜜經講經文》等，敷陳的都是羅什譯本，共計21篇，幾乎占講經文篇目總數的三分之二，這一現象恰好印證了羅什所譯《金剛般若波羅蜜經》《妙法蓮華經》《維摩詰所說經》在唐五代民間特別盛行。

第三節　從敦煌講經文看講經場合

敦煌講經文既是佛教傳播通俗化歷程中的階段性成果，又是古印度佛教說法講論傳統在中國接受與變遷的具體呈現，更是中土民間講經文化繁榮的見證。敦煌講經文的題名是因爲這些講經文都保留在敦煌藏經洞之中，其創作、初傳和再傳之地并不一定在敦煌，祇是在民間傳播過程中彙聚到了敦煌及其周邊地區，又被道真搜集起來，用於修復三界寺的經藏。②

現存32篇講經文見於46個寫卷，其中大多爲殘卷，僅有個別寫卷的文中或尾題包含講經場所等信息，現可考知的有以下四類：

---

① 王重民《記敦煌寫本的佛經》，《敦煌遺書論文集》，北京：中華書局，1984年，第293頁。

② 張涌泉、羅慕君、朱若溪《敦煌藏經洞之謎發覆》，《中國社會科學》2021年第3期，第180—203頁。

(一) 皇帝降誕日宮廷講經

唐五代時於帝王降誕日在宮廷講經論義風氣比較濃，圓仁《入唐求法巡禮行記》卷四云："國風：每年至皇帝降誕日，請兩街供奉講論大德及道士於內裏設齋行香。請僧談經，對釋教道教對論義。"① 唐德宗貞元八年（792）沙門靜居曾上《皇帝降誕日於麟德殿講〈大方廣佛華嚴經玄義〉》一部，主講華嚴九會的含義，② 這部講稿曾流傳至代州五臺山大華嚴寺，圓仁巡禮五臺山時在該寺抄寫并帶回日本。③ P.3808號《長興四年中興殿應聖節講經文》就是在後唐明宗李嗣源降誕日請高僧講不空譯《佛說仁王護國般若波羅蜜多經》。中興殿是後唐明宗聽政之處，長興四年（933）九月九日是明宗誕辰，此次開講的目的是爲明宗祝壽，文中與這一主題相關的段落較多，主要體現在三個地方：第一，法師開篇的莊嚴文中有宣唱的祝壽韵文——"以此開贊，大乘所生功德。謹奉上（莊）嚴尊號皇帝陛下。伏願聖枝萬葉，聖壽千春；等渤澥之深沉，并須彌之堅固。"第二，法師講完不空譯《仁王經》卷一《序品》第一句"如是我聞，一時佛在王舍城鷲峰山中"後，便分別以兩次"臣聞"、七次"我皇帝"爲詞頭，以韵散交錯的形式，從七個方面頌揚明帝功德。第三，法師贊揚完明帝後，又叙述了降誕日宮外的諸種慶祝活動，即"此日是人慶賀，是處歡呼。上應將相王侯，下至士農工賈，皆瞻舜日，盡祝堯天。有人烟處，羅烈（列）香花；有僧道處，修持齋戒。蔭庥道廣，虔禱心同；唯希國土永清平，只願聖人長壽命"④。可知長興四年的降誕日，官方民間一起爲明宗慶祝，凡是有人的地方都擺滿香花，寺院道觀主辦各種法會，以求國土安寧，帝王長壽。

---

① 〔日〕圓仁撰，白化文、李鼎霞、許德楠校注《入唐求法巡禮行記校注》卷四，石家莊：花山文藝出版社，2007年，第440頁。
② 〔唐〕沙門靜居撰《皇帝降誕日於麟德殿講〈大方廣佛華嚴經玄義〉》，《大正藏》第36冊，第1064-1066頁。
③ 〔日〕圓仁撰《入唐新求聖教目錄》，《大正藏》第55冊，第1085頁。
④ 黃征、張涌泉《敦煌變文校注》卷五，北京：中華書局，1997年，第617-623頁。

（二）盂蘭盆齋會講經

晚唐五代盂蘭盆齋會期間寺院或民間常舉辦講經論義活動，《盂蘭盆經》與目連救母變文是常講主題。南北朝至隋代盂蘭盆齋會的相關史料比較簡略且零散，唐代傳世文獻及敦煌遺書中對其記載相對較多，但也比較分散，唯有楊炯《盂蘭盆賦》詳述武周如意元年（692）洛陽北門外舉行的送盆活動。據現存文獻可知唐五代的盂蘭盆齋會由三部分構成：送盆儀式—盂蘭盆齋會—破盆儀式。齋會期間究竟有無講經的環節，傳世文獻鮮有記載。道宣《續高僧傳》卷十五《唐襄州光福寺釋慧璿傳》載，慧璿貞觀二十三年（649）七月十四日講完《盂蘭盆經》後便往生西方。① 敦煌遺書現存兩篇《盂蘭盆經講經文》都是殘卷，講說場合未知。所幸臺圖 137 號《爲二太子中元盂蘭盆薦福文》記載盂蘭盆齋會當日有講經論義活動，著者提到聽講後的諸多疑惑，如目連證得六通一事的真僞、六通名目及含義、目連母墮餓鬼地獄受苦的緣由等。② 可見此次超度法會定然講到了以目連救母爲主題的相關經典，如《盂蘭盆經》《净土盂蘭盆經》等。此外，唐五代舉辦盂蘭盆齋會時常講以目連救母故事爲主題的變文，敦煌本《大目乾連冥間救母變文》卷首云：“夫爲七月十五日者，天堂啓户，地獄門開，三塗業消，[十善增長]。爲衆僧諸下，此日會福，之（諸）神八部龍天，盡來教福。[承供養者]，現世福資，爲亡者轉生於勝處。於是盂蘭百味，[飾貢於]三尊。仰大衆之恩光，救倒懸之窘急。”③ 可見組織法師講說論辯《盂蘭盆經》《净土盂蘭盆經》《目連救母變文》等，應是盂蘭盆齋會的主要環節之一。

（三）受戒法會講經

舉行受三皈五戒儀式時講經。S.6551 號寫卷，正背兩書：正面抄

---

① [唐]釋道宣撰《續高僧傳》卷十五，《大正藏》第 50 册，第 539 頁。
② 潘重規編《敦煌卷子》第六册，臺北：石門圖書公司，1976 年，第 1245 頁。
③ 黄征、張涌泉《敦煌變文校注》卷六，北京：中華書局，1997 年，第 1024 頁。

《根本說一切有部別解脫戒經疏釋》，背抄《十誦戒疏》《佛說阿彌陀經講經文》。張廣達、榮新江通過史料考知，這篇講經文的完成地點在以吐魯番盆地爲中心的西州回鶻王國，完稿時間大概是五代後唐、後晋交替之際，即公元930年前後。這篇講經文就是爲西州回鶻可汗及王公貴族大臣等舉辦懺悔受戒儀式而撰，除回鶻可汗及臣民外，參與者還有諸都統、毗尼、法師、三藏等，此次法會堪爲西州回鶻國最高級别的俗講法會，集齊僧俗兩界最高級别的統治者。講經文的宣講地點應是回鶻聖天可汗的宫内道場，目的則是爲可汗、皇親國戚及大臣受戒，使其死後往生西方净土世界。此次俗講法會的主要流程包括押座、莊嚴、懺悔、受戒、講經等五個環節，其中講經又可分成開題、正式解説兩個層次。法師要求聽衆先懺悔十惡五逆之罪，然後依次受三皈和五戒：皈依佛法僧三寳，即"皈依佛者，不墮地獄；皈依法者，不受鬼身；皈依僧者，不作畜生"①；接着再受五戒，不得殺、不得偷盗、不得邪淫、不得妄語、不得飲酒食肉。最後才開始講《佛説阿彌陀經》。那麽，爲何法師此次受戒法會講説的是《佛説阿彌陀經》？蓋因西州回鶻國及其周邊當時流行彌陀净土信仰，國王諸臣子等希望在法師的帶領下懺悔受戒，死後能不墮三塗而往生西方彌陀净土，如文中所言"來世往生西方净土，連（蓮）花化生，永抛三惡道，長得見彌陀"②。

　　S.6551V 號《阿彌陀經講經文》還是佛教俗講文化西傳至西州回鶻國及其周邊的實證之一，是目前可考知的唯一一篇撰述於敦煌以西西州回鶻的講經文。此次法會的講說者雖以"少僧"自稱，却爲後唐朝廷親封的賜紫大德，足證其義學水準高超。法師可能生活在洛陽以西的某地，曾往東游歷至後唐都城洛陽，③承蒙君主賜紫并加封號後，到五臺山朝拜文殊菩薩，又爲了普化衆人杖錫西游數載後到達西州回鶻，即於

---

① 黄征、張涌泉《敦煌變文校注》卷五，北京：中華書局，1997年，第681頁。
② 黄征、張涌泉《敦煌變文校注》卷五，北京：中華書局，1997年，第680頁。
③ 張廣達、榮新江《有關西州回鶻的一篇敦煌漢文文獻——S.6551號講經文的歷史學研究》，《北京大學學報（哲學社會科學版）》1989年第2期，第24—36頁。

闐國，巡禮當地佛教名山牛頭山，準備穿越雪山巡禮佛陀説法聖地靈山，却因身體不適停留此地，應邀爲可汗等受戒説法。① 晚唐五代俗講比較興盛，《金剛般若波羅蜜經講經文》、《長興四年中興殿應聖節講經文》、P. 2418 號《父母恩重經講經文》等講經文都抄於五代，與這篇講經文差不多同時。由此推知，這位"少僧"曾在東游唐國以後，將洛陽等地的佛教俗講文化傳播至西州回鶻等地。

（四）寺院舉辦俗講法會時講經

P. 2292 號《維摩詰經講經文》主講姚秦鳩摩羅什譯《維摩詰所説經·菩薩品》世尊派彌勒、光嚴前往毗耶離維摩方丈問疾一事，卷末題記載"廣政十年八月九日在西川静真禪院寫此弟廿卷文書，恰遇抵黑書了，不知如何得到鄉地去。年至四十八歲，於州中應明寺開講，極是温熱"②。廣政是五代後蜀孟昶的年號，這篇講經文的撰寫時間當是後蜀廣政十年（947），地點是西川（今成都）静真禪院，講説地點是州中應明寺。由題記知，法師共創作二十卷文書，而《維摩詰經講經文》爲第二十卷，他撰述完後還感慨這二十卷文書何時纔能傳到外地，惠及民衆。西川，唐方鎮名"劍南西川"之簡稱，治所在今四川成都，唐肅宗至德二年（757）將劍南分爲東川與西川，各置節度使，西川節度使的轄地一般包括彭、蜀、漢、眉、嘉、邛、簡、資、茂、黎、雅以西諸州。題記中的静真禪院、應明寺現無法考知具體位置，但毋庸置疑這篇講經文創作於五代劍南道管轄之西川，隨後流傳至敦煌并保存於莫高窟。

---

① S. 6551 號《阿彌陀經講經文》中俗講僧自述謂"但少僧生逢濁世，濫處僧倫，全無學解之能，虛受人天信施。東游唐國幸（華）都，聖君賞紫，承恩特加師號。擬五臺山上，攀松竹以經行；文殊殿前，獻香花而度日。欲思普化，爰别中幸（華），負一錫以西來，途經數載；製三衣於沙磧，遠達昆崗。親牛頭山，巡于闐國。更欲西登雪嶺，親詣靈山。自嗟業部（障）尤深，身逢病疾，遂乃遠持微德，來達此方"。

② 黄征、張涌泉《敦煌變文校注》卷五，北京：中華書局，1997 年，第 869 頁。

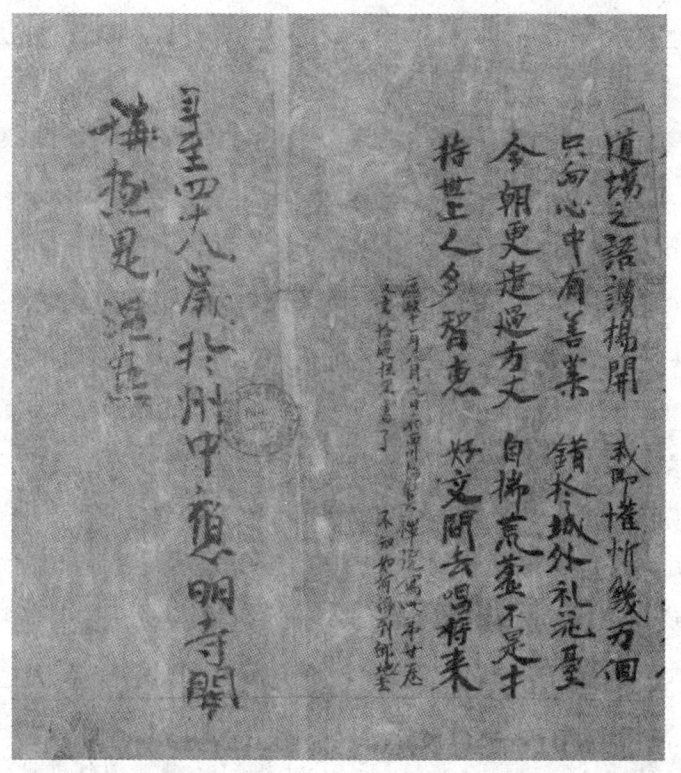

圖二　P.2292號《維摩詰經講經文》卷末題記（法國國家圖書館官網）

　　現可考知的講說地點有蜀地之西川、西州回鶻國的王庭、洛陽的中興殿。現存的講經文記載的抄寫之地，還有靈州（今寧夏武靈）的龍興寺，如Φ101號《維摩詰經講經文》載"靈州龍興寺講經沙門匡胤記。被原宗堅來，尤泥累日，寫盡文書。緣是僧家，不欲奉阻……"①。《金剛般若波羅蜜經講經文》的題記雖未提及抄寫的具體寺院，但卻云"貞明六年（920）正月□日，食堂後面書抄，清密，故記之爾"②。貞明是吳越君主錢鏐的年號，吳越定都在杭州，轄地大概包括浙江省全境、江蘇省東南部、上海、福建東北部，"食堂"是寺院僧人用齋之處，這篇講經文很可能是五代時期吳越國某個寺院的僧人所抄。

---

①　黃征、張涌泉《敦煌變文校注》卷五，北京：中華書局，1997年，第814頁。
②　黃征、張涌泉《敦煌變文校注》卷五，北京：中華書局，1997年，第646頁。

綜上所述，敦煌講經文的講經場合，可以確定的共有四種：第一，皇帝降誕日宮廷內講經；第二，盂蘭盆齋會期間寺院或民間爲亡人舉辦超度法會時講經；第三，舉辦受戒法會儀式時講經；第四，寺院舉辦俗講活動時講經。本節對這些俗講應用場合的考述與分析，有助於我們瞭解講經文在唐五代的受衆及其影響力，尤其是 S.6551V 號《阿彌陀經講經文》爲我們展示了民間俗講文化由中原傳播至西州回鶻，又從西州回鶻倒流回敦煌地區的過程，屬於佛教傳播中的"文化匯流"現象的經典例證。

　　兩漢之際，佛教傳入中土後爲了在民間扎根發展，至遲從三國吳主孫皓時期便已開始嘗試借助通俗講經弘傳因果報應等思想，旨在勸化那些不懂佛教義理的普通民衆。經過六朝齋會唱導説法的推動，佛教俗講活動在唐五代攀到一個高峰，并生成了韵散相間、文本組織比較成熟、具有表演性質的講唱文學作品，敦煌講經文便是其中一種。我們在前輩學者的基礎上，對其名義界定如下：

　　敦煌講經文是中國佛教通俗講經活動發展至唐代而產生的一種新興的講唱文學作品，是佛教俗講的底本或記錄本。現存講經文寫卷的創作之地大多不在敦煌，它們是在民間各地流傳的過程中輾轉抄録并彙聚至敦煌，又在敦煌當地抄寫傳播的過程中，被道真搜集起來用於修補三界寺的藏經，其修復工作結束後，便將這些剩餘寫卷封存在莫高窟藏經洞中。① 學界之所以將此類講唱文學作品題名"敦煌講經文"，皆因這些寫卷的發現之地在敦煌藏經洞。

　　敦煌講經文是一種新興的韵散相間的講唱文學作品，屬於敦煌講唱文學作品中篇幅最長又最爲重要者。新發現、新證實的 9 篇講經文將其文本組織形式從一類擴展至三類：第一類，"經文＋散文＋韵文"，即一般先唱誦經文，緊接着以散文解説所唱經文，然後再以韵

---

① 張涌泉、羅慕君、朱若溪《敦煌藏經洞之謎發覆》，《中國社會科學》2021 年第 3 期，第 203 頁。

文重複、補充或强調散文解説的内容。第二類,"經中内容+散文解説+韵文",此類講經文的演繹方式中後面兩個程式與前一類完全相同,祇是須將前一類的"唱誦經文"替换爲敷陳"經中内容"。第三類,"散文+韵文",此類講經文以散文解説爲主,韵文唱誦爲輔,省略了前兩類中的第一個環節,或與其演繹的佛經性質相關。講經文的韵文唱誦部分是用特定的音聲進行唱誦的,現存部分寫卷標示了音聲符號的名稱,例如,羅振玉貞松堂藏本《維摩詰經講經文》抄有"斷詩、平側、經、側、經平、側吟"等,也有部分寫卷直接省略了音聲符號,例如,P.2418號《父母恩重經講經文》、臺圖32號《盂蘭盆經講經文》等。此外,講經文的韵文唱誦部分還標有語體符號,如"詩""韵""索""白"等。①

　　敦煌講經文是在俗講儀式中使用的,一般正式講經前都附有解説經名的開題文,開題文之前依次有莊嚴文、押座文;正式講經結束後,還有用於散座的解座文。除了開題文是專屬於講經文的附屬文本外,押座文等其他儀式文本則是講經文、變文、因緣等講唱文學作品的附屬文體,這些附屬文體經常與正式講説文本抄在同一件寫卷上。

　　本章對講經文主講佛典及其具體篇數進行了分析,并將其放在敦煌佛教文獻之中進行整體關照,梳理了隋唐五代流行的佛教經典名目及其相關信息。而對講説場所的輯考,從側面證實了俗講活動并非僅有唐代官方規定的正月、五月、九月能夠舉辦,其他時間如盂蘭盆節、皇帝降誕日、俗衆受戒時等皆可舉辦,舉辦時間除官方敕令的三長月外,其餘皆以民衆需求爲準。

　　季羨林《佛教的倒流》一文中提到佛教傳入中國後,并未原汁原味地保存下來,而是被中國人改造和提高後有了新的發展,有的就"倒流"回印度,形成了"佛教的倒流"。他又列舉宋贊寧《宋高僧傳》卷

―――――――――
　　① 張涌泉、計曉雲《敦煌寫本音聲符號與語體提示符號匯釋》,《語言與文化論叢》第6輯,北京:中國社會科學出版社,2022年,第3—15頁。

二十七《唐京兆大興善寺含光傳》中湛然在五臺山見到含光,含光提到一個印度梵僧再三叮囑含光將智顗的著作翻譯成梵文傳到印度一事。①方廣錩《疑偽經研究與"文化匯流"》一書,在季羨林佛教倒流論的基礎上,結合自己研究佛教文獻的心得體會,提出了"文化匯流"的觀念,他認爲不同文化間的交流,特別是在不同文化的發展水準或體量大體相當的情況下,其交流過程或結果是雙向的。他以佛教傳播爲例,指出傳入中國的印度佛教接受了中國本土文化的影響,這種中國化的佛教又向西傳入中亞,甚至印度,對當地佛教發展產生影響。② 其實,無論是佛教經典抑或中土撰述的疑偽經,都在晚唐五代時隨俗講活動向西播遷至西州回鶻王國及其周邊地區,上文提到的 S.6551V 號《阿彌陀經講經文》,便是某個居住在洛陽以北的僧人東游至大唐,參訪完五臺山并一路西行到西州回鶻而創作,它的文本範式與其他撰於中原的俗講經文相類,撰者很明顯受過中土俗講文化的薰陶,但其中也保留了西州回鶻王國的一些文化特色,如官職名稱、寺院僧官體系、各個部族情況等。這篇講經文既可視爲中土俗講文化沿着絲綢之路往西傳播的典範,又可當作中土佛教俗講文化傳播過程中出現"文化匯流"現象的一個經典案例。它爲我們展示了中土俗講文化以僧人爲媒介,流傳至西域諸地,再創作爲帶有這些地區文化元素的新的講經文篇目。接着又沿着絲綢之路倒流回敦煌,并在當地繼續傳播。這篇講經文很可能從敦煌回傳至長安、洛陽等地,遺憾的是,其回傳痕迹現已難覓。

---

① 《季羨林全集》編輯出版委員會編《季羨林全集》第十五卷學術論著七《佛教與佛教文化》,北京:外語教學與研究出版社,2010年,第314—315頁。
② 方廣錩《疑偽經研究與"文化匯流"》,桂林:廣西師範大學出版社,2018年,第3—4頁。

第二章 唐五代的俗講儀式研究

俗講是以在俗民衆爲對象的講經説法活動。敦煌遺書中保留了記錄俗講儀式的一些寫卷，如 P. 3849V 號《俗講儀式（擬）》、S. 4417 號《俗講儀式（擬）》、P. 3770V 號《俗講莊嚴迴向文》等。敦煌講唱類文學作品，例如講經文、變文、因緣、押座文等，多爲俗講的底本或話本，記錄當時民間俗講活動中常講的佛教經典、佛教故事或歷史故事。俗講活動在唐五代民間特別盛行，邵紅在《敦煌石室講經文研究》提到其興盛的原因，除了俗講本身的豐富及法師的善於演經外，在位者的倡導亦未嘗不是原因之一，如唐敬宗親臨興福寺聽沙門文溆俗講。上行下效，俗講因此被更爲重視是必然的。而俗講興盛更重要的原因，乃是俗講性質的變質，俗講原爲傳教的工具，但開成、會昌後，已漸由嚴肅的講釋經義趨爲娛樂①。緒論部分已經追溯了俗講儀式研究的學術史，本章從俗講的組織者與參與者、俗講的程式及特徵、俗講的應用文範——開題文等三個方面進行論述。

第一節　俗講的組織者與參與者

一般俗講活動主要用於齋戒法會等場合，參與者主要有三種：主持舉辦法會者、講經説法者、聽講者。主持舉辦法會的場合較多，如寺

---

① 邵紅《敦煌石室講經文研究》，《文史叢刊》三十三，臺北：臺灣大學文學院，1970年，第 7 頁。

院、齋主、施主家中等；聽講者遍布社會各個階層，有帝王將相，亦有普通民衆，法會所講經典因時因地因人制宜。本節以前人研究爲基礎，主要考察第二類參與者。

　　法師，專指講經法師。兩晋南北朝的講經法師，主要由義學高僧擔任，如竺法護、釋道安、支道林、鳩摩羅什、慧遠等。唐五代俗講法會的主講法師，情況比較複雜，圓仁《入唐求法巡禮行記》卷三載，當時長安諸寺開俗講，主講法師多爲賜紫三教講論大德，亦有如文淑等專事俗講的僧人。① 法師的主要職責是以通俗化的用辭、事例等講説經文，所講文本被稱作"説白""散文解説"等。法師在俗講法會上的自稱比較謙遜隨意，如 P.2187 號《破魔變》自稱"小僧"，P.3808 號《長興四年中興殿應聖節講經文》自稱"沙門厶乙"、S.6551 號《阿彌陀經講經文》自稱"少僧"等。②

　　都講，又名都講闍梨、都公、都講公等。主要負責唱誦經題與經文，以及以韵文唱誦來强調、總結法師所述，如 S.2440 號《八相押座文》"願聞法者合掌着，都講經題唱將來"，P.2418 號《父母恩重經講經文》"都講闍梨著氣力，如擎重擔唱看看"，P.2133V 號《金剛般若波羅蜜經講經文》"當日如來親爲説，都公案上復何如"。③ "都講"一職并非專爲俗講而設，而是源自儒家講經，本指協助博士講經的儒生。漢劉珍等《東觀漢記》卷十五："丁鴻，字孝公，年十三，從桓榮受歐陽《尚書》，三年而明章句，善論難，爲都講。"三國吴支謙、西晋竺法護譯經時借用儒家"都講"一詞，專指一心宣講弘揚佛法、善於論難的比丘大德，如三國吴支謙譯《大明度經》卷一《行品》載："秋露子曰：'如善業語爲法都講，最不可及。所以者何？在所問，如應答。法意不

---

　　① 〔日〕圓仁撰，白化文、李鼎霞、許德楠校注《入唐求法巡禮行記校注》卷三，石家莊：花山文藝出版社，2007年，第369頁。
　　② 黄征、張涌泉《敦煌變文校注》卷四、卷五、卷六，北京：中華書局，1997年，第536、617、679頁。
　　③ 黄征、張涌泉《敦煌變文校注》卷五、卷六、卷七，北京：中華書局，1997年，第643、999、1140頁。

搖，其言皆妙……'"其注云："善業於此清净法中爲都講，秋露子於無比法中爲都講。"① 善業、秋露子皆爲"都講"，善業善清净法，秋露子善無比法。魏晉南北朝時，佛教徒講經常用一問一答的形式，由都講發難提問，法師闡釋解説。梁慧皎《高僧傳》卷四《晋剡沃洲山支遁》："（支遁）晚出山陰，講《維摩經》，遁爲法師，許詢爲都講，遁通一義，衆人咸謂詢無以厝難，詢設一難，亦謂遁不復能通，如此至竟兩家不竭。凡在聽者，咸謂審得遁旨，迴令自説，得兩三反便亂。"② 儒、釋二家講經説法時，皆有論義的環節，祇是稱呼不一，魏晋釋家講經以格義法，借用儒家"都講"之名。"都講"與"法師"一問一答的講説，僅屬魏晋南北朝釋家講經形式的一種。有的講經法會，不設都講一職，如南齊釋僧慧從荊州竹林寺事曇順爲師，"專心義學"，年二十五講《法華》《十住》《净名》《雜心》，博聞强記，不煩都講提示，便能"文句辯折，宣暢如流"③。"都講"唱經的現象，蕭梁時便已出現，唐栖復集《法華經玄贊要集》卷三十一："如志公和尚，見都講唱經，起立合掌。"④ 此亦能説明，都講唱經之制，與蕭梁盛行的齋會唱導并非同源。在唐五代俗講中"都講"擔任唱經之職，以唱誦經題、押座等爲主。

　　維那，又名次第、綱維、授事、知事、悦衆、寺護等。寺中三綱之一，指統理僧衆雜事之職僧。"維那"一職，源自佛制。姚秦弗若多羅、鳩摩羅什譯《十誦律》卷三十四《八法中卧具法》第七：

　　　　佛在舍衛國。爾時祇陀林中僧坊中，無比丘知時限唱時，無人打揵稚，無人掃灑塗治講堂食處，無人次第相續敷床榻，無人教净果菜，無人看苦酒中蟲，飲食時無人行水，衆散亂語時無人彈指。是事白佛，佛言："應立維那。立法者，一心和

---

① ［吴］支謙譯《大明度經》卷一，《大正藏》第 8 册，第 481 頁。
② ［梁］慧皎撰，湯用彤校注《高僧傳》卷四，北京：中華書局，1992年，第 161 頁。
③ ［梁］慧皎撰，湯用彤校注《高僧傳》卷八，北京：中華書局，1992年，第 486 頁。
④ ［唐］栖復集《法華經玄贊要集》卷三十一，《續藏經》第 34 册，第 842 頁。

合僧應問:'誰能爲僧作維那?'是中若比丘言:'我能。'有五法不應立作維那。何等五?隨愛、隨瞋、隨怖、隨癡、不知淨不淨。若成就五法,應立作維那。五法者,不隨愛、不隨瞋、不隨怖、不隨癡、知淨不淨。即時一比丘僧中唱言:'大德僧聽!是某甲比丘,能爲僧作維那。若僧時到僧忍聽,僧立某甲比丘作維那。是名白。'如是白二羯磨:'僧立某甲比丘作維那竟,僧忍,默然故,是事如是持!'作維那比丘,應知時限知唱時、知打揵稚、知掃灑塗治講堂食處、知次第相續敷牀榻、知教淨果菜、知看苦酒中蟲、知飲食時行水、衆散亂語時彈指。"①

"維那"一職由佛在世時設置,意在使僧衆間雜事能井然有序。成就五法的比丘,可作維那,主要負責限知唱時、打揵稚、掃灑講堂飯堂、敷牀榻卧具、清洗果菜、看苦酒中蟲、吃飯時倒水、衆人散亂時彈指等雜事。姚秦時中央僧官制所設"悦衆",是中土僧官設維那之始。北魏於中央設"昭玄曹"統理全國佛教諸般事物,以沙門統爲最高僧官,維那爲副官;在地方設僧曹,以僧統爲長官,亦立維那爲副官。唐五代俗講活動中,作梵、焚香、静衆大多由維那負責,如《廬山遠公話》:"都講舉維那作梵,四衆瞻仰,如登靈鷲山中。"② S.4417 號記録俗講儀式,云"夫爲俗講,先作梵了,次念菩薩兩聲,説押座了"③。古印度時,維那便能以梵唄曲調爲僧衆唱時,中土俗講活動中維那作梵這一習俗,應源自印度佛陀時代的舊制。

---

① [姚秦]弗若多羅、鳩摩羅什譯《十誦律》卷三十四,《大正藏》第 23 册,第 250 頁。
② 項楚《敦煌變文選注》(增訂本),北京:中華書局,2006 年,第 1899 頁。
③ 國際敦煌項目(IDP)圖版,S.4417 號《俗講儀式(擬)》。

第二節　俗講的程式及特徵

　　俗講儀式脫胎於僧講，敦煌遺書現存記載俗講程式的寫卷較多，可分成兩類：一是專門的俗講儀式記錄本，共有三件：P.3849V 號《俗講儀式（擬）》、S.4417 號《俗講儀式（擬）》、P.3770V 號《俗講莊嚴迴向文》；二是現存的部分講唱作品底本附有講經儀式的記錄，BD7849 號《法華經開題》、S.2073 號《廬山遠公話》、P.3808 號《長興四年中興殿應聖節講經文》、S.6551 號《阿彌陀經講經文》、首都博物館藏《佛說如來八相成道經講經文》等。此外，傳世文獻中記載的僧講程式，如圓仁《入唐求法巡禮行記》，圓珍《大日經疏抄》《佛說觀普賢菩薩行法經文句合記》，元照的《四分律行事鈔資持記》等所記，可與俗講進行對比闡釋。

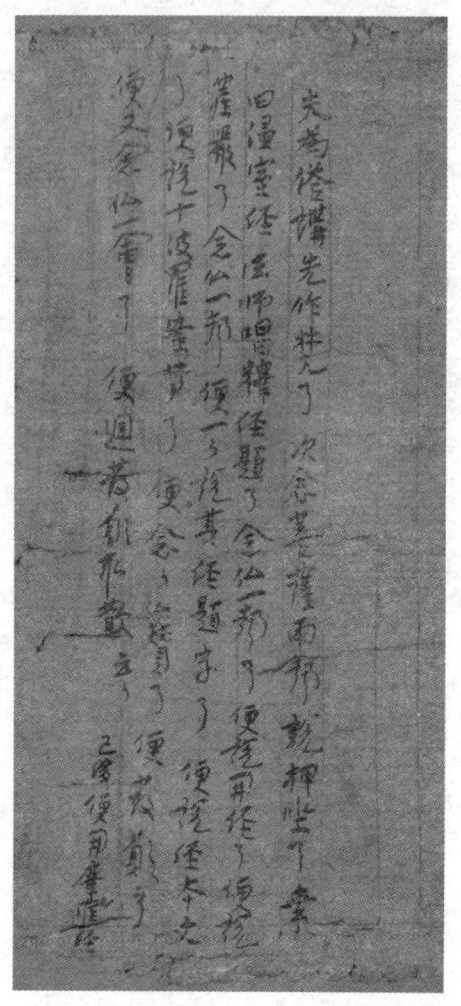

圖一　P.3849V 號《俗講儀式（擬）》（法國國家圖書館官網）

唐五代俗講儀式比較完整的程序共有以下數種：打講經鐘（驚衆鐘）集衆、聽衆入講堂列坐—法師與都講入堂、登高座—維那作梵—法師念佛、都講唱經題—押座—唱經文—法師開題—發願（莊嚴）—論義—正式講經—發願、迴向—散講（解座）。唐五代時，長安、洛陽及諸地方寺院常舉辦僧講活動，然而僧傳、史書多未載其講說程式，而入唐求法僧圓仁、圓珍等人的日記或著作中則常有提及。本節擬以此作對比，說明晚唐五代敦煌俗講儀式的特性。如下表所示：

第二章　唐五代的俗講儀式研究

表一　敦煌俗講與赤山法華院僧講

敦煌寫本中與俗講儀式相關文獻	赤山法華院三月常講儀式與新羅一日講儀式
1. 明日聞鐘早聽來。（《解座文二首》）① 2. 聽講者：（相公與善慶）須臾之間已至。相公先遣錢二百貫文，然後將善慶來入寺內，其時聽衆如雲，施利若雨。鐘聲既動。即上講；都講舉題。（《廬山遠公話》）② 3. 維那作梵，四衆瞻仰，如登靈鷲山中。（《廬山遠公話》） 夫爲俗講，先作梵了。次念菩薩兩聲。（P.3849V）③ 4. 作梵了，法師先念佛三四十口竟，令都講舉經□（題）。（P.3770） 5. 說押坐（座）了。（P.3849V） 6. 索唱《溫室經》。（P.3849V）便索唱經文了。（S.4417）④ 7. 法師唱釋經題了，念佛一聲。便說開經了。（P.3849V）唱曰："法師自說經題。"（S.4417） 8. 便說莊嚴了。念佛一聲，便一一說其經題字了。（P.3849V） 9. 論義：道安釋《涅槃經》題後，善慶與之往復論義。（《廬山遠公話》） 10. 便說經本文了。（P.3849V） 11. 便說十波羅蜜等了。便念佛贊了，便發願了，便又念佛一會了，便迴〔向〕、發願、取散云云。（P.3849V）⑤	1. 辰時，打講經鐘，打驚衆鐘訖。 2. 良久之會，大衆上堂，方定衆鐘。講師上堂，登高座間，大衆同音稱嘆佛名一音曲一依新羅，不似唐音一講師登座訖，稱佛名便停。（講師、都講二人入堂。） 3. 時有下座一僧作梵，一據","經"等一行偈矣，至"願佛開微密"句。大衆同音唱云——"戒香定香解脫香"等頌。 4. 梵唄訖，講師唱經題目，（南座唱經題目……唱經之會，大衆三遍散花。每散花時各有所頌。唱經了，更短音唱題目）。 5. （法師）便開題，分別三門，釋題目訖。 6. 維那師出來於高座前，談申會興之由，及施主別名、所施物色申訖，便以其狀轉與講師。（其狀中具載無常道理，亡者功能，亡逝月數。） 7. 講師把麈尾，一一申舉施主名，獨自誓願。 8. 誓願訖，論義者論端舉問。舉問之間，講師舉麈尾，聞問者語。舉問了，便傾麈尾，即還舉之，謝問便答。帖問帖答，與本國同，但難儀式稍別：側手三下後，申解白前，卒爾指申難，聲如大瞋人，盡音呼諍。講師蒙難，但答，不返難。 9. 論義了，入文讀經。 10. 講訖，大衆同音長音贊嘆。贊嘆語中有"迴向"詞。 11. 講師下座。一僧唱"處世界如虛空"偈一音聲頗似本國。 12. 講師昇禮盤，一僧唱三禮了。講師大衆同音。出堂歸房。 13. 更有覆講師一人，在高座南下座，便讀講師昨所講文。至"如會義"句，講師牒文釋義了。覆講亦讀，讀盡昨所講文了。講師即讀次文。每日如斯。⑥

---

① 黃征、張涌泉《敦煌變文校注》卷七，北京：中華書局，1997年，第1192頁。
② 黃征、張涌泉《敦煌變文校注》卷二，北京：中華書局，1997年，第264—269頁。
③ 法國國家圖書館藏敦煌文獻彩照，見法國數字圖書館網站：http://gallica.bnf.fr。
④ 《英藏敦煌文獻（漢文佛經以外部分）》第六卷，成都：四川人民出版社，1992年版，第63頁。
⑤ 表一列舉俗講儀式時，主要參考 P.3849V 號與 S.4417 號《俗講儀式（擬）》、敦煌本《廬山遠公話》、P.3128V 號《解座文二首》、P.3770 號《俗講莊嚴迴向文》中相關資料。
⑥ 表一列舉赤山法華院僧講儀式時，又參考了新羅一日常講儀式，參考內容放在括號內。（〔日〕圓仁撰，白化文、李鼎霞、許德楠校注《入唐求法巡禮行記校注》卷二，石家莊：花山文藝出版社，2007年，第191—193頁）

通過文本對比可知：敦煌俗講儀式與赤山法華院僧講儀式主要程式相類，但亦各有特色。

1. 鳴鐘集衆

這一程式僧講、俗講皆有，"鳴鐘"的目的是驚醒僧衆，迅速集合來參加聽法、誦經、禪定等活動。中土佛教齋會儀式亦常用之，其源自古印度佛陀時代。羅宗濤結合《增一阿含經》與《四分律行事鈔資持記》相關記載指出"鳴鐘"可明三事："一、鳴鐘爲集衆；二、擊打鐘蓋長打；三、鳴鐘之前，必先禮三寶。"① 俗講活動中的大衆，指普通民衆，有男有女，有老有少，有貴有賤。僧講所集大衆，福井文雅認爲"從佛教的情況來看，這裏的'大衆'指擔任導師以及其他法會職務的僧人之外的一般僧侶"②，這一説法值得進一步探討。首先可以肯定的是，這裏的大衆確實應該排除導師及參與此次法會的其他僧人，但并非專指"一般僧侶"，有時還應包括當地民衆，如圓仁《入唐求法巡禮行記》卷二載，開成四年（839）十一月十六日，赤山法華院舉辦《法華經》三月常講法會，前來聽講者有十方僧衆與有緣施主，聽講道俗皆爲新羅人，不分男女老少尊卑。③ 僧俗講經聽衆的界限，比較複雜，不能一概論之。

2. 大衆上堂、敲定衆鐘、定坐，法師、都講登高座

這一程序二者皆有。却有三處相异：第一，俗講活動中，大衆集至講堂入座前，常伴有施利環節，P. 3849V 號、S. 4417 號《俗講儀式（擬）》未載，《廬山遠公話》叙述道安講經時，多次提到"聽衆如雲，

---

① 羅宗濤《敦煌講經變文研究》，《中國佛教學術論典》第 104 册，高雄縣大樹鄉：佛光山文教基金會，2001 年，第 342 頁。

② 〔日〕福井文雅《唐代俗講儀式成立諸問題》，《大正大學研究紀要》（文學部－佛教學部）1968 年第 54 輯，第 307—330 頁。

③ 〔日〕圓仁撰，白化文、李鼎霞、許德楠校注《入唐求法巡禮行記校注》卷二："（開成四年）十一月十六日，山院起首講《法花經》，限來年正月十五日爲期。十方衆僧及有緣施主皆來會見。就中聖琳和尚是講經法主。更有論義二人：僧頓證，僧常寂。男女道俗同集院裏，白日聽講，夜頭禮懺聽經及次第。僧等其數册來人也。其講經禮懺，皆據新羅風俗。但黄昏、寅朝二時禮懺，且依唐風，自餘并依新羅語音，其集會道俗老少尊卑，總是新羅人，但三僧及行者一人日本國人耳。"（石家莊：花山文藝出版社，2007 年，第 190 頁）

施利若雨"① 這一情景，P. 2305 號《解座文匯抄》"還道講來數朝，施利苦無大段"② 等。第二，前者有都講舉唱經題的環節，如《長興四年中興殿應聖節講經文》"適來都講所唱經題"③，又如《廬山遠公話》"須臾鐘聲已罷，便舉經題"④。第三，後者有大衆以同音稱歎佛名的程序。"新羅一日講式"述及講師所登爲北座、都講登南座。⑤ 除鳴鐘外，齋會或講會，亦可打磬净衆，可參宋元照《四分律行事鈔資持記》卷三《釋導俗篇》："三中六法。初禮三寶，二昇高座，三打磬静衆（今多打木），四讚唄（文是自作，今并他作，聲絶秉爐，説偈祈請等），五正説，六觀機進止，問聽如法，樂聞應説，七説竟迴向，八復作讚唄，九下座禮辭。"⑥

3. 作梵

以梵音曲調唱誦偈頌，意在静衆，請法師開講，散講時亦可唱之，詳參道宣《續高僧傳》卷三十《雜科聲德篇》："至如梵之爲用，則集衆行香，取其静攝專仰也。……梵者，净也。寔惟天音。色界諸天，來覲佛者，皆陳讚頌。經有其事，祖而習之。故存本因，詔聲爲梵。……唄匿之作，頗涉前科。至於寄事，置布仍別梵設發引爲功，唄匿終於散席。尋唄匿也，亦本天音。唐翻爲静，深得其理。謂衆將散，恐涉亂緣。故以唄約，令無逸也。然静唄爲義，豈局送終。善始者多，慎終誠寡。故隨因起誡，而不無通議。"⑦ 按："作梵"這一程式，常見於齋戒懺悔等法會儀式開始與結束時。至於僧俗講經活動中梵唄由誰吟唱，敦煌本《廬山遠公話》載，道安講經時，由維那師作梵。其餘俗講儀式類文獻，并未述及唱梵者的信息。圓仁《入唐求法巡禮行記》卷二僅載作

---

① 項楚《敦煌變文選注》（增訂本），北京：中華書局，2006 年，第 1806 頁。
② 黄征、張涌泉《敦煌變文校注》卷七，北京：中華書局，1997 年，第 1177 頁。
③ 黄征、張涌泉《敦煌變文校注》卷五，北京：中華書局，1997 年，第 617 頁。
④ 項楚《敦煌變文選注》（增訂本），北京：中華書局，2006 年，第 1851 頁。
⑤ 〔日〕圓仁撰，白化文、李鼎霞、許德楠校注《入唐求法巡禮行記校注》卷二，石家莊：花山文藝出版社，2007 年，第 192 頁。
⑥ 〔宋〕元照撰《四分律行事鈔資持記》卷三，《大正藏》第 40 册，第 404 頁。
⑦ 〔唐〕道宣《續高僧傳》卷三十，《大正藏》第 50 册，第 706 頁。

梵者是"下座一僧",依據唐風而作,其以梵音所唱偈頌——"云何於此經""願佛開微密",出自北涼曇無讖譯的《大般涅槃經》卷三《壽命品》迦葉問佛偈,該偈共有八句,即"云何得長壽,金剛不壞身。復以何因緣,得大堅固力。云何於此經,究竟到彼岸。願佛開微密,廣爲衆生説"①,這八句偈頌在具體法會儀式中可稍省略,如圓仁記録的赤山法華院三月常講法會、新羅一日講經儀式,皆僅唱誦後四句偈頌。本文經考察得知:這八句偈頌率先應用於蕭梁傅大士《梁朝傅大士誦金剛經》之《序》,其以首句前兩字爲據,擬作"云何梵"。② 姚秦鳩摩羅什譯、宋宗鏡述、明覺連重集《銷釋金剛經科儀會要注解》卷二"云何梵"條謂:

> 梵者,梵語,唐言,浄也。即梵天離欲,空居清浄之義也。世界始成之際,劫初之時。光音天人,來生人間,所出音聲還是梵音,宛轉曲折之音。古時都講、維那,於此八句,請法師講説也。③

據此可知,這八句偈頌由都講、維那以"宛轉曲折"的梵音唱誦,保持法會安静,以便請法師講説。"云何梵"常見於唐五代齋講懺悔儀式之中,唐智昇《集諸經禮懺儀》④、法照《浄土五會念佛略法事儀贊》⑤、P. 2094 號《持誦金剛經靈驗功德記》⑥、S. 2143 號《持齋念佛懺悔禮文》⑦ 等,皆有唱誦"云何梵"的環節。宋道誠集《釋氏要覽》卷一"梵音"條謂這八句偈頌是今法會儀式上的"開經偈",可見這一程式至

---

① [北涼]曇無讖《大般涅槃經》卷三,《大正藏》第 12 册,第 379 頁。
② 敦煌本《梁朝傅大士誦金剛經》,《大正藏》第 85 册,第 1 頁。
③ [姚秦]鳩摩羅什譯,[宋]宗鏡述,[明]覺連重集《銷釋金剛經科儀會要注解》卷二,《續藏經》第 24 册,第 670 頁。
④ [唐]智昇《集諸經禮懺儀》卷一,《大正藏》第 47 册,第 464 頁。
⑤ [唐]法照《浄土五會念佛略法事儀贊》卷一,《大正藏》第 47 册,第 475 頁。
⑥ 敦煌本《持誦金剛經靈驗功德記》卷一,《大正藏》第 85 册,第 160 頁。
⑦ 敦煌本《持齋念佛懺悔禮文》卷一,《大正藏》第 85 册,第 1267 頁。

宋時仍在沿用。僧講法會，作梵者多爲維那或都講，其中維那作梵唱偈，源自印度佛制。值得注意的是，僧講活動中，維那作梵後，大衆齊聲唱"行香偈"："戒香定香解脱香，光明雲臺遍世界。供養十方無量佛，見聞普勛證寂滅。"①

4. 念佛、菩薩名號，都講唱經題

P.3770號《俗講莊嚴迴向文》中作"念佛三四十口"，S.3849V號《俗講儀式（擬）》中作"次念菩薩兩聲"或者"次念觀世音菩薩三兩聲"等。僧講儀式中無念佛、菩薩名號的環節，但有都講唱經題的程式，唱法分"長引"與"短音"兩種。在此期間，大衆散花三次，每次皆有唱誦，所唱蓋爲"散花偈"等。

5. 都講説押座文

僧講儀式中無押座這一程式，此爲敦煌俗講活動專有。押座，即鎮壓四座聽衆，使專心聽講，如《温室經講唱押座文》："閻浮濁惡實堪悲，老病終朝長似醉。已捨喧喧求出離，端坐聽經能不能。能者虔恭合掌着，經題名字唱將來。"②學界前輩偶有誤將"作梵"與"押座"當作一回事者，如孫楷第《唐代俗講軌範與其本之體裁》："講前贊唄，今所見押座文是。"荒見泰史《敦煌變文寫本的研究》認爲，P.3849V號《俗講儀式（擬）》首段應斷作"夫爲俗講：先作梵了，次念菩薩兩聲，説押座了；索唱《温室經》……"，并進一步指出"'作梵'與'唱經題''開經題'和'贊嘆'等一樣，是法會上所用程序的名稱，押座文是因爲有押座（鎮静聽衆）的作用而起的名稱，雖然名稱不同，但在法會上的意義是一樣的。"③羅宗濤《敦煌講經變文研究》針對孫氏之説提出异議，他認爲從S.4417、P.3849V號《俗講儀式（擬）》記録本可知作梵與押座實屬兩個不同的節目，二者皆有净衆之義，但程度有深淺

---

① 〔唐〕道宣撰《四分律删繁補闕行事鈔》卷一，《大正藏》第40册，第36頁。
② 國際敦煌項目（IDP）圖版，S.2440號《温室經講唱押座文》。
③ 〔日〕荒見泰史《敦煌變文寫本的研究》，北京：中華書局，2010年，第190頁。

之別，作梵以"止息場內之喧亂"，吟誦押座文爲"專一其心志"①，其說甚是。首先，作梵用於開講前，聽衆入座後場面稍微混亂；押座則出現在講經儀式已經開始，都講唱誦經題之後、法師開講之前，除凈衆外，還可以此唱説吸引聽衆的注意力，使其專心聽講。其次，從寫本學的視角來看，兩個相同的敦煌寫卷記録《温室經》《維摩詰經》的俗講儀式時，分開抄録"作梵""押座"，并未省略其中任意一個，可間接凸顯此二者確爲兩種不同程式。再者，作梵承襲自僧講及齋戒法會儀式，押座則專屬俗講活動；維那、都講作梵時或借鑒經中偈頌，或自己撰述，如六朝至隋唐流行的《如來唄》，又名《如來梵》《行香梵》，出自劉宋佛馱跋陀羅譯《勝鬘經》卷一"如來妙色身，世間無與等；無比不思議，是故今敬禮"②，常用於行香贊佛時所唱。現存 21 篇押座文皆屬自撰，未有摘抄佛經偈頌者。由此可證"作梵"與"押座"實爲講經活動中兩個不同的環節，其文本內容、歷史淵源、用途相異，確爲俗講儀式中兩種不同的附屬文體。

6. 都講索唱經題名字

僧、俗二講此環節完全相同。P. 3849V 號《俗講儀式（擬）》作"索唱《温室經》……法師唱釋經題"，透露出來的信息是講經法師唱誦并解釋經題。本篇下文相應部分作"便説押座了，便索唱經文了。唱曰：'法師自説經題'"，可證唱經題者爲都講，如《長興四年中興殿應聖節講經文》載"適來都講所唱經題，云《仁王護國般若波羅蜜多經·序品》第一者"，S. 2440 號《八相押座文》"願聞法者合掌著，都講經題唱將來"等，皆可爲證。《入唐求法巡禮行記》卷二赤山三月常講作"講師唱經題目"，新羅一日講經儀式作"南座（都講）唱經題目……講師開經目"，揭示唱經題者爲都講，解釋經題者爲法師。這一程式源自南北朝寺院講經，如梁武帝於中大通五年（533）在同泰寺講《金字摩

---

① 羅宗濤《敦煌講經變文研究》，《中國佛教學術論典》第 104 册，高雄縣大樹鄉：佛光山文教基金會，2001 年，第 352 頁。
② ［劉宋］佛馱跋陀羅譯《勝鬘經》卷一，《大正藏》第 12 册，第 217 頁。

訶般若波羅蜜經》時，都講祇園寺法彪唱經題"摩訶般若波羅蜜經"①。

7. 解釋經題、念佛、開經

僧、俗講經皆有解釋經題的環節，赤山法華院三月常講載，法師以序分、正宗、流通三分解釋經文大義。俗講活動中，解釋經題後附有兩個程式，即"念佛""開經"，"開經"，此處指"開軸"，即翻開經文。

8. 説莊嚴，念佛一兩聲，再唱經題名字

説莊嚴，指正式開講前，法師贊揚釋迦牟尼、大乘佛教、三寶、君王、后妃或其他聽會者的一段文辭，如《長興四年中興殿應聖節講經文》便以"以此開贊"爲序幕或套語，陳述對皇帝、后妃等的贊美，即"以此開贊，大乘所生功德。謹奉上［莊］嚴尊號皇帝陛下：伏願聖枝萬葉，聖壽千春；等渤澥之深沉，并須彌之堅固。奉爲念佛。皇后：伏願常新令範，永播坤風。承萬乘之寵光，行六宫之惠愛。淑妃：伏願靈椿比壽，劫石齊年。推恩之譽更言，内治之名唯遠。然後願君唱臣和，天成地平。峰（烽）烟息而寰海安，日月明而干戈静。念佛"等。

9. 論義

指俗講活動中，聽衆與講師針對經中异文，往復論辯的程式。現存講經文皆無這一環節，《廬山遠公話》詳述道安釋《涅槃經》經題時被善慶責難而與之往復論義的情景。

10. 講説經文

11. 念十波羅蜜之名，念佛贊文，迴向發願、取散

第三節 俗講的應用文範——開題文

一般俗講經文的開題是在某部經第一場講説時進行。現存 32 篇講經文從首卷講起的共有 5 篇，每篇正式講經前，皆有闡釋經題這一環

---

① ［唐］道宣《廣弘明集》卷十九，《大正藏》第 52 册，第 238 頁。

節。本文依據形式和内容將其分爲三種：第一種，單獨爲一篇講經文的開題文。如 BD7849 號《法華經講經文》所載開題文：

> 大聖牟尼悲願深，一一親呼十大衆。
> 皆曰不□□〔堪而〕問病。唯有文殊千佛師。（押座文）
> ……
> 將釋一部經文，大分三段，序品之中，九種成就，第一序分。序者，由也；分者，教諸因由。次有八品，號曰正宗，宗爲宗智。就此文中又科三段。第一法説一周，第二喻説一周，第三宿世因緣説一周，經説三周。惣（總）是正宗分，説三周之意約經文、義喻、因緣分，任引多少。第三疏通，有一十九品經文。流爲流轉，通爲通達，令此《法華經》通達佛果位。故後有八品，付受流通。……
> 以次（此）開贊中道大乘，所生功德，盡將回施無上菩提。如欺（器）不肒（完）具者，願承此經力，因緣悉得，諸相具足，然後天成地平。①

BD7849 號《法華經講經文》前有押座，後有迴向、發願。講經法師開題時，依據窺基《妙法蓮華經玄贊》，三分科判總説全經大意，再細分每一部分，逐一概説其主要内容。

第二種，開題文與正式講經文混合在一起，即法師一邊解説經題，一邊闡釋經文内容。如 P.3093 號《佛説觀彌勒菩薩上生兜率天經講經文》，本卷卷首殘缺，從後文"上來別解'彌勒'二字已竟，從此別解'菩薩'"②，或"上來解'菩薩'二字已竟，從此解'上生'二字者"③ 等可知，法師在逐一解説經題之義。然而，法師在解説經題之間，穿插

---

① 國際敦煌項目（IDP）圖版，BD7849 號《法華經講經文》。
② 黃征、張涌泉《敦煌變文校注》卷五，北京：中華書局，1997 年，第 960 頁。
③ 黃征、張涌泉《敦煌變文校注》卷五，北京：中華書局，1997 年，第 961 頁。

着經文的講説，如解説"上生"二字以後，便講解經文："其身舍利，如鑄金像，不動不摇，身圓光中，有首楞嚴三昧般若波羅蜜，字義炳然。時諸天人，尋即爲起衆寶妙塔，供養舍利。"① 筆者認爲，經題闡釋的形式與講經法師的喜好及講説習慣相關。

第三種，開題文與正式講經相承接。有的僅有數十行，有的篇幅較長，此據聽講對象及講經場合而定，如 P.3808 號《長興四年中興殿應聖節講經文》爲帝王百官所講，經題闡釋簡潔，通俗易懂，僅有數句：

> 適來都講所唱經題，云《仁王護國般若波羅蜜多經·序品第一》者。仁者，五常之首；王者，萬國之尊；護者，聖賢垂休；國者，華夷通貫；般若即圓明智惠（慧）；波羅蜜多即超渡愛河；經者顯示真宗。此即略明題目。②

由此可見，法師逐字逐詞解説了唐不空所譯《仁王護國般若波羅蜜多經》的經名，且講説比較簡單，如將"王"字釋作"萬國之尊"。與之相反者是 S.6551 號《佛説阿彌陀經講經文》，該篇是爲寺院準備受三皈五戒儀式的僧徒而講，文中數次引用窺基《阿彌陀經通贊疏》，經題講説比較詳盡，篇幅較長。

首博藏《佛説如來八相成道經講經文》雖無首題，正式講説前却有開題這一環節，法師在開題中，逐一解説《佛説如來八相成道經》經名的每一個詞的含義。據段真子考察，法師解説"佛""説""經"三字時，參考了慧净《温室經疏序》，而"如來"二字，借鑒自慧净《金剛般若經注》。③

"闡釋經題"是晚唐五代俗講經文中不可或缺的一部分，其撰述體

---

① 黄征、張涌泉《敦煌變文校注》卷五，北京：中華書局，1997年，第961頁。
② 黄征、張涌泉《敦煌變文校注》卷五，北京：中華書局，1997年，第617頁。
③ 段真子《首都博物館藏〈佛説如來八相成道經講經文〉考》，《唐研究》第22卷，北京：北京大學出版社，2016年，第126—127頁。

例并非自創，而是源自唐代寺院正式講經。英藏 S.6891 號《法華義疏開題并玄義十門》卷首雖殘，但從中可窺知當時僧講開題概況。今與首博藏 32.536V 號寫卷列表對比：

表二　英藏 S.6891 與首博藏 32.536V 號寫卷開題文對比

開題	S.6891 號《法華義疏開題并玄義十門》	首博藏 32.536V 號第 1—23 行
經名釋義	1.（前缺）古今莫改，體可揩摸，名之爲經。依中天［竺］（缺） 2. 之爲經，解有兩義：一者經能持緯，佛（缺） 3. 生佛法上爾，一者聖人言説，能貫諸法（缺） 4. 爲經，衆生聞者不堕惡道，廣益衆生（缺） 5. 品者，蓋是章之别目，序者，是其由漸義也。假時托處，動地雨華 6. 彩於眉間放毫光，於域外時衆睹而渴仰，如來由此説經爲起説之 7. 之爲序所言。品者，是其品類，隨其所明，類類同聚，故名品類亦可。品云 8. 品别，以此明義各有，部類不同，故名品列（别），此經□終二十八章，此品□	1. 適來都講所暢（唱）經云道：《佛説如來八相成道經》者（唱經題） 2. 斯乃標曩劫之［因］果，跨（誇）今身之殊勝。理深言蜜，文妙義花。菩薩之始佲（備），諺（該）談二乘，莫能具説。（稱贊經文） 3. 況某乙草芥凡微，泥沙賤質，處僧初而常慚無解，蒙台造而謬悉贊楊（揚）。今晨幸對於尊崇，敢叙我師之盛迹，漸（慚）虧吼石，愧乏洗塵，願衆慈流，許垂聽受。（講經緣起） 且《佛説如來八相成道經》者，蓋是題目之義。"佛"者，巨暗生死之中，獨透皆（昏）迷之外，既朗萬法，爰悟四生，覺行圓滿，故稱爲"佛"。"説"者，暢四辯於舌端，流八音於聽表，開八相之靈迹，發四道之良田。頒自我口，通之彼意，故稱爲"説"。如來者，"如"目真如，"來"目無分别智，"如"以不異爲義，"來"以至處爲功。三世諸佛皆以無分别智，乘真如之道，來成正覺，故白（曰）"如來"。"八"者則數之一稱。"相"乃物之形表。"成"是功果圓會。"道"亦直趣菩提。一一未可細談，略釋機要如是。"經"雖五義，略舉二條：一曰涌泉，二稱繩墨，涌泉則注之無竭，此義可以曰"常"；繩墨乃楷定正邪，兹理即當其法，故稱《佛説如來八相成道經》者，其由如是。

（續表）

開題	S. 6891號《法華義疏開題并玄義十門》	首博藏 32.536V 號第 1—23 行
内容概説	9. 一辯經來意，二解釋題名，三明經宗旨，四制教所攝，五顯密一三，六辯經功能，七弘經模軌，八翻譯前後，九部類不同，十品名義别。 10. 辯經來意者：問曰：知何意説《法華經》，諸佛不以無事及小（缺）①	將釋此經，略有八門料簡：第一上生兜率相，第二降胎誕生相，第三皇宮納妃相，第四逾城出家相，第五雪山脩道相，第六寶坐（座）降魔相，第七成登正覺相，第八轉大法輪相。②

　　S. 6891號寫卷，首缺尾全，尾題"法華義疏開題并玄義十門"。起"（前缺）古今莫改，體可揩摸，名之爲經"③，迄"忽聞有提婆達多一則，隔其文勢，□［則］文似非，次恐末世多或（惑），故不翻譯之"④。本卷是吉藏《法華義疏》講經法會的第一場，故題名"法華義疏開題并玄義十門"，文本内容可分爲兩個部分：一、開題，卷首殘缺，僅存解説"經""序""品"之義的部分内容，可知本次講説主講《妙法蓮華經》卷一《序品》；二、本卷以"玄義十門"來概説整部《妙法蓮華經》的主要内容。《佛説如來八相成道經講經文》先解説經題名目，接着將所講"八相"料簡爲"八門"，并於正文中逐一解説。本卷雖爲俗講，但却與《法華義疏開題并玄義十門》的講説方式相類。由此可見，《佛説如來八相成道經講經文》的開題文明顯沿襲了唐代寺院正式講經的體例。

　　綜上所述，"開題"在寺院和民間的講經儀式中有着舉足輕重的作用。僧講的開題文多據當時流行的佛經注疏而撰，内容比較豐富，闡發義理較多。俗講的開題雖引用佛經注疏，但内容及用辭比較通俗易懂。

---

　　① 黄永武主編《敦煌寶藏》第 53 册，臺北：新文豐出版公司，1981—1986 年，第 181 頁。
　　② 張小艷《佛説如來八相成道變文校注》，《中國俗文化研究》第 14 輯，成都：四川大學出版社，2017 年，第 4—6 頁。
　　③ 黄永武主編《敦煌寶藏》第 53 册，臺北：新文豐出版公司，1981—1986 年，第 181 頁。
　　④ 黄永武主編《敦煌寶藏》第 53 册，臺北：新文豐出版公司，1981—1986 年，第 201 頁。

兩漢之際佛教傳入中國後，中土的譯經講經活動亦隨之展開，寺院組織高僧居士譯經的同時，亦常舉辦講經說法的活動。現存最早有關開題的記載見於梁慧皎《高僧傳》卷五《晉京師瓦官寺竺法汰》：

> 汰下都止瓦官寺，晉太宗簡文皇帝深相敬，重請講《放光經》。開題大會，帝親臨幸，王侯公卿，莫不畢集。汰形解過人，流名四遠，開講之日，黑白觀聽，士女成群。及諸稟門徒，以次駢席，三吳負帙至者千數。①

《放光經》，全稱《放光般若經》，共二十卷。曹魏沙門朱士行於于闐國取得，寄回陳留，由竺叔蘭和無羅叉譯出。竺法汰至瓦官寺後，應簡文帝之請重講《放光經》。開題大會設在講經首日，帝王公卿，周遭民眾，聽者雲集，惜未有文傳於後世。

最早記錄的開題文見於僧祐《出三藏記集》卷十二《齊太宰竟陵文宣王法集錄序第二》的"《開優婆塞經題》一卷"②，已佚。現存最早的開題文是中大通五年，梁武帝在同泰寺講《摩訶般若波羅蜜經》時，蕭子顯所錄《御出同泰寺講金字般若經義疏并問答》(《御講金字摩訶般若波羅蜜經序》)。武帝講經首日發《般若經》題，共有六人論義，節引其文如下：③

> 皇帝體至道而揚盛烈，稟聰明而作元后。十地斯在，俯應人王。八福是生，允歸世主。玄覽無際，眇塵劫之初；寂照所通，該宇合之外。屈此無爲，示同有學，檀忍兼修，禪慧雙

---

① ［梁］慧皎撰，湯用彤校注《高僧傳》卷五，北京：中華書局，1992年，第193頁。
② ［梁］僧祐撰，蘇晉仁、蕭鍊子點校《出三藏記集》卷十二，北京：中華書局，1995年，第452頁。
③ 《御出同泰寺講金字般若經義疏并問答》下標："第一日（二月二十六日），發般若經題（六人論義）。"(《廣弘明集》卷十九，《大正藏》第52冊，第236頁)

舉。超國城而大捨,既等王宮之時……

蓋法部之爲尊,乃圓聖之極教。開宗以無相明本,發軫與究竟同流。奧義雲霏,深文淨富。前世學人,鮮能堪受。

皇上愛重大乘,遂游法藏。道同意合,眷懷總持。親動王言,妙逾綸綍。導明心之遠筌,標空解之奇趣。……皇太子承萬機之暇日,藉聽朝之閒覽。譬彼薰風,願聞弘說。殷勤奏請,然後獲從。以中大通五年太歲癸丑二月己未朔,二十六日甲申,輿駕出大通門,幸同泰寺發講。

皇太子奉嚫玉經,格七寶經函等,仍供養經。又施僧錢絹,直三百四十三萬。六宮所捨,二百七十萬。上親臨億兆躬自菲薄,司服所職,饔人所掌。若非朝廷典章,止是奉身之費。則太官一日將十萬生衣歲出千金,上并不取,別自營給。服粗浣衣器同土簋,日一蔬膳過中不餐。……是時朝臣至于民庶,并各隨喜,又錢一千一百一十四萬。①

六人論義:中寺僧懷、治城寺法喜、大僧正靈根寺慧令、龍光寺僧綽、外國僧伽陀婆、宣武寺慧巨。都講枳園寺法彪唱曰:《摩訶般若波羅蜜經》。

摩訶般若波羅蜜,此是天竺音,經是此土語。外國名爲修多羅,此言法本。具含五義:一出生,二涌泉,三顯示,四繩墨,五結鬘。訓釋"經"字亦有三義:一久,二通,三由。久者,名不變滅,是名爲久,三世不遷,即是常義。通者,理無擁滯,是名爲通。一切無礙,即是通義。由者,出生衆善,是名爲由。萬行軌轍,即是法義。以經字代修多羅者,修多羅名通,經名別。修多羅名,所以通者。凡聖共有,所以爲通。經

---

① [唐]釋道宣撰《廣弘明集》第十九卷,《大正藏》第52冊,第236—237頁。

名別者，此土聖人所說，名之爲經。所以爲別，以經字代修多羅，欲令聞者即得信解。摩訶，此言大。般若，此言智慧。波羅，此言彼岸。蜜，此言度，又云到，具語翻譯，云大智慧度彼岸。言彼岸度者，蓋是國語不同。此以爲非，彼以爲是，此以爲是，彼以爲非。隨俗之說，更無异義。……大是稱德，智慧是出體，度是辨用，彼岸是明宗。

筆者將"發《般若經》題"與《佛說如來八相成道經講經文》第1—23行內容對比後發現，這兩篇開題文中皆有贊嘆經文、叙說講經緣起、都講唱誦經題、講師解說經名并概括所講內容等四個環節。梁武帝親自登同泰寺講說《大品》，此次講經法會非常隆重，皇太子奉嚫玉經，王公貴族悉數來聽，講說時有靈瑞現於殿堂，結束時還舉行了布施活動。①"發《般若經》題"中武帝對經題含義的闡述層次清晰，義理精微，堪爲六朝寺院講經開題的代表作之一。唐五代時，寺院及民間俗講興盛，俗講僧在講說過程中汲取了僧講儀式的主要部分，如開題、發願、布施等。相較而言，俗講活動較僧講更豐富多樣，如其開講前增加了押座文，以震懾喧嘩；講說過程中，法師與聽衆一起高聲念"佛子"等。再者，俗講開題內容簡單通俗易懂，甚至有時并不需要專闢一場，衹需在講說正文前，以白話概說經題大意便可。

可見寺院講經的開題文內容較爲豐富，除逐句解說經題大義外，常以三分科判經文，或料簡經文大意爲五門、六門、十門，還包括叙說講經緣起、稱贊所講佛經，以及組織高僧論義等內容。而化俗法師義學水平有限，加之聽衆皆爲佛學基礎較弱的普通民衆，有時甚至爲文盲，俗講經文的開題對經題的解說比較簡潔明瞭，通俗易懂。現存敦煌講經文中，附有開題的共有5篇，除BD7849號爲單獨的1篇外，其餘4篇開題都跟正文連在一起解說。

---

① [唐]釋道宣撰《廣弘明集》第十九卷，《大正藏》第52册，第238頁。

第三章 敦煌本《維摩詰經講經文》研究

敦煌遺書中現存八篇《維摩詰經講經文》，皆演繹鳩摩羅什所譯《維摩詰所説經》，其中演繹《文殊問疾品》的共有兩篇：羅振玉貞松堂藏本《維摩詰經講經文·文殊問疾（第一卷）》和國家圖書館藏BD15245號（新1445）《維摩詰經講經文·文殊問疾（第二卷）》。本章從這兩卷講經文之間的關聯、寫作年代及其尊崇文殊的文化現象等方面進行考察，認爲這兩卷講經文內容大致相接，屬於同一大部維摩詰講經文內前後相接的兩卷，產生於中唐時期。與原始經文相比，這兩卷講經文都呈現出尊崇文殊的特點，這與當時敦煌地區民間盛行的文殊信仰有直接關係。記載文殊降誕時有"十般瑞相"之説的《文殊吉祥經》是其源頭，它影響到維摩詰講唱文學的構成元素。

貞松堂藏本《維摩詰經講經文·文殊問疾（第一卷）》，首載於羅振玉《敦煌零拾》，後被羅氏暫名爲《文殊問疾佛曲》，影印并收入《貞松堂藏西陲秘籍叢殘》。王重民根據寫卷內容和尾題，將其命名爲《維摩詰經講經文》（《敦煌變文集》）。臺灣地區的敦煌學者潘重規曾對其進行校訂，并收入《敦煌變文集新書》[①]。此後，黃征、張涌泉在參考前人研究成果的基礎上，對其進行詳細的校勘注解（《敦煌變文校注》）。此外，學界還有一些單篇論文對貞松堂藏本講經文進行過研究。如武曉玲《〈敦煌變文校注·維摩詰經講經文〉商補》，對黃征、張涌泉《敦煌變文校注》中《維摩詰經講經文》十三條的不足之處進行了商補。[②] 項楚

[①] 潘重規《敦煌變文集新書》，臺北：文津出版社，1994年，第363—375頁。
[②] 武曉玲《〈敦煌變文校注·維摩詰經講經文〉商補》，《敦煌研究》2003年第3期，第105—106頁。

《〈維摩詰經講經文〉新校》對《敦煌變文校注》中七篇《維摩詰經講經文》校勘的不當之處進行補充和新校。① 何劍平《〈維摩詰經講經文〉的撰寫年代》一文據貞松堂藏本講經文中所引道液《净名經集解關中疏》，對其撰作年代作了考察。② 而新發現的國家圖書館藏 BD15245 號（新 1445）《維摩詰經講經文·文殊問疾（第二卷）》，學界僅有李文潔、林世田曾對其進行校錄，③ 但其錄文及校勘頗有可商處，有待進一步考察和分析。這兩卷講經文均演繹《維摩詰所説經·文殊問疾品》的内容，文義前後相接。本章擬將這兩個寫卷結合起來加以考述，從形式和内容上理清這兩個寫卷間的關係。

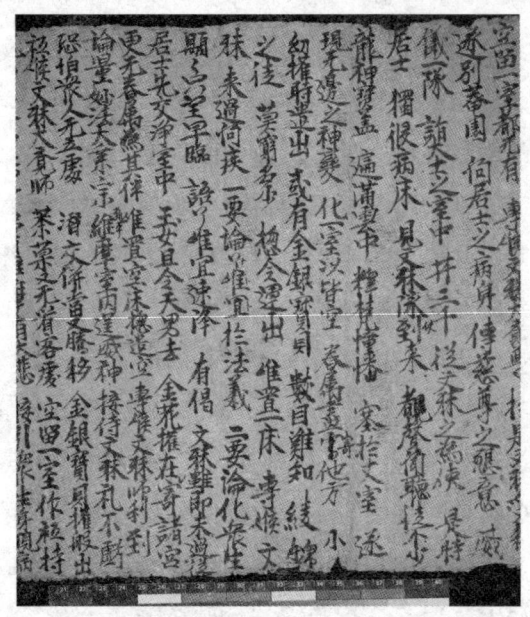

BD15245 號《維摩詰經講經文》局部圖版（IDP 圖版）

---

① 項楚《〈維摩詰經講經文〉新校》，《四川大學學報（哲學社會科學版）》2005 年第 4 期，第 58—62 頁。

② 何劍平《〈維摩詰經講經文〉的撰寫年代》一文，以貞松堂藏本的内容參考了道液《净名經集解關中疏》爲綫索，考察其文創作於道液《關中疏》修正定稿後，即永泰元年（765）之後。見《敦煌研究》2003 年第 4 期，第 65 頁。

③ 李文潔、林世田《新發現的〈維摩詰經講經文·文殊問疾第二卷〉校錄研究》，《敦煌研究》2007 年第 3 期，第 67—72 頁。

第一節　貞松堂本與國圖本的關係

　　貞松堂藏本《維摩詰經講經文·文殊問疾（第一卷）》，卷軸裝，共 180 行，行 21 字左右，講經文韻文部分以七言爲主，雜有三三七句式；散文部分間有四言、五言、七言等。其中七言韻文每行三句，散文每句間空一格，無首題，尾題"文殊問疾第一卷"。新發現國圖藏 BD15245 號（新 1445）《維摩詰經講經文·文殊問疾（第二卷）》，行款、尾題與貞松堂本相同。前者演繹《維摩詰所說經·文殊問疾品（第五）》前面一部分，即文殊師利接受釋迦牟尼委派，率衆前往維摩詰處問疾，至文殊與諸菩薩等入毗耶離大城而結束；後者首殘，但據卷首 3 殘行"［室］内除去所有及諸"①、"云此唱經一，是空其室也"② 及其後所述，知此卷先演繹維摩詰示現神通，空其丈室，以期與文殊辯空之理。後敘述文殊師利與大衆既入維摩詰室，申釋迦致問之意，詢居士致病之本。很顯然，這兩卷講經文文義大致相銜接。張涌泉《新見敦煌變文寫本叙錄》認爲這兩卷講經文字體、行款相同，文義相接，故謂其爲同一寫卷之分裂，③ 這一説法有待商榷。請先看以下對照圖：

---

① 任繼愈主編《國家圖書館藏敦煌遺書》第 141 册，北京：北京圖書館出版社，2011 年，第 171 頁。
② 任繼愈主編《國家圖書館藏敦煌遺書》第 141 册，北京：北京圖書館出版社，2011 年，第 171 頁。
③ 張涌泉《新見敦煌變文寫本叙錄》（《東亞文獻與中國俗文化國際學術研討會論文集》，第 605 頁）云："《敦煌變文校注》所收《維摩詰經講經文》之七係據羅振玉《貞松堂藏西陲秘籍叢殘》本校錄，貞松堂藏本與本卷字體、行款全同，內容亦先後大致銜接，可以斷定乃同一寫卷之分裂。"

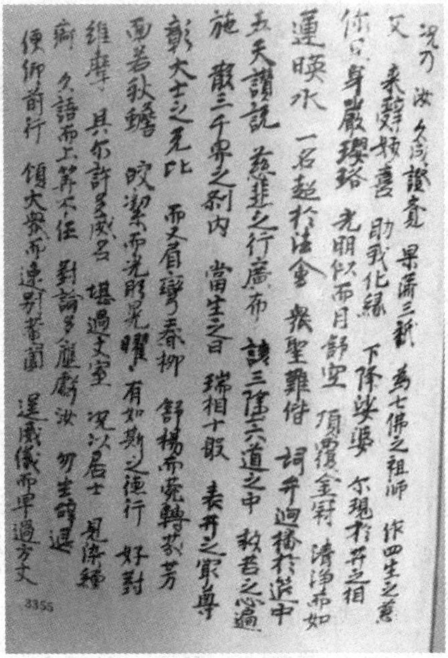

圖一　《貞松堂藏西陲秘籍叢殘》本《維摩詰經講經文》

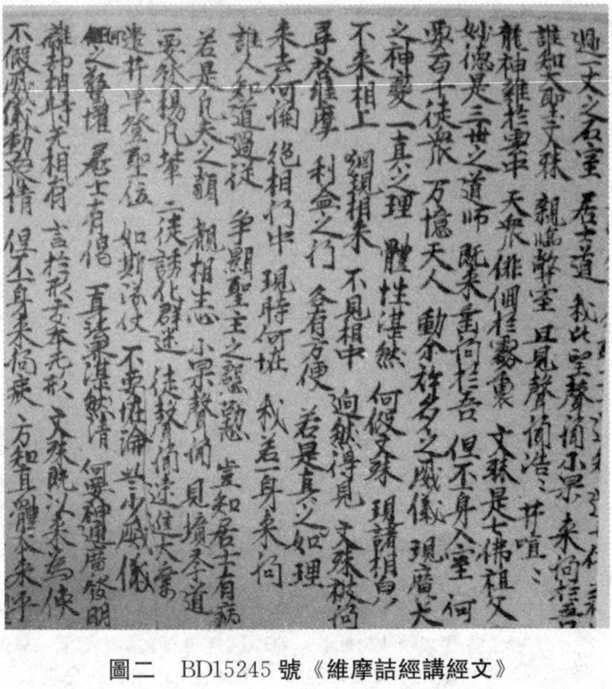

圖二　BD15245 號《維摩詰經講經文》

第三章　敦煌本《維摩詰經講經文》研究

　　由圖版比對可知，貞松堂本和國圖本講經文行款相同，但字體各異，後者較前者更剛勁有力，且同一字的俗書兩卷各不相同，故其并非一人所抄。國圖本前面所缺部分現未找到，兩卷間的裂痕亦無綴合依據。可見，這兩卷講經文行款、尾題格式相同，但字體不同，實非一人所抄，故從形式上還無法斷定其爲同一寫卷之斷裂，但這兩卷講經文文義相接，極有可能出自同一大部内的《維摩詰經講經文》。BD15245號卷末云"會中有個聲聞怪，獨自思量暗起猜。爲見衆人無座位，如何作念唱將來"①，則暗示下一卷將敷演《維摩詰所説經·不思議品》"爾時舍利弗見此室中無有床座，作是念：斯諸菩薩大弟子衆，當於何坐"②等内容。中間將有關菩薩應云何慰喻有疾菩薩、有疾菩薩云何調伏其心、無縛之觀（慧與方便）、菩薩行等義學討論略去。可知這兩卷講經文後應有續文，如今難以尋見。《維摩詰所説經》共十四品，這部講經文中，講解《文殊問疾品》共兩卷，以此類推，可知《維摩詰經講經文》至少有二十八卷甚或更多，惜敦煌遺書中保存較少，今已難窺其全貌。

　　在《維摩詰所説經》中，維摩地位高於文殊和其他菩薩，當世尊派弟子及菩薩前往毗耶離問疾時，衆人皆因往日修行時被維摩説教訓誡，心存敬畏，因此，皆稱"不堪任詣彼問疾"③。然而，這兩卷講經文中却對文殊推崇備至，使其地位反超維摩，這與《維摩詰經》及其相關注疏所呈現的文殊與維摩的關係恰好相反。這一反常現象爲進一步考察這兩個寫卷的關係提供了綫索。講經文中對文殊推崇備至，主要體現在以下三個方面：首先，貞松堂本講經文中描述文殊出場，佛命文殊問疾毗耶離，及其與諸菩薩、天人往維摩丈室的情形時，極盡鋪排誇飾之能事，以突顯文殊的地位。如講經文中講"文殊師利與諸菩薩、大弟子衆

---

① 任繼愈主編《國家圖書館藏敦煌遺書》第141册，北京：北京圖書館出版社，2011年，第178頁。
② ［姚秦］鳩摩羅什譯《維摩詰所説經》卷中，《大正藏》第14册，第546頁。
③ ［姚秦］鳩摩羅什譯《維摩詰所説經》卷上，《大正藏》第14册，第540頁。

及諸天人，恭敬圍繞，入毗耶離大城"①，用了一長段散文和 48 句韻文。同樣，國圖本渲染文殊率聲聞、菩薩等入維摩丈室的儀仗，共用 16 句韻文。因此，從整體上來講，這兩個寫卷對文殊的敘述多於維摩，問疾的主角由維摩轉移至文殊。

其次，這兩個寫卷都接納了當時社會普遍流行的觀念，稱文殊爲"七佛之祖師"和"三世之導師"，如下表所示：

表一　貞松堂藏本和國圖藏 BD15245 號相同之處

貞松堂藏本	國圖藏 BD15245 號
爲七佛之祖師，作四生之慈父	遣七佛之祖師，過一丈之石室
身作七儜（佛）師主久，名標三世號如來	文殊是七佛祖父，妙德是三世之道（導）師
菩薩身爲七佛師，久證功圓三世佛	仁者身爲七佛師，何故現斯多相貌。自爲三世慈悲主，何要威儀爾許多
圍七佛之祖師，過一丈之石室	何勞七佛之祖師，來降一間之小室

上表意味着貞松堂藏本和國圖藏 BD15245 號在素材構成上有親緣關係。在這兩卷講經文中，作者對文殊的態度一致，皆認爲其是"七佛之祖師""三世之導師"（"名標三世"），有意識地抬高文殊菩薩的地位。此外，BD15245 號《維摩詰經講經文·文殊問疾（第二卷）》文殊師利至維摩詰丈室後，先與維摩詰論辯有相無相之微言，接着問染疾之由，字裏行間透露着維摩詰對文殊的尊敬、崇敬之情。如：

1. 空留一室都無有，專候文殊大覺尊。
2. 金銀寶貝權般（搬）出，祇候文殊大覺師。
3. 居士道：我比望聲聞小果，來問於吾。誰知大聖文殊，親臨弊室。
4. 何勞七佛之祖師，來降一間之小室。更蒙慰問，豈敢

---

① ［姚秦］鳩摩羅什譯《維摩詰所説經》卷中，《大正藏》第 14 册，第 544 頁。

勝當！頻賜問安，實多悚惕①。

5. 文殊既入其室，將問維摩，舒月愛之慈光，問染疾之大士。

以上五條，前三條并稱文殊爲"大覺尊""大覺師"及"大聖"（此三名一般指釋迦牟尼佛），強調維摩詰"專候""祇候"文殊，第四條強調文殊爲七佛之祖師，尤其是第五條謂文殊"既入其室，將問維摩，舒月愛之慈光，問染疾之大士"，此處的"月愛"，即"月愛三昧"，典出《大般涅槃經》（曇無讖譯）卷二十《梵行品》及《大般涅槃經後分》（唐沙門若那跋陀羅譯）卷下《機感荼毗品》，如後者記阿闍世王"害父王已，深生悔恨，身生惡瘡，既遇世尊月愛光觸，身瘡漸愈，來詣佛所，求哀懺悔"②之事，講經文以佛之慈光（月愛三昧）喻指文殊，無疑顯示出撰者對文殊的無限尊崇。此外，維摩詰與文殊對答時，謙稱其丈室爲"鄙室""小室"，承蒙大聖慰問，內心惶恐不安，亦顯示出其對文殊畢恭畢敬的心理，這也與貞松堂藏本講經文中推崇文殊的基調相同。

再次，貞松堂本和國圖本對同一情境的描寫，用語相似，如貞松堂本講經文描述文殊入毗耶離大城隊仗時云：

雲服珠瓔蕊翠霞……遍滿維摩方丈室，若凡若聖萬千種。③

國圖本渲染文殊隊仗入維摩詰丈室時云：

---

① 任繼愈主編《國家圖書館藏敦煌遺書》第141冊，北京：北京圖書館出版社，2005—2012年，第171—178頁。
② ［唐］沙門若那跋陀羅譯《大般涅槃經後分》卷下，《大正藏》第12冊，第911頁中。
③ 《貞松堂藏西陲秘籍叢殘》，《羅雪堂先生全集》三編第9冊，臺北：大通書局，1976年，第3369頁。

雲服輝時惹翠霞……將入維摩方丈室，若凡若聖數難知。①

總之，貞松堂本、國圖本的這兩卷講經文行款相同，尾題格式一致，字體不同，文義相接，用語多有相似，文中尊崇文殊的基調一致，二者應出自同一大部內的《維摩詰經講經文》。

第二節　貞松堂本與國圖本講經文的撰寫年代

貞松堂本、國圖BD15245號講經文均無前後記，文中亦未述及其創作時間，但文中皆引用唐代流行的說法，即文殊爲"七佛之祖師"，因此，我們擬以此爲綫索，考察其創作時間。文殊師利是菩薩之首，具有與般若智慧等同的至高地位。《華嚴經》中說文殊是諸佛之母②；《放鉢經》《阿闍世王經》中說文殊是菩薩之父，過去諸佛皆爲文殊之弟子③；《首楞嚴三昧經》說文殊即過去之佛，名龍種上尊王如來④；《法華經》說文殊是釋迦九世之祖師⑤。這些記載表明，文殊師利在大乘佛教體系中地位崇高。然而，講經文中所引文殊爲"七佛之祖師""七佛師""七佛師主"——這一說法并非出自印度原典，而是中土僧人爲弘

---

① 任繼愈主編《國家圖書館藏敦煌遺書》第141冊，北京：北京圖書館出版社，2005—2012年，第172頁。
② ［唐］實叉難陀譯《大方廣佛華嚴經》卷八十："文殊師利常爲無量百千億那由他諸佛母，常爲無量百千億那由他他菩薩師，教化成熟一切衆生，名稱普聞十方世界；常於一切諸佛衆中爲說法師。"（《大正藏》第10冊，第439頁）
③ ［西晉］佚名譯《佛說放鉢經》卷一："文殊者，佛道中父母也。"（《大正藏》第15冊，第451頁）；［東漢］支婁迦讖譯《佛說阿闍世王經》卷一："佛謂舍利弗：文殊師利者，是菩薩之父母，是則爲迦羅蜜。"（《大正藏》第15冊，第394頁）
④ ［姚秦］鳩摩羅什譯《首楞嚴三昧經》卷二："迦葉，汝謂爾時平等世界龍種上佛，豈异人乎？勿生此疑。所以者何，即文殊師利法王子是。"（《大正藏》第15冊，第644頁）
⑤ ［隋］吉藏撰《法華義疏》卷二《序品》之二："所以然者，燃燈授釋迦記，妙光化八子，即知文殊是釋迦九世之祖師也。"（《大正藏》第34冊，第480頁）

揚文殊信仰所造，唐釋法照《嘆大聖文殊師利菩薩》云：

> 文殊師利，[名]妙德，法王之子。是七佛之祖師，號龍種上尊王佛。雖得佛道，轉于法輪，入於涅槃，而不捨於菩薩之道，教化眾生，無量功德皆成就，無量佛土皆嚴净。其見聞者，無不蒙益，諸有所作，亦不唐捐。現在東北方金色世界清凉山內，住首楞嚴三昧。與一萬菩薩同會。利樂苦眾生，故我遥頂禮。①

《嘆大聖文殊師利菩薩》出自法照《净土五會念佛略法事儀贊》末。法照，俗姓張，陝西漢中洋縣人，生於天寶五年（746），卒於開成三年（838），享壽93歲②，是唐代中期净土宗的代表人物。據劉長東《法照事迹新考》考證，法照《净土五會念佛略法事儀贊》有兩個版本：三卷本是法照大曆九年（774）第二次述，一卷本爲法照在上都（長安）章敬寺净土院所述，其創作時間早於三卷本。③ 永泰元年（765），法照到達衡山，拜承遠爲師，大曆元年（766）四月，法照在南岳創立净土五會念佛法門④。因此，一卷本《净土五會念佛略法事儀贊》應作於五會念佛法門成立之後。文殊爲"七佛之祖師"一說最早出現於一卷本《净土五會念佛略法事儀贊》，故這兩卷講經文亦當作於大曆元年以後。

此外，貞松堂藏本講經文中有一小段叙述八千菩薩、五百聲聞隨文殊問疾的場景描寫，與英藏 S.4571 號《維摩詰經講經文》中描述毗耶離城中庵園法會場景的文字相似⑤，應是前者模仿或參考過後者。據何

---

① [唐]釋法照《净土五會念佛略法事儀贊》，《大正藏》第47冊，第485頁。
② 劉長東《法照生卒、籍貫新考》，《敦煌文學論集》，成都：四川人民出版社，1997年，第440頁。
③ 劉長東《法照事迹新考》，《佛學研究》1998年第7期，第40—44頁。
④ [唐]釋法照《净土五會念佛略法事儀贊》，《大正藏》第47冊，第476頁。
⑤ 《貞松堂藏西陲秘籍叢殘》，《羅雪堂先生全集》三編第9冊，臺北：大通書局，1976年，第3363—3364頁。《英藏敦煌文獻（漢文佛經以外部分）》第6冊，成都：四川人民出版社，1992年，第151頁。

劍平研究，S.4571號《維摩詰經講經文》作於高宗咸亨三年（672）十二月之後①，而貞松堂藏本講經文撰於永泰元年（765）後。這一結論與法照一卷本《净土五會念佛略法事儀讚》出現的時段亦大致相合。唐代五臺山文殊信仰非常興盛，法照嘗於大曆五年（770）四月五日到五臺縣，建竹林寺，駐錫弘法二十餘年，其起五會念佛道場與五臺山大聖竹林寺的瑞應有關，②文殊爲七佛祖師這一説法順勢而出，并在當時盛行的净土宗的宣揚下，很快便被民衆接受，講經文中大量稱引亦在情理之中。

第三節　貞松堂本、國圖本講經文與敦煌民間文殊信仰之關係

前文所論貞松堂本和國圖本這兩卷《維摩詰經講經文》多次稱贊文殊爲"七佛之祖師""三世之導師"，大力推崇文殊，并極力渲染維摩詰應對文殊時的恭敬態度，使得文殊地位反超維摩，其信仰主體由維摩詰變爲文殊，這與傳統經文及其注疏中所呈現的二者之關係恰好相反，這一現象值得進一步討論。爲了説明這一現象産生的原因，我們有必要將文殊類經典的翻譯、唐王朝對文殊信仰的支持以及敦煌地區文殊信仰的發達等現象聯繫起來加以考察。

衆所共知，佛教東漸，菩薩信仰在漢地興起，經典翻譯和傳播是其先導。據《出三藏記集》卷二《新集撰出經律論録》，南朝梁前傳入中國的文殊類經典中，以文殊冠名的有18種。現存最早的是東漢支婁迦讖在靈帝光和至中平年間譯出的《佛説阿闍世王經》《文殊師利問菩薩

---

① 何劍平《〈維摩詰經講經文〉的撰寫年代》，《敦煌研究》2003年第4期，第65頁。
② [宋]贊寧撰、范祥雍點校《宋高僧傳》下册，北京：中華書局，1987年，第538—542頁。[宋]沙門戒珠叙《净土往生傳》卷下，《大正藏》第51册，第121頁。

署經》①。印順《初期大乘佛教之起源與開展》一書對文殊類經典進行分類概括，他認爲佛爲文殊説法的共有 7 部；以文殊爲主體或部分參與問答的有 28 部；偶爾提到或參與問答僅一節兩節的共 12 部。三類合計，共 47 部。② 印順的彙總，僅限於與文殊菩薩有關的大乘經典，并不齊全。我們對《大正新修大藏經》《續藏經》《大藏經補編》進行檢索，整理出與文殊師利有關的經典，如下表所示：

表二　文殊類經典（以内容爲準）：

派宗	佛説文殊菩薩	文殊菩薩説法	其他佛經中提到文殊説法者	與文殊史傳有關者	總數
顯教	28	14	39	15	96
密教	6	14	21	0	41

可見，與文殊有關的顯、密經典，粗略統計共 137 部。筆者按傳譯時間，對其進行分類排列，如下表所示：

表三　文殊類經典（以時間爲序）

朝代	譯經數（部）	朝代	譯經數（部）
東漢	6	梁	3
吳	2	隋	7
西晉	24	唐	36
東晉	3	宋	18
姚秦	11	元	4
元魏	6	其他	14
劉宋	3		

通過對比可知，漢魏之時，文殊類經典僅譯出 8 部，西晉共譯出

---

① ［梁］釋僧祐撰，蘇晉仁、蕭鍊子點校《出三藏記集》，北京：中華書局，1995 年，第 27 頁。

② 印順《初期大乘佛教之起源與開展》，北京：中華書局，2011 年，第 785 頁。

24部。東晋至隋三百年間共譯出33部，與唐代翻譯數目相當。西晋五十多年的歷史，共譯出24部，其中竺法護譯出21部，其譯經團體成員聶承遠、聶道真譯出2部，《大藏經》皆有收錄。在這23部中，文殊師利的名稱、譯法不盡相同，有軟首童真菩薩、濡首、濡首童真、普首菩薩、文殊師利童子等，甚至在同一部佛經中，就有數名。如竺法護譯《文殊支利普超三昧經》中文殊師利即翻譯爲濡首童真、軟首童真菩薩。這與當時佛經翻譯習慣有關，但也是文殊信仰初來中土尚未定型的實證。東晋至隋三百年間，文殊類經典僅譯出33部。可見這一階段文殊信仰發展應比較緩慢。有唐一代共譯出36部，其中密教類占一大部分，這與文殊信仰在唐代的傳播狀況相合。此外，中土有關文殊菩薩的專題論述亦産生於唐代，如澄觀《大華嚴經略策》專闢一章寫文殊祖師[①]；慧祥《古清涼傳》中介紹文殊的身世、道場及靈驗傳說等[②]，亦促進了文殊信仰的傳播。文殊類經典的大量翻譯及中土相關論著，是文殊信仰傳播的先決條件和理論支柱。

唐代，在王權的倡導下，文殊類經典大量傳譯，文殊道場舉國公認，文殊信仰亦臻極盛[③]，并以長安、洛陽、五臺山爲中心輻射周邊：東至高麗、日本，南至安南，西至中亞、西亞地區。敦煌雖地處西部邊陲，自亦受其影響。莫高窟中保存了很多與文殊信仰有關的文獻，總體來說可分爲四類：第一類，敦煌遺書中有五臺山贊、頌、曲子、行記、詩、偈等，約50件[④]；第二類，敦煌石窟中的《五臺山圖》，共12幅，爲法國吉美博物館所藏1件五臺山文殊菩薩化現圖的絹畫；第三類，曹氏歸義軍時期刻印的"大聖文殊師利"的畫像；第四類，文殊變、維摩

[①] ［唐］澄觀《大華嚴經略策》卷一，《大正藏》第36册，第706頁。

[②] ［唐］慧祥《古清涼傳》卷二，《大正藏》第51册，第92頁。

[③] 李利安在其《文殊菩薩與民間信仰》一書中，從唐代開明的宗教政策，以及統治者如太宗、高宗、武則天、代宗對文殊信仰的政治支持等方面論述了文殊信仰在唐代興盛的社會歷史緣由，茲不贅述。

[④] 據杜斗城《敦煌五臺山文獻校錄研究》可知敦煌遺書中保留了不少五臺山的文獻：《五臺山贊》30件、《五臺山曲子》5件、《五臺山行記》3件，以及《五臺山志》《辭娘贊文》《禮五臺山記》《游五臺山贊文》《入山贊》《五臺山詩》等10多件文書。

經變等佛教經變畫。文殊信仰在五臺山及敦煌的流布,前賢早有專門討論,① 兹不贅述。在此,我們試從以下兩個方面的例證來説明講經文中尊崇文殊的歷史淵源:一是莫高窟第61窟"文殊堂";二是敦煌寫卷《十吉祥》。

莫高窟第61窟,是五代歸義軍節度使曹元忠及其夫人翟氏所開鑿,主要供奉文殊菩薩,因而俗稱"文殊堂"(圖三)。

圖三　莫高窟第61窟主室中心佛壇

據趙聲良研究,此窟建於後漢天福十二年(947)至後周廣順元年(951)間,覆斗形頂,中央設置馬蹄形佛壇,壇上有塑像,後面背屏與窟頂相連。佛壇上塑像已失,但遺留有獅爪,背屏上有殘存獅尾,再參照其他洞窟文殊菩薩的塑像及敦煌遺書中的文獻記載,可以斷定此爲文殊坐騎,這座洞窟的主尊爲文殊菩薩。② 第61窟是莫高窟規模較大的洞窟之一,其西壁繪《五臺山圖》;南壁有《楞伽經變》《彌勒經變》《阿彌陀經變》《法華經變》《報恩經變》;北壁有《密嚴經變》《藥師經變》《華嚴經變》《思益梵天王經變》,東壁有《維摩經變》等。

---

① 敦煌地區文殊信仰的研究成果頗豐,如杜斗城《敦煌五臺山文獻校録研究》、黨燕妮《五臺山文殊信仰及其在敦煌的流傳》、鄒清泉《敦煌莫高窟第61窟〈維摩經變〉新識》等。
② 趙聲良《莫高窟第61窟五臺山圖研究》,《敦煌研究》1993年第4期,第88頁。

圖四　五臺山圖

圖五　五臺山圖之大佛光寺

西壁《五臺山圖》（圖四），長 13.45 米，高 3.42 米，襯托中央佛壇的騎獅文殊造像。全圖分上、中、下三段，上部繪"靈異""化現"類故事；中部主要表現南、西、中、北、東五臺及各臺間的幾十座寺院、佛塔等聖迹，下部右畫鎮州、左畫太原，以及於山路參禮五臺山的信衆。這幅五臺山圖不僅僅是一幅山水地形圖，其圖中呈現出的五臺山作爲文殊菩薩的道場，更有着極其重要的宗教意義。敦煌地處西部邊陲，距離山西五臺山路途遥遠，并非所有高僧、士人及普通民衆都有機緣前往躬禮文殊，參訪聖迹，消灾除難的①。因此曹氏政權爲了滿足家

---

① 《五臺山贊文》："浮生踏着清凉地，寸土能消萬世灾。"

族祈福的需求以及敦煌地區民衆巡禮五臺山、參拜文殊的夙願，在敦煌開鑿修建第 61 窟。窟中文殊菩薩作爲主尊，靠近洞窟正壁，而并未與其相接，主尊佛像和四壁間形成一個"回"字形的環繞空間，大約可供 40 人同時禮拜、巡禮、祈福、回向。第 61 窟西壁五臺山圖，自南向北依次是南臺、西臺、中臺、北臺、東臺，共 190 多個圖像，既有山西太原至河北鎮州的八百餘里的山川形勢，圖中還有大小不一的城鎮村莊、寺廟殿塔、高僧説法、信徒巡禮等場景。第 61 窟整個《五臺山圖》情節豐富，圖像複雜，還有 195 個榜題，數量龐大，内容詳盡，遠非莫高窟 361 號和 237 號窟中《五臺山圖》可比擬。而第 61 窟的文殊堂兼具修禪和禮佛的功能，因此，從整體上來講，第 61 窟《五臺山圖》構思精妙絶倫，規模宏大，内容豐富，堪爲一幅翔實細緻的佛教生活動態圖，也是一幅歷史地理圖，其正好可以爲敦煌地區那些嚮往五臺山而無法親臨的僧衆，提供一處可供觀賞和坐禪的妙地，以示其對文殊菩薩及其道場的崇拜之情。

　　曹氏歸義軍時期文殊信仰的廣泛盛行，在佛教造像上也有反映，明顯的例證是晚唐五代以《文殊問疾品》爲主體的《維摩經變》開始復興，但其圖像格局却發生變化：視覺主體已由維摩詰轉換爲文殊師利，以適應當時的文殊語境。①《維摩詰經講經文・文殊問疾》兩卷中，文殊作爲主體出現，恰好與此相合。由此可見，莫高窟第 61 窟是唐五代文殊信仰興盛的見證，其發展方向與講經文的撰造是相輔相成的同構關係。

　　敦煌地區的文殊信仰除了影響佛教石窟造像外，還影響到民間佛教講唱文本的構成元素。中土普通民衆亦參與文殊信仰的弘傳，如編撰和傳抄有關文殊的民間佛經，其中的《文殊吉祥經》即爲一種。該經述及文殊降誕時的"十般瑞相"之説，不見於有關文殊的傳世正典，却見於

---

① 鄒清泉《敦煌莫高窟第 61 窟〈維摩經變〉新識》，《美術學報》2013 年第 2 期，第 40 頁。

敦煌講唱文本。如 Ф223 號擬名《十吉祥》的變文即是一例。該寫卷標題原缺，孟列夫編《蘇聯科學院亞洲民族研究所藏敦煌漢文寫本注記目錄》題作"十吉祥"，《敦煌變文論文録》改題"十吉祥講經文"，潘重規《敦煌變文集新書》從之。後來經周紹良重新研究，認爲全卷題材無講經文特徵，似由一個人轉誦吟唱，所以它與因緣之類講説爲近，因而主張恢復孟列夫的擬題，兹從其説①。該卷如是叙説文殊師利之名義：

> 文殊師利，此云妙德；正梵云曼殊師利，此云妙吉祥。……何以名爲妙吉祥？此菩薩當生之時，有十種吉祥之事。準《文殊吉祥經》云云。

顯然，文中明確説明文殊菩薩當生之日的十種吉祥之説來自《文殊吉祥經》。據 Ф223 號《十吉祥》，文殊降誕時十種吉祥之事分别是：第一"光明滿室"，第二"甘露垂庭"，第三"地涌七珍"，第四"倉變金粟"，第五"象具六牙"，第六"猪誕龍豚"，第七"鷄生鳳子"，第八"馬生麒麟"，第九"神開伏藏"，第十"牛生白罩（澤）"。其中第一、三、四、五、九皆出自佛典；第二、七、八、十則吸收了中土傳統文化的元素②，而第六種出處待考。可見，文殊菩薩誕生"十般瑞相"，有着民間佛教信仰與中國傳統文化相結合的烙印。值得注意的是，記載文殊降誕時有"十般瑞相"之説的《文殊吉祥經》，中土所譯文殊類經典雖未見記載，却被中土僧人采入佛經注疏。如：

窺基《阿彌陀經通贊疏》卷上：

> 經云：文殊師利法王子，阿逸多菩薩。
>
> 贊曰：……梵云曼殊師利，此云妙吉祥，生時有十種吉祥

---

① 黄征、張涌泉《敦煌變文校注》卷四，北京：中華書局，1997年，第 614 頁。
② 李誠《〈十吉祥〉研究》，項楚、鄭阿財主編《新世紀敦煌學論集》，成都：巴蜀書社，2003年，第 126—143 頁。

事故：一光明滿室，二甘露盈庭，三地涌七珍，四神開伏藏，五雞生鳳子，六豬孩龍肫（肫或爲豚），七馬產騏驎，八牛生白驛，九倉變金粟，十象具六牙，故云妙吉祥也。①

澄觀《大方廣佛華嚴經隨疏演義鈔》卷二十八《如來名號品第七》釋"文殊師利"曰：

復有經說：生有十楨，無非吉祥。一光明滿室，二甘露垂庭，三地踊七珍，四神開伏藏，五雞生鳳子，六豬誕龍豚，七馬產麒麟，八牛生白澤，九倉變金粟，十象具六牙，由是得立妙吉祥號。②

唐藍谷沙門慧祥《古清涼傳》卷上載，三藏法師玄奘之上足窺基以咸亨四年（673），與白黑五百餘人，往而修五臺山中臺之舊連基疊石二室，造玉石文殊師利像。③據《宋高僧傳》卷五《唐代州五臺山清涼寺澄觀傳》，澄觀於大曆十一年（776）游五臺山，後居五臺山大華嚴寺；於唐德宗貞元三年（787）十二月，撰成《華嚴經疏》六十卷；貞元四年（788），在寺主賢林的請求下開始講此大經④。可見，華嚴四祖、五臺山清涼國師澄觀和法相宗窺基諸大師都曾來五臺山弘法，於妙吉之鄉原，建傳教基地。他們的經疏中釋"文殊菩薩"采用十種吉祥事，無疑受到五臺山地區在民間廣爲流傳的有關文殊師利靈瑞傳説的經典——《文殊吉祥經》的影響。這一影響自然也澤及敦煌的講唱文本。貞松堂藏本講經文中的一小段材料，恰好爲我們提供了

---

① ［唐］窺基《阿彌陀經通贊疏》卷上，《大正藏》第37冊，第337頁。
② ［唐］澄觀《大方廣佛華嚴經隨疏演義鈔》卷二十八，《大正藏》第36冊，第213頁。
③ ［唐］慧祥《古清涼傳》卷上，《大正藏》第51冊，第1094頁。
④ ［宋］贊寧撰，范祥雍點校《宋高僧傳》上冊，北京：中華書局，1987年，第105－106頁。

相關的印證。如文中叙述文殊師利受敕爲使，親往毗耶離問疾，佛贊文殊德行時説：

> 下降娑婆，示現於菩薩之相。你且身嚴瓔珞，光明而似月舒空；頂覆金冠，清净而如蓮花映水。……當生之日，瑞相十般，表菩薩之最尊，彰大士之無比。而又眉彎春柳，舒揚而菀（宛）轉芬芳；面若秋蟾，皎潔而光明晃耀。有如斯之德行，好對維摩；具爾許之（多）咸名，堪過丈室。①

所謂"當生之日，瑞相十般"一望而知與 Φ223 號《十吉祥》的變文、窺基及澄觀所注文殊"十般瑞相"是同源關係。其中，《十吉祥》先解説文殊師利名爲妙吉祥之緣由，後逐次敷演文殊降誕時的十種吉祥之事，文中所述十種瑞相與窺基等所注名稱一致，僅順序稍異。變文中每一瑞相，先用散文展開叙述，再引七言韵文重宣，頗有文采。如其闡述"光明滿室"：

> 且第一，"光明滿室"者，表菩薩光明内融，身光外照，所以降誕先放光明云云。
> 其光滿室，咸如杲日。
> 白日難偕，紅燈莫疋（匹）。
> 破幽夜之昏情，能曉了於密室。
> 其時所見异禎祥，表此閻浮菩薩出。
> 且看菩薩縱神光，照燭無私顯覆藏。
> 直如杲日出幽谷，恰似蟾輪入畫堂。
> 千道光明遐遍照，幾條明焰色如霜。

---

① 《貞松堂藏西陲秘籍叢殘》，《羅雪堂先生全集》三編第 9 册，臺北：大通書局，第 3355 頁。

化緣菩薩出於世，所以名爲妙吉祥。①

據此則知，窺基《阿彌陀經通贊疏》、澄觀《大方廣佛華嚴經隨疏演義鈔》、貞松堂本講經文以及《十吉祥》在介紹文殊化迹時宣揚文殊菩薩的主體地位，都受到《文殊吉祥經》這類流布民間而不列於正式佛典之數的通俗作品之影響②。該經重在就世俗爲文殊立名，將佛教感通説和中土徵瑞説相雜糅，被中土僧俗汲取，用以敷演和解説文殊之名義，創製與文殊有關的佛經注疏及通俗講唱文（變文或因緣故事），以弘傳文殊信仰。而貞松堂本講經文的撰者爲彰顯文殊菩薩的主體地位曾參考其説，其創作與五臺山傳至敦煌地區的文殊感應信仰無疑有着直接的關係。

第四節　貞松堂本、國圖本《維摩詰經講經文》文本來源

佛教傳入中國後，講經活動隨即開始。魏晋南北朝時，講經活動多由帝王、士族、寺院組織，是以僧講或尼講爲主的正式講經，如中大通三年（531）十月十三，梁武帝幸同泰寺爲四部衆講《大般若涅槃經》義，至十九日講完③；又如吉藏於隋文帝開皇十七年（597）上書請智者大師爲一百餘僧講唱《法華》一部。④ 僧講文本多爲事先準備好的或在講經過程中形成的"義疏""義記""注疏""贊述"等。後來，佛教

---

① ［俄］孟列夫、錢伯城主編《俄藏敦煌文獻》第 4 册，上海：上海古籍出版社，1993 年，第 284 頁。
② 《天台三大部補注》（永嘉沙門釋從義撰）卷五、《科注妙法蓮華經》（宋柯山金谿栖雲沙門守倫注、明玉溪菩提庵沙門法濟參訂、明吴興瓶城居士閔夢得校刻）卷一，《金光明經照解》（四明石芝沙門宗曉述）卷下，皆云妙吉祥生時有十吉祥事出《西域記》。見《卍續藏經》，臺北：新文豐出版公司，1975 年，第 28 册，第 219 頁上；第 30 册，第 648 頁下；第 20 册，第 521 頁上。
③ ［唐］姚思廉撰《梁書》卷三《武帝紀》下，北京：中華書局，1973 年，第 75 頁。
④ ［隋］灌頂《國清百録》卷四，《大藏經》第 46 册，第 822 頁。

爲了爭取普通民衆的支持、供養和布施，在寺院講經的基礎上對講經內容進行調整，刪去一些講高深佛理的內容，而援引世俗民衆耳熟能詳的典故，用通俗易懂的語言化導衆心，這被視爲俗講，如敦煌藏經洞中保存下來的《妙法蓮華經講經文》《父母恩重經講經文》《雙恩記》等。俗講所據的文本作爲廣義變文的一種，并非橫空出世，而是俗講僧在參考相應佛經注疏，雜引因緣譬喻故事、民間流行典故的基礎上製作而成，如鄭阿財指出《盂蘭盆經講經文》明顯參考宗密的《盂蘭盆經疏》。①本節欲以這兩篇《維摩詰經講經文》爲主要研究對象，結合唐五代盛行的有關《維摩詰經》的注疏進行文本比較與分析，以期理清二者的關係。

貞松堂藏本《維摩詰經講經文·文殊問疾（第一卷）》講"'文殊師利'乃至'詣彼問疾'"②這一小段時云：

> 此唱經文分之爲三：一、文殊謙讓白佛。二、贊居士。經云道"彼上人者"至"皆以得度"。三、托佛神力，敢往問疾。經云：雖然，（當）承佛聖旨。且弟一，文殊蒙佛告敕，起立筵中，欲申師資之恩，謙讓自己之事，合十指掌，立在筵中，啟三界慈尊向於會上。③

筆者將其與《維摩詰經》相關注疏對比，發現著者創作時應參考了道液的《净名經集解關中疏》（《關中疏》）。道液《關中疏》卷二疏解此

---

① 鄭阿財《〈盂蘭盆經疏〉與〈盂蘭盆經講經文〉》一文指出，敦煌本《盂蘭盆經講經文》明顯化迹於唐宗密的《盂蘭盆經疏》。參見《冉雲華先生八秩華誕壽慶論文集》，臺北：法光出版社，2003年。

② 這小段講經文補充完整，應該是"文殊師利白佛言：世尊，彼上人者難爲酬對，深達實相，善說法要，辯才無滯，智慧無礙，一切菩薩法式悉知，諸佛秘藏無不得入。降伏衆魔，游戲神通，其慧方便，皆以得度。雖然，（當）承佛聖旨，詣彼問疾"。《貞松堂藏西陲秘籍叢殘》，《羅雪堂先生全集》三編第9冊，臺北：大通書局，1976年，第3359頁。

③ 《貞松堂藏西陲秘籍叢殘》，《羅雪堂先生全集》三編第9冊，臺北：大通書局，1976年，第3358頁。

段時曰:"初中文三,初總目(自)謙①,二陳彼勝德,三恭旨往問,此初也。"② 可見此段講經文化用道液《關中疏》的痕迹頗爲明顯。《關中疏》卷二釋"初總目(自)謙"時云:"什曰:言乃超出我上,豈直諸賢,此蓋深往者之情耳,豈其實哉!肇曰:三萬二千何必不任,文殊師利何必獨最,意□至人變謀無方,隱顯殊迹故。迭爲修短應物之情事熟敢定其優劣,辯其得失乎。"③ 釋"二陳彼勝德"時云:"二陳彼勝德文三:一二智深廣,二目果,三二利功圓。此初深達嘆實,辨才嘆權,此初也。內能深達實理,外能談法要旨。"④ 可知道液先引羅什和僧肇之疏,以示文殊自謙之因,後援引佛教義理如"智深廣""利功圓"等,贊嘆維摩勝德。在貞松堂本講經文中,著者以文殊師利的口吻,嚴格按照《關中疏》的三分之法,用兩段偈頌分別闡述:

斷　文殊有偈白佛:

特蒙慈父會中宣,感激牟尼爭不專。自揣荒虛無弁(辯)海,度量智惠(慧)未周圓。

金仁(人)既遣過方丈,妙德須遵大覺仙。去即不辭爲使去,幸憑聖力賜恩憐。

斷　又有偈贊維摩:

方丈維摩足弁才。詞江浩浩泉難偕。能談妙法邪山碎,解講真經障海隄。

六道每朝興教網,三途長日救輪迴。雖爲居士同凡輩,心似秋蟾霧裏開。⑤

---

① 何劍平校"目"當爲"自"的誤書。參見何劍平《〈維摩詰經講經文〉的撰寫年代》,《敦煌研究》2003年第4期,第64—68頁。
② [唐]道液《净名經集解關中疏》卷下,《大藏經》85冊,第473頁。
③ [唐]道液《净名經集解關中疏》卷下,《大藏經》85冊,第473頁。
④ [唐]道液《净名經集解關中疏》卷下,《大藏經》85冊,第473頁。
⑤ 《貞松堂藏西陲秘籍叢殘》,《羅雪堂先生全集》三編第9冊,臺北:大通書局,1976年,第3358頁。

《關中疏》及貞松堂藏本講經文，皆嚴格按照初文三分之説，叙述文殊自謙和維摩勝德，因聽講的對象不同，疏解所用材料各異。講經文删去注疏所用有關佛理的一切抽象、高深的論述，用通俗易懂的語言、生動形象的因緣譬喻故事，爲廣大民衆演繹經文。

隋唐五代時，《維摩詰經》的注疏甚多，如慧遠《維摩義記》，智者大師《維摩經玄疏》，湛然《維摩經略疏》，吉藏《净名玄論》《維摩經義疏》等。著者創作這卷講經文時，僅參考道液《關中疏》，足以證明液公《關中疏》在當時非常流行。唐文宗開成三年（838）十一月二日，入唐求法僧圓仁以四百五十文價買《維摩關中疏》四卷①；遣唐使常曉共請回七部《維摩詰經》注疏，其中三部②皆爲道液所注，還有一部爲文襲禪師所撰《維摩經關中疏記》；圓珍所請書目亦有《净名經關中疏》，此皆表明液公《關中疏》在唐代盛行於寺院和民間。常曉還述及此疏在當時流傳狀況：

右《維摩經》，窮微盡化，妙絶之稱也。造疏之人，數般論旨，左右詞疏，理塞于是。至開（雲按：當作關）液公，大宗蕪蔓真極而開。今見大唐真典近代興盛講文學義之類，總此疏等以爲指南，是故每寺講净名典化度白衣，以液公疏提撕緇徒。皆云：雖有論師注疏，惠底未足，乍學此文，法鏡轉明，惠燈益照者。③

綜上所述，唐代寺院講《維摩詰經》，多以道液《關中疏》爲講義

---

① 〔日〕圓仁撰，白化文、李鼎霞、許德楠校注《入唐求法巡禮行記校注》卷一，石家莊：花山文藝出版社，2007年，第61頁。
② 常曉所請道液《疏》共三部，即《維摩經疏》一部四卷、《維摩經釋批》一部三卷、《維摩經關中疏科文》一卷。
③ 〔日〕常曉《常曉和尚請來目録》，《大藏經》第55册，第1069頁。

論理的參考書目。貞松堂本講經文"'文殊師利'乃至'詣彼問疾'"這一段從形式和內容上皆參考道液《淨名經集解關中疏》，但因其屬於俗講，聽衆多爲普通民衆，文本比專業的寺院講經更爲生動形象、通俗易懂。

另外，國圖藏 BD15245 號《維摩詰經講經文》中有一詞語與《維摩詰經》注疏相關。文中敘述文殊問維摩詰患疾之因：

> 莫是心家氣不和，莫是風黃及痰飲？幸望今朝爲衆宣，我要今朝知病本。①

"心家"一詞，唯吉藏《維摩經義疏》《百論疏》中有所述及。《維摩經義疏》卷三：

> 家有二種：一者形家，謂父母妻子；二者心家，即是煩惱。諸長者子，無出形家之義，有出心家之義。而羅云雖嘆出形家，於事無益。若説出心家，則便有利。②

《百論疏序》云：

> 出家有四：一出形家不出心家，凡夫出家人也；二出心家不出形家，在家聖人也；三俱出家出家聖人，四俱不出在家凡夫也。③

吉藏《維摩經義疏》將"家"字釋爲兩種："形家"指父母妻子，"心

---

① 任繼愈主編《國家圖書館藏敦煌遺書》第 141 冊，北京：北京圖書館出版社，2011 年，第 175 頁。
② ［隋］吉藏《維摩經義疏》卷三，《大藏經》第 38 冊，第 946 頁。
③ ［隋］吉藏《百論疏》卷一，《大藏經》第 42 冊，第 233 頁。

家"即愛見諸煩惱。維摩詰是在家居士,出心家而不出形家,文殊首問維摩詰是否因煩惱增多而患心病。可知著者撰寫本卷講經文時,曾參考過吉藏的著作。

著者在創作這兩卷講經文時,部分內容直接或間接地參考過道液《净名經集解關中疏》、吉藏的《維摩經義疏》。唐道宣《續高僧傳》卷十一《唐京師延興寺釋吉藏傳》謂吉藏曾講《維摩詰所説經》數十遍,并撰有《維摩經義疏》。① 可證講經和注疏二者是相互成就的:法師在講經的過程中不斷積纍,到一定階段,所講佛經的注疏便應運而生,如隋智顗曾爲弟子講解《觀世音菩薩普門品》,其弟子灌頂據師所講記録成《觀音義疏》兩卷和《觀音玄義》兩卷。佛經義疏的撰寫有時是爲講經活動服務,如梁陸雲公《御講般若經序》所説梁武帝於天監十一年(512)組織義學高僧注釋《大品般若經》後,曾多次至同泰寺講説。② 這些佛經注疏多爲專業的寺院講經時所用,民間俗講則在參考注疏的同時,藉助通俗易懂的語言、生動形象的因緣譬喻故事進行講説。由此可知,俗講所用講經文是以經疏爲參考而形成的,但有别於經疏,俗講的主要目的在於濟世化俗,故其文本的文學性、趣味性較强。

綜上所述,貞松堂藏本《維摩詰經講經文·文殊問疾(第一卷)》和國圖藏 BD15245 號《維摩詰經講經文·文殊問疾(第二卷)》,屬於同一大部講經文内前後相接的兩卷。其撰作時間大致在大曆元年(766)之後,即中唐時期。與原始經文相比,這兩卷講經文呈現出的最爲明顯的特徵即尊崇文殊,具體表現在以下兩個方面:一是屢言文殊爲七佛之祖師,二是文殊誕生有十種瑞相。前者被記録在净土宗師法照的《净土五會念佛略法事儀讚》中,後者則被保存於法相宗大師窺基的《阿彌陀經通讚疏》和華嚴宗大師澄觀的《大方廣佛華嚴經隨疏演義鈔》論著中,這一事實本身就足以説明唐代五臺山文殊信仰的興盛以及其與佛教

---

① [唐]釋道宣《續高僧傳》卷十一,《大藏經》第 50 册,第 513 頁。
② [唐]釋道宣《廣弘明集》卷十九,《大藏經》第 52 册,第 235 頁。

各宗派的關係。唐五代時期，文殊信仰在文殊類經典的傳譯、皇室的支持下，以長安、洛陽、五臺山爲中心的地區發展極盛，地處西部邊陲的敦煌亦受其影響，藏經洞保存的有關五臺山的文獻以及莫高窟第 61 窟皆是文殊信仰在敦煌興盛的印證。值得注意的是，無論是净土宗師法照，還是法相宗大師窺基及華嚴宗大師澄觀，他們都曾有過巡禮五臺山、建立傳教基地的經歷，受到五臺山有關反映文殊徵瑞信仰的民間佛經的深刻影響，文殊十吉祥之說經由他們應用在佛經注疏、講經及佛教儀式贊文中而得以廣泛流傳於中原大地，并遠播西部邊陲的敦煌地區。敦煌遺書中現存的兩卷《維摩詰經講經文·文殊問疾》及《十吉祥》即爲顯證。

需補充的是，貞松堂藏本和國圖藏本講經文的編撰都出現了不守經典的做法。如貞松堂本講經文說文殊的出生地是妙喜佛國（"來辭妙喜，助我化緣"①），然據西晉竺法護譯《佛說文殊師利净律經》，文殊的出生國爲寶氏佛國，而非妙喜佛國②。又如阿修羅生性好鬥，常與梵天帝釋四天王戰，被視爲戰神，然而，貞松堂本講經文述及阿修羅時說："阿修羅等，調颼玲玲之琵琶；緊那羅王，敲駁犖犖之羯鼓；乾達婆衆，吹妙曲於雲中；迦樓羅王，奏簫韶於空裏。"③ 可見，作者將阿修羅與緊那羅、乾達婆、迦樓羅王等樂神并列，視其爲樂神，能彈琵琶。凡此皆說明講唱文學内容的非經典來源。

---

① 講經文云："况乃汝久成證覺，果滿三祇，爲七佛之祖師，作四生之慈父。來辭妙喜，助我化緣；下降娑婆，示現於菩薩之相。"
② ［西晉］竺法護譯《佛說文殊師利净律經》引佛言："東方去此萬佛國土，世界名寶氏，佛號寶英如來、無所着、等正覺，今現在演說道教，文殊在彼，爲諸菩薩大士之倫宣示不及。"《大正藏》第 14 册，第 448 頁。
③ 黄征、張涌泉《敦煌變文校注》卷五，北京：中華書局，1997 年，第 916 頁。

第四章

羽153V號《妙法蓮華經講經文》研究

第四章　羽153V號《妙法蓮華經講經文》研究

敦煌遺書中現存的七篇《妙法蓮華經講經文》（簡稱《法華經講經文》），共涉及七個寫卷，依次是 P.2305、P.2133、Ф365、Ф365V、P.3944、羽153V、BD7849號，其中後三個是近年來最新公布的寫卷。這七篇講經文基本上演繹的都是姚秦鳩摩羅什所譯《妙法蓮華經》，BD7849號寫卷雖是《妙法蓮華經講經文》，但現存內容主要是舉辦《法華經》講經大會時的開題文；P.3944、P.2305、Ф365號分別演繹《妙法蓮華經》之《序品》《提婆達多品》《藥王菩薩本事品》，其餘三個寫卷均演繹《觀世音普門品》（《普門品》）。本章以新公布的敦煌文獻——杏雨書屋藏羽153V號《妙法蓮華經講經文》中九色鹿王捨身救懷孕母鹿的故事爲研究對象來考察其文本來源。

從2009年至2013年，日本大阪財團法人武田科學與振興財團杏雨書屋陸續印刷并刊行《敦煌秘笈目錄册》一册及彩色圖版《敦煌秘笈》九册，爲國際敦煌學界帶來了新的材料。① 羽153號寫卷爲李盛鐸舊藏，正背兩面皆書。北京大學圖書館藏《李木齋氏鑒藏敦煌寫本目錄》著録爲"四分戒本疏第二（按：'二'當爲'三'之誤）尾全，背寫有

---

① 《敦煌秘笈》由日本東洋學泰斗羽田亨博士舊藏敦煌文書集成，共著録775號，實刊758號（第486—500號、714號、724號缺）。其中，羽001—432號是李盛鐸舊藏，餘下寫卷除友人贈送外，多購自富岡謙藏、清野謙次、高楠順次郎等人或書肆。相關研究參榮新江《李盛鐸藏卷的真與僞》（《敦煌學輯刊》1997年第2期，第1—18頁）、日本高田時雄《明治四十三年（1910）京都文科大學清國派遣員北京訪書始末》（《敦煌吐魯番研究》第7卷，北京：中華書局，2004年，第13—22頁）、鄭阿財《杏雨書屋藏〈敦煌秘笈〉來源、價值與研究現狀》（《敦煌研究》2013年第3期，第118頁）。

殘經"，① 杏雨書屋出版《敦煌秘笈目錄册》時，正面擬題爲"四分戒本疏第三"，卷背擬名作"佛説九色鹿王變文"。爲區別二者，《敦煌秘笈目錄册》出版時，將背面寫卷編號爲羽153V。② 朱鳳玉對寫卷進行校錄整理，始定名爲"妙法蓮華經講經文"，并論述九色鹿王類因緣譬喻故事在佛教唱導和俗講中的意義。③ 接着，朱鳳玉又對P.2133、Φ365V及羽153V號殘卷文本進行考證，將此三者皆定名爲《妙法蓮華經講經文》，并討論了前兩篇講經文與佛經注疏的關係，認爲前兩篇係參考窺基《妙法蓮華經玄贊》(《法華玄贊》)編撰而成④，但對羽153V號講經文是否曾參考過經疏并未述及。本章以此爲契機，考察羽153V號《妙法蓮華經講經文》中九色鹿王本生故事的來源。

---

① 榮新江《李盛鐸藏卷的真與僞》(英文稿)於1997年6—7月提交爲倫敦"二十世紀初葉的敦煌寫本僞卷"學術研討會論文；中文稿原載《敦煌學輯刊》1997年第2期，後收入《鳴沙集》，臺北：新文豐出版公司，1999年，第124頁。
② 〔日〕吉川忠夫編《敦煌秘笈目錄册》，大阪：武田科學振興財團，2009年，第63頁。
③ 朱鳳玉《羽153V〈妙法蓮華經講經文〉殘卷考論——兼論講經文中因緣譬喻之運用》，《敦煌吐魯番研究》第13卷，上海：上海古籍出版社，2013年，第52—61頁。
④ 朱鳳玉《〈妙法蓮華經講經文〉〈普門品〉殘卷新論》，《敦煌寫本研究年報》2013年第7號，第51—62頁。

第四章 羽153V號《妙法蓮華經講經文》研究

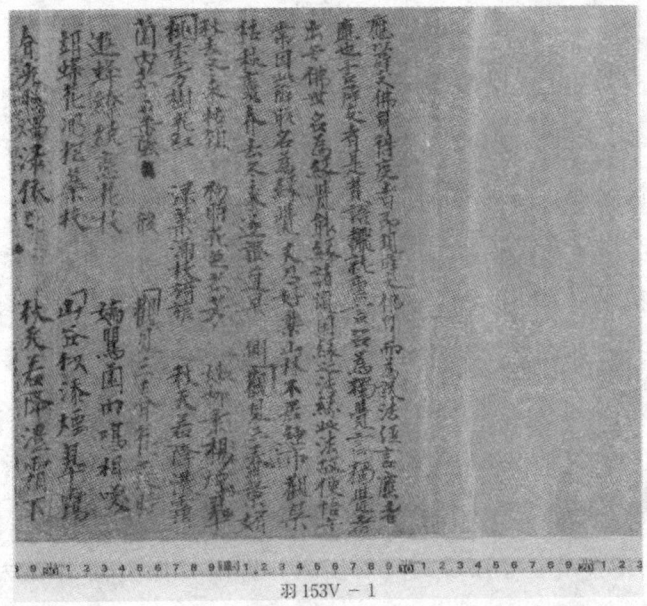

羽153V號《法華經講經文》局部圖版（《敦煌秘笈》）

第一節 羽153V號《妙法蓮華經講經文》中鹿王捨身救懷孕母鹿的故事出處

羽153V號殘卷，首尾俱缺，每紙23—24行，現存80行，每行20—23字，起"應以辟支佛身得度者，即現辟支佛身而爲説法"[①]，訖"今代汝，將替君身。遂至城邑，來詣王門"[②]，主要演繹觀音菩薩化爲緣覺和辟支身爲民衆説法，旨在宣傳《妙法蓮華經》的一乘思想。著者引佛成道後在鹿野苑初轉法輪一事，解釋"聲聞"一詞；爲説明"鹿苑"地名由來，筆者下面將以鹿王捨身救懷孕母鹿的本生故事爲例，對

---

① 〔日〕吉川忠夫編《敦煌秘笈》第二册，大阪：武田科學振興財團，2010年，第409頁。
② 〔日〕吉川忠夫編《敦煌秘笈》第二册，大阪：武田科學振興財團，2010年，第410頁。

其進行考察。

（一）釋迦度五俱輪説法

五俱輪，又作五俱倫，指佛陀成道之初，在鹿野苑最先度化的五位比丘，即憍陳如、摩訶那摩、跋波阿捨、婆闍、跋陀羅闍。① "憍陳如"梵名 Kauṇḍinya，音譯爲拘鄰、憍陳那、居鄰、居倫等，"俱輪"便是其音譯名稱之一。佛典翻譯時，五比丘之名多被省略爲 "拘鄰五人" ②、"拘鄰等" ③、"拘鄰之等五人比丘" ④ 等。後來，便以 "五拘鄰" 或 "五俱輪" 專指五比丘，如《法苑珠林》卷十 "我從彼言，即至鹿苑，手翦五拘鄰" ⑤，又如 S.2440 號《八相押坐文》"鷲領峰頭放毫相，鹿苑初度五俱輪" ⑥ 等。羽 153V 號《妙法蓮華經講經文》中 "經云：應以聲聞云——"，是 "應以聲聞身得度者，即現聲聞身而爲説法" ⑦ 的略引。文中用 "言聲聞悟道，名曰聲聞。法昭四諦，理悟一乘；鷲領（嶺）迴心，鹿苑悟道。何名鹿苑，方有聲聞？鹿苑者，是波羅奈國王舍城南釋迦如來於此園中度五俱輪説法之處，名鹿野園" ⑧ 來解釋 "聲聞" 之義。衆所周知，釋迦牟尼在菩提樹下悟道後，先往波羅奈城鹿野苑教化昔日曾與其共修苦行的五位侍者，并爲之説四諦之法。五比丘親聞佛説法而悟道，始有聲聞弟子。羽 153V 號寫卷在解説聲聞時，以此爲例，并非自創。據朱鳳玉考證，這一小段創作參考過《出曜經》卷十

---

① ［劉宋］求那跋陀羅譯《過去現在因果經》卷三，《大正藏》第 3 册，第 644 頁。
② ［東漢］安世高譯《太子慕魄經》卷一，《大正藏》第 3 册，第 409 頁。
③ ［蕭齊］曇摩伽陀耶舍譯《無量義經》卷一，《大正藏》第 9 册，第 383 頁。
④ ［西晋］竺法護譯《普曜經》卷七，《大正藏》第 3 册，第 530 頁。
⑤ ［唐］釋道世撰，周叔迦、蘇晋仁校注《法苑珠林》卷十，北京：中華書局，2003 年，第 375 頁。
⑥ 中國社會科學院歷史研究所等合編《英藏敦煌文獻（漢文佛經以外部分）》第 4 册，成都：四川人民出版社，1991 年，第 75 頁。國際敦煌項目（IDP）《英藏敦煌遺書》，S.2440 號寫卷。
⑦ ［姚秦］鳩摩羅什譯《妙法蓮華經》卷七，《大正藏》第 9 册，第 57 頁。
⑧ ［日］吉川忠夫編《敦煌秘笈》第二册，大阪：武田科學振興財團，2010 年，第 410 頁。

四《道品》"爾時世尊在鹿野苑中而轉法輪,是故説,前未聞法輪也"①。

唐五代俗講經文在製作時,一般都會參考與其相關的佛經注疏。如臺圖 32 號《盂蘭盆經講經文》曾參考宗密的《佛說盂蘭盆經疏》;S. 4571 號《維摩詰經講經文》撰述時參考了窺基的《説無垢稱經疏》;P. 2133V 號《金剛經講經文》之創作參考了曇曠《金剛般若經旨贊》。②羽 153V 號《法華經講經文》的創作當與《法華經》相關注疏有密切關聯。

(二) 鹿王捨身救懷孕母鹿故事與窺基《法華玄贊》

據方廣錩考察,敦煌藏經洞發現的《妙法蓮華經》抄本有 5000 號以上,③ 足見《法華經》的重要地位及影響。敦煌寫卷中,《妙法蓮華經》的注疏共 31 種④,除《法華玄贊》和《法華義疏》以外,其餘 29 種皆爲傳世文獻所缺,其對考察《法華經》在各個時代的作用及法華信仰的傳播甚爲重要。我們知道《大藏經》和《續藏經》中共保存 25 種《法華經》的注疏,因此,現存《法華經》注疏共 50 多種。敦煌遺書中《觀音經》(即《觀世音普門品》)抄本有 708 號,多據羅什譯本抄寫,且以唐寫本居多。⑤ 此外,《觀音經》注疏現存 4 種,即金剛藏菩薩所注《觀音經注(擬)》(譯者不詳),釋道微《夾注觀音經》,加之智顗的

---

① [姚秦]竺佛念譯《出曜經》卷十四,《大正藏》第 4 册,第 685 頁。
② 鄭阿財〈《盂蘭盆經疏》與《盂蘭盆經講經文》〉,冉雲華先生八秩華誕壽慶論文集編輯委員會主編《冉雲華先生八秩華誕壽慶論文集》,臺北:法光出版社,2003 年,第 431-448 頁;蕭文真《〈金剛經講經文〉參照〈金剛經〉注本問題之探究》,《敦煌學》2008 年第 27 輯,第 479-492 頁;何劍平〈《維摩詰經講經文》的撰寫年代〉,《敦煌研究》2003 年第 4 期,第 64-68 頁。
③ 方廣錩《敦煌遺書中的〈法華經〉注疏》,《世界宗教研究》1998 年第 2 期,第 75 頁。
④ 據方廣錩《敦煌遺書中的〈法華經〉注疏》一文統計,與《法華經》相關的注疏共有 35 種,但有兩種爲金剛藏菩薩所注《觀音經注(擬)》、釋道微《夾注觀音經》,另外兩種爲《法華經講經文》。因此可知,《法華經》的注疏實有 31 種。(《世界宗教研究》1998 年第 2 期,第 75-79 頁)
⑤ 釋大參《敦煌 P. 2133V〈妙法蓮華經講經文〉之内容和思想》,《敦煌學輯刊》2007 年第 4 期,第 79 頁。

《觀音義疏》和《觀音玄義》。由此窺知，《妙法蓮華經》及《觀音經》在隋唐五代甚爲盛行。羽153V號《妙法蓮華經講經文》創作時，有兩處與智顗的著作相關，一處參考過窺基的《法華玄贊》，其中，鹿王捨身救懷孕母鹿的本生故事，便出自後者。

羽153V《妙法蓮華經講經文》：

(1) 鹿苑者，……在中印土境。往昔於此園中有一千頭鹿。(2) 世尊爲一群鹿王，提婆達多爲一群鹿王。(3) 時波羅奈王狩獵中原，飛鷹走雉；皂蠹光輝，鏘旗邐迤；金卑（錍）雕鞍，晶瑩旖旎；內養花裝，馨香撲地。逢兔不存，便張弓矢；狼被槍攛，走難迴避。……時九色鹿王進步向前，來奏王曰：「王若怱煞（殺），命也不詞（辭）。(4) 恐肉臭爛，不堪王食。我有一計，願王聽許。(5) 欲擬日供一鹿，次弟（第）輸王所妒（廚）。王有割鮮之饌，鹿有延旦之辰。」王聞此語，大悅龍顏。

吟大王其時迴駕，却歸宮闕之中。(5) 每朝御饌進來，次弟（第）日輸一鹿。

王有割鮮之饌，鹿有延朝之辰。輪次豈有言詞（辭），日進大王之命。

浮生惜命一般般，爭那王今要割鮮。日日烹炮充口腹，朝朝御饌滿芳延（筵）。……

(6) 如是日日輸命，來熟（詣）王廚，次弟（第）到提婆達多群中，有一懷娠雌鹿，合當就死，來白大王：「我今合死，緣爲腹中有子未生，願王慈愍，且別差替，後生子了，輸命不持（遲）。」(7) 提婆鹿王大怒：「誰不保（寶）命，豈欲如斯。」(8) 雌鹿自嘆：「我王不仁。」乃急告世尊鹿王：「我王不慈，來日分輸命，爭那腹中有子，子未誕生，請以別差，我王不肯，無處投生。」(9) 九色鹿王言：「悲哉！慈母之心，恩及未形之子。吾今代汝，將替君身。"遂至城邑，來詣王門。

窺基《妙法蓮華經玄贊》卷四末在釋"爲五比丘説法"時談到"鹿野之號"的起源：

《贊》曰：下三頌半正説三乘化，分三：初一頌半正起權化，次一頌三寶遂興，後一頌會成今古。此初也。(1) 梵云婆羅疺斯，云波羅奈訛也。中印度境，往昔此地有兩群鹿，各五百餘。(2) 佛爲一群鹿王，提婆達多復爲一王。(3) 時此國王畋游原澤，菩薩鹿王前請王曰："大王狡獵中原，縱獠飛矢，凡我徒屬，命盡斯晨，(4) 即日腐臭，無所充膳，(5) 願欲次差，日輸一鹿，王有割鮮之膳，我延旦夕之命。"王善其言，迴駕而返，(6) 兩群之鹿，更次輸命。提婆群中有懷孕鹿，次當就死，白其王曰："身雖應死，子未次也；願暫差替，誕訖當往。"(7) 鹿王怒曰："誰不寶命？"(8) 雌鹿嘆曰："吾王不仁，死無日矣。"乃急告菩薩（鹿王）。(9) 菩薩鹿王曰："悲哉！慈母之心恩及未形（之子），吾今代汝。"遂至王門。①

通過對比可知，羽153V號《妙法蓮華經講經文》中鹿王捨身救懷孕母鹿的本生故事，參考了窺基《妙法蓮華經玄贊》卷四《方便品》中注釋世尊趣波羅奈爲五比丘説法時②所引鹿王捨身救懷孕母鹿的本生故事，主要表現在兩個方面：一方面，寫卷中共有9處借鑒了《妙法蓮華經玄贊》，如鹿野苑在"中印土境"，"世尊爲一群鹿王，提婆達多爲一群鹿王"，"欲擬日供一鹿，次弟（第）輸王所妒（虧）。王有割鮮之饌，鹿有延旦之辰"，"次弟（第）到提婆達多群中，有一懷娠雌鹿，合當就

---

① ［唐］窺基撰《妙法蓮華經玄贊》卷四，《大正藏》第34册，第730頁。
② "思惟是事已，即趣波羅奈。諸法寂滅相，不可以言宣，以方便力故，爲五比丘説。"（［姚秦］鳩摩羅什譯《妙法蓮華經》卷一，《大正藏》第9册，第10頁）

死"、"誰不寶命"、"我王不仁"等,這些句子與窺基疏中相應部分大致相同,唯個别字詞有异,可見寫卷的借鑒痕迹非常明顯。窺基注中所引故事比較完整,而寫卷首尾俱殘,衹講到鹿王至宫前便止,倘若寫卷完整保存至今,其中必有更多參考《妙法蓮華經玄贊》之處。另一方面,著者在參照《妙法蓮華經玄贊》的基礎上,對其進行概括或修飾,以適應俗講法會聽衆的需求,如疏中"往昔此地有兩群鹿,各五百餘",爲簡便起見,文中便概括爲"往昔於此園中有一千頭鹿";又如疏中"悲哉!慈母之心恩及未形,吾今代汝。遂至王門",文中便潤飾爲"悲哉!慈母之心,恩及未形之子。吾今代汝,將替君身。遂至城邑,來詣王門",此類例子甚多,皆可證此講經文深受窺基《妙法蓮華經玄贊》的影響。現在的疑問是,窺基所注以何爲據?

第二節　窺基《妙法蓮華經玄贊》中鹿王本生故事的注釋依據

　　窺基《妙法蓮華經玄贊》是爲博陵道俗聽衆講經説法而撰①,其在疏解《觀世音普門品》時引用了很多佛典,如《阿差末經》《十地經論》《説無垢稱經》《瑜伽師地論》《大般涅槃經》《對法論》《金剛般若經》《賢愚經》《業報差别經》《法句經》《大智度論》《寶雲經》《攝論》《天請問經》《大方廣佛華嚴經》等,② 但其在注《方便品》中世尊爲五比丘説法之地"鹿野苑"時,所引鹿王捨身救懷孕母鹿的故事,却未注明出典。經筆者考察發現,其當源自玄奘的《大唐西域記》。爲方便討論,列表如下:

---

①　[唐]窺基撰《妙法蓮華經玄贊》卷十:"基以談游之際,徒次博陵,道俗課虚,命講斯典,不能脩諸故義,遂乃自纂新文。夕製朝談,講終疏畢,所嗟學寡識淺、理編詞殫,經義深賾拙成光贊,競就依於聖教,標標采於玄宗,猶恐旨謬言疏,寧輒枉爲援據。"(《大正藏》第34册,第854頁)

②　[唐]窺基撰《妙法蓮華經玄贊》卷十,《大正藏》第34册,第846—850頁。

表一　《妙法蓮華經玄贊》與《大唐西域記》中的鹿王捨身救懷孕母鹿的故事

《妙法蓮華經玄贊》卷四《方便品》	《大唐西域記》卷七"婆羅痆斯國"
贊曰：下三頌半正説三乘化，分三：初一頌半正起權化，次一頌三寶遂興，後一頌會成今古。此初也。梵云婆羅痆斯，云波羅奈，訛也。中印度境，往昔此地有兩群鹿，各五百餘，佛爲一群鹿王，提婆達多復爲一王。時此國王畋游原澤，菩薩鹿王前請王曰："大王狡獵中原，縱獠飛矢，凡我徒屬，命盡斯晨，即日腐臭，無所充膳，願欲次差，日輪一鹿，王有割鮮之膳，我延旦夕之命。"王善其言，迴駕而返，兩群之鹿，更次輪命。提婆群中有懷孕鹿，次當就死，白其王曰："身雖應死，子未次也；願暫差替，誕訖當往。"鹿王怒曰："誰不寶命？"雌鹿嘆曰："吾王不仁，死無日矣。"乃急告菩薩，菩薩鹿王曰："悲哉！慈母之心恩及未形，吾今代汝。"遂至王門，道路之人傳聲唱言："彼大鹿王今來入邑。"都人士庶，莫不馳觀。王之聞也，以爲不誠。門者白王，王乃信然。王曰："鹿王何遽來耶？"曰："有雌鹿當死，胎子未產，心不能忍，敢以身代。"王聞嘆曰："我人身鹿也，無慈育之心；爾鹿身人也，有代命之德。"於是悉放諸鹿，不復輪命，即以其林爲諸鹿藪，因而謂之施鹿林焉。鹿野之號，自而興。①	其側不遠大林中有窣堵波，是如來昔與提婆達多俱爲鹿王斷事之處。昔於此處大林之中，有兩群鹿，各五百餘。時此國王畋游原澤，菩薩鹿王前請王曰："大王狡獵中原，縱燎飛矢，凡我徒屬，命盡兹晨，不日腐臭，無所充膳。願欲次差，日輪一鹿。王有割鮮之膳，我延旦夕之命。"王善其言，迴駕而返。兩群之鹿，更次輪命。提婆群中有懷孕鹿，次當就死，白其王曰："身雖應死，子未次也。"鹿王怒曰："誰不寶命？"雌鹿嘆曰："吾王不仁，死無日矣。"乃告急菩薩鹿王。鹿王曰："悲哉慈母之心，恩及未形之子！吾今代汝。"遂至王門。道路之人傳聲唱曰："彼大鹿王今來入邑。"都人士庶莫不馳觀。王之聞也，以爲不誠。門者白王，王乃信然。曰："鹿王何遽來耶？"鹿曰："有雌鹿當死，胎子未產，心不能忍，敢以身代！"王聞嘆曰："我人身鹿也，爾鹿身人也！"於是悉放諸鹿，不復輪命，即以其林爲諸鹿藪，因而謂之施鹿林焉。鹿野之號，自此而興。②

通過比較可知，窺基與玄奘皆用鹿王捨身救懷孕母鹿的故事，來注解世尊初轉法輪之地——鹿野苑，二者所述故事情節完全相同，都叙述了婆羅痆斯國城外樹林中，有兩群鹿各五百餘頭，佛陀和提婆達多各爲鹿王。國王與隨從在此狩獵，將要殺盡鹿群。菩薩鹿王至王前求情，願與提婆達多鹿王輪流爲國王日供一鹿。提婆達多所領鹿群中，有一母鹿

---

① ［唐］窺基撰《妙法蓮華經玄贊》卷四，《大正藏》第 34 册，第 730 頁。
② ［唐］玄奘、辯機原著，季羨林等校注《大唐西域記校注》卷七，北京：中華書局，1985 年，第 570 頁。

懷孕將誕，祈求其王先輸別鹿，其子生後再去受死，其王不准。母鹿遂至菩薩鹿王處具陳情由。菩薩鹿王聽後，不忍母鹿其胎未生而赴死，遂至王宮代其受死。國王聽完鹿王所述，不再食鹿。鹿群所居之林，便稱爲鹿野。此外，二者所引故事中，語言一致處十之八九。衆所周知，《大唐西域記》成書於貞觀二十年（646），是玄奘奉太宗敕命而作，由玄奘口述，辯機潤色并寫定。貞觀二十三年（649），窺基出家，奉敕爲玄奘弟子，從師學習三十餘載，理應研習過《大唐西域記》。我們這樣説，是因爲窺基自己的論著《妙法蓮華經玄贊》爲我們提供了内證，如其卷九末《從地涌出品》注釋佛陀出家、成道年歲時（"得大菩提從是已來始過四十餘年者"）説，"真諦三藏及和上《西域記》等，并説二十九出家、三十五成道"①，卷四《方便品》引《西域記》云"夏安居畢，方得道迹"②，卷九《持品》云："瞿曇，姓。廣此所因，如《西域記》。"③ 這些記録皆是窺基《妙法蓮華經玄贊》直接徵引《大唐西域記》的例證。此外，窺基疏中亦偶有徵引《大唐西域記》而未標出處者，如卷一《序品》中對"靈鷲山""王舍城"的解説，雖未注明疏文出處，但通過比較可知，其明顯采自玄奘《大唐西域記》。④ 這種引用方式與其在《方便品》中爲解説"鹿野苑"而引"鹿王菩薩捨身救懷孕母鹿"的本生故事形式一致。總之，窺基注《妙法蓮華經》時，以明確標明出處與不注疏文來源兩種形式徵引《大唐西域記》。玄奘《大唐西域記》當爲窺基注《妙法蓮華經》時案頭常用的參考書之一。

值得注意的是，窺基徵引其師之文時，并非一味抄録，而是對其中有些句子進行了加工潤色，如窺基疏中"佛爲一群鹿王，提婆達多復爲

---

① ［唐］窺基撰《妙法蓮華經玄贊》卷九，《大正藏》第 34 册，第 827 頁。
② ［唐］窺基撰《妙法蓮華經玄贊》卷四，《大正藏》第 34 册，第 730 頁。
③ ［唐］窺基撰《妙法蓮華經玄贊》卷九，《大正藏》第 34 册，第 818 頁。
④ 經筆者仔細對比發現，窺基注《妙法蓮華經》卷一《序品》中"靈鷲山"和"王舍城"時，以《大唐西域記》卷九《摩伽陀國下》之"鷲峰及佛迹""王舍城"爲據。（窺基《妙法蓮華經玄贊》卷一，《大正藏》第 34 册，第 665 頁；玄奘、辯機原著，季羨林等校注《大唐西域記校注》卷九，北京：中華書局，1985 年，第 725—726 頁、第 742—745 頁）

一王"①、"身雖應死，子未次也；願暫差替，誕訖當往"②等，皆比玄奘原文更爲完備、詳盡。

此外，窺基補充玄奘文中"我人身鹿也，爾鹿身人也"③時，也曾參考過康僧會所譯《六度集經》。《妙法蓮華經玄贊》卷四："我人身鹿也，無慈育之心；爾鹿身人也，有代命之德。"④《六度集經》卷三第十八章："王愴然爲之流淚曰：'豈有畜獸，懷天地之仁，殺身濟衆，履古人弘慈之行哉！吾爲人君，日殺衆生之命，肥澤己體。吾好凶虐，尚豺狼之行乎？獸爲斯仁，有奉天之德矣。'"⑤《六度集經》中謂鹿王有奉天之德。窺基疏文中謂鹿王雖爲禽獸，實有代命之德，"奉天之德"和"代命之德"義相近而語相似，其借鑒痕跡頗爲明顯。綜上所述，窺基注《法華經》時，所引鹿王捨身救懷孕母鹿之故事，源自玄奘的《大唐西域記》，而玄奘所撰出自何典，有待進一步探索。

第三節　玄奘《大唐西域記》中鹿王本生故事的文本源流

佛陀傳教過程中常借用衆所周知的因緣譬喻故事闡明佛理。漢譯佛典中有許多以動物爲題材的譬喻，如《雜阿含經》卷四十三以狗、鳥、毒蛇、野干、失收摩羅魚、獼猴，來比喻衆生眼、耳、鼻、舌、身、意等六根⑥。佛典中與鹿相關的本生故事甚多，據筆者考察共有五類：第一，九色鹿救度溺水人；第二，鹿王捨身代懷孕母鹿受死；第三，鹿王捨身度群鹿過河；第四，獵人放鹿王夫婦同歸；第五，鹿母守信，乞與

---

① ［唐］窺基撰《妙法蓮華經玄贊》卷四，《大正藏》第34冊，第730頁。
② ［唐］窺基撰《妙法蓮華經玄贊》卷四，《大正藏》第34冊，第730頁。
③ ［唐］玄奘、辯機原著，季羨林等校注《大唐西域記校注》卷七，北京：中華書局，1985年，第570頁。
④ ［唐］窺基撰《妙法蓮華經玄贊》卷四，《大正藏》第34冊，第730頁。
⑤ ［三國吳］康僧會譯《六度集經》卷三，《大正藏》第3冊，第12頁。
⑥ ［劉宋］求那跋陀羅譯：《雜阿含經》卷四十三，《大正藏》第2冊，第313頁。

子別，還來就死。① 其中，鹿王捨身救懷孕母鹿的故事，除《出曜經》《雜譬喻經》《大智度論》《大莊嚴論經》有載外，《佛本行經》、南傳《本生經》中亦有記載。由此可見，玄奘《大唐西域記》中所述鹿王捨身救懷孕母鹿的故事原型出自印度，而非中國本土文化。其中，《佛本行經》爲劉宋涼州釋寶雲所譯，以八句偈頌，即"净施王游獵，因至深山中；閉群鹿二王，置於深谷厩。以一妊母鹿，鹿王代就死；使普境野畜，無復恐患憂"② 概括這一故事。通過文本對比可知，此與玄奘所撰并無關係，且其文簡略，故不於下表列之。其餘五部佛典與《六度集經》所載這一故事，内容雖然相同，但角色與情節稍有差異，對比如下：

表二　鹿王本生故事在漢譯佛典中的情節區別

佛典名及其漢譯時間	角色	事因	提議者	解決方式	出現狀況及補救方式	結果
《六度集經》三世紀中（247—280）	五色鹿王、千餘頭鹿、國王	出獵，太官祭祀，鹿群傷亡較多	五色鹿王	日送一鹿，王不再獵	重胎母鹿，子未產，卻應受死；五色鹿王代其受死	國王召見鹿王，聞其因由，遂下令不再獵，若有犯者與人同罪
《出曜經》皇初五年秋，至六年春迄（398—399）	菩薩鹿王、調達鹿王、各領五百頭鹿、國王及其步兵	出野游獵，食鹿肉，千頭鹿入網中	菩薩鹿王	菩薩鹿王與調達鹿王所領鹿群，次第日送一鹿至王厨	同上	國王聞後，下令國內，殺鹿者應被誅戮，食鹿肉者當梟其首。鹿王及鹿群還得自安。因是立名鹿野苑也
《雜譬喻經》弘始七年（405）	菩薩鹿王、真鹿王、五百群鹿、國王及兵	出城狩獵，食鹿肉，兵圍鹿群	菩薩鹿王及真鹿王	日送二鹿以供王食	同上	國王聞鹿王之說，遂生信心，令一國之內，永不射獵，以此林野長施群鹿，以鹿林爲名

---

① 由梁麗玲《漢譯佛典動物故事之研究》可知共有六類：1. 九色鹿，2. 鹿王捨身代懷孕母鹿受死，3. 鹿王捨身救群鹿，4. 鹿王與女鹿，5. 鹿母乞與子別，還來就死，6. 鹿夫歸。經筆者詳細考辨，4 與 6 故事情節相同。因此，漢譯佛典中與鹿相關的故事，實則共有五類。（梁麗玲《漢譯佛典動物故事之研究》，臺北：文津出版社，2010 年，第 357—358 頁）
② ［劉宋］釋寶雲譯：《佛本行經》卷五，《大正藏》第 4 册，第 89 頁。

（續表）

佛典名及其漢譯時間	角色	事因	提議者	解決方式	出現狀況及補救方式	結果
《大智度論》弘始七年（405）	七色鹿王、提婆達多、各領五百頭鹿、梵摩達王及其隨從	游獵，食鹿，群鹿被殺	七色菩薩鹿王	與提婆達多鹿王所領鹿群，差次日送一鹿至王廚	懷孕母鹿子未及產，而須受死。其王禁其更換次序，故鹿王代其受死	國王聞之召鹿王，聽其因由後，不再食肉，諸鹿得安
《大莊嚴論經》五世紀初（401—413）	雜寶色鹿王、提婆達多鹿王、梵摩達王及其隨從	圍獵於雪山，食鹿，無一鹿得脫	雜寶色鹿王	雜寶色鹿王與提婆達多鹿王所領鹿群，差次日送一鹿至王廚	同上	國王聞之召鹿王，聽其因由後，至群鹿居處，發誓不再食鹿肉，并將樹林泉池皆施於鹿群，是故名爲施鹿林
南傳《本生經》五世紀	黃金色尼俱盧陀鹿王、黃金色薩伽王、各五百鹿群、波羅奈王及其臣民	王好食鹿，其民逐鹿群入御苑，王日射一鹿。鹿群懼怕，射死二三隻	榕樹鹿王、枝鹿王	榕樹鹿王與枝鹿王所領鹿群，輪流送一鹿至斷頭臺受死，王或廚不再射殺	同上	國王聞榕樹鹿王之由，遂保鹿群等四足類物、鳥類等兩足類、水栖魚類等一切生類安全，王從之受教，鹿群圍繞入森林

經由以上對比可知，在這六部佛典中，鹿王捨身救懷孕母鹿的故事雖大致相同，但仍有細微差別：第一，鹿王名稱甚多，有五色鹿王、菩薩鹿王、七色鹿王、雜寶色鹿王、黃金色尼俱盧陀（榕樹）鹿王；此外，《六度集經》中未載提婆達多爲鹿王一事，《出曜經》中將其譯爲調達，《雜譬喻經》中譯爲真鹿王，《大智度論》《大莊嚴論經》中譯爲"提婆達多鹿王"，南傳《本生經》中譯爲"黃金色薩伽（枝鹿）鹿王"。第二，《雜譬喻經》中爲菩薩鹿王和真鹿王共同向國王提議，南傳《本生經》中却是榕樹鹿王和枝鹿王私下商量決定，其餘幾部皆爲菩薩鹿王向國王提議；《雜譬喻經》中，菩薩鹿王和真鹿王日供二鹿，其餘諸經所載皆爲日供一鹿。第三，前五部佛經中，皆爲鹿王詣王廚受死，南傳《本生經》中則是鹿王至斷頭臺受死。這些明顯的差異，或因佛陀說法時間、地點、對象不同，或因後之傳播者對故事的叙述、取捨、書寫方式不同而有所變異。誠如陳寅恪所言，"夫說經多引故事，而故事一經

演講，不得不隨其説者、聽者本身之程度及環境，而生變异"①。但不可否認的是，它們皆脱胎於同一母體。通過列表比較，筆者發現這六部佛典所載捨身救懷孕母鹿的主角雖爲鹿王，却非九色鹿王，玄奘及窺基亦僅稱其爲"菩薩鹿王"，羽153V號寫卷中却稱之爲九色鹿王。蓋因唐五代時九色鹿救度溺水人的故事在民間流行甚廣，講經文的著者或受其影響，遂爲鹿王冠上"九色"一詞來修飾限定。

　　漢譯佛典中共載五類與鹿相關的本生故事，唯《佛説九色鹿經》及《六度集經》等所載之鹿，體毛九色（五色），世間稀有，故被稱爲九色（五色）鹿。魏晋南北朝時，西域各國小乘佛教盛行，釋迦本生因緣故事流傳較廣。這五種鹿王本生故事先由印度傳入康居、龜兹等中亞地區，接着傳入絲綢之路重鎮敦煌，最後傳入長安、洛陽。據梁麗玲統計，新疆克孜爾石窟第34、38、91、114、175、198窟繪有九色鹿救度溺水人的故事，第38窟繪有鹿王捨身救懷孕母鹿的故事，第38、224窟繪有鹿母守信、還來就死的故事，第14、38、91、98、100窟繪有鹿王捨身救衆鹿的故事②。如克孜爾石窟第38窟，建於公元四世紀前後，中心柱窟，前室大部分塌毀，殘存西壁，主室券頂中脊繪天相圖，券頂東西兩側壁繪菱格畫，本生和因緣交替，各有3列，每列7至9幅不等，有多處被揭取。③其中，有3幅鹿王本生故事畫，如下圖所示：④

---

① 陳寅恪《西游記玄奘弟子故事之演變》，《陳寅恪先生文集》第3册，臺北：里仁書局，1979年，第192頁。
② 梁麗玲《漢譯佛典動物故事之研究》，臺北：文津出版社，2010年，第191頁。
③ 新疆龜兹石窟研究所主編《克孜爾石窟内容總録》，烏魯木齊：新疆美術攝影出版社，2000年，第47—48頁。
④ 新疆維吾爾自治區文物管理委員會、拜城縣克孜爾千佛洞文物保管所、北京大學考古系編《中國石窟・克孜爾石窟》第一卷，北京：文物出版社，1989年，第129、130、150頁。

第四章　羽153V號《妙法蓮華經講經文》研究　　121

 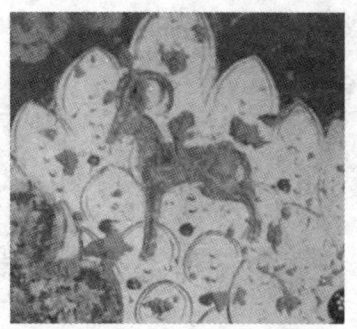

圖一　券頂東側截圖：九色鹿救度溺水人　　　圖二　券頂東側特寫：鹿母守信還來就死

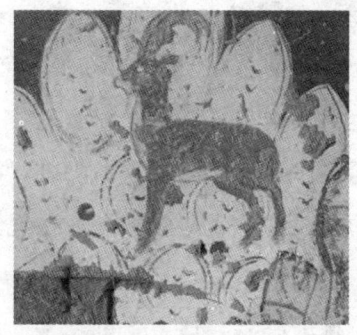

圖三　券頂西側特寫：鹿王捨身救懷孕母鹿

　　圖一是九色鹿救度溺水人的故事：九色鹿背溺水人上岸，溺水人下跪致謝的場景；圖二是母鹿守信還來就死故事中的一個環節；① 圖三是鹿王捨身救懷孕母鹿故事中的情境之一。② 菱格畫爲克孜爾石窟獨有的一種表現形式，每個菱格描述一則因緣或本生故事，但多爲故事中的一個情節。克孜爾石窟的菱格畫一般繪製在石窟券頂，用於莊嚴佛殿或道場。

　　開鑿於北魏時期的敦煌莫高窟第 257 窟，其西壁中段，出現了以帶

---

① 梁麗玲《漢譯佛典動物故事之研究》，臺北：文津出版社，2010 年，第 191 頁。
② 梁麗玲《漢譯佛典動物故事之研究》，臺北：文津出版社，2010 年，第 194 頁。

狀連環畫的形式繪製的九色鹿救度溺水人的故事，如圖四所示：①

左一　　左二　　　　　　　　右二　　　右一
圖四　九色鹿救度溺水人

　　這幅畫以兩頭開始、中間結束的順序，繪製故事的關鍵情節，縱96厘米，橫385厘米。其中，左一溺水人騎在九色鹿背上，緊抱鹿頸。左二溺水人跪於九色鹿前，向其許諾保守秘密。右一國王與王后坐於宮殿，王后向國王撒嬌，要以九色鹿皮製衣。門外，溺水人正欲向國王告密。右二國王與善射士兵在溺水人指引下，前往九色鹿住處。中間右側有溺水人以手指九色鹿住處的情景。中間左側先是九色鹿在地上沉睡，忽被國王及侍從驚醒，無處躲避，徑直走到國王面前，訴説溺水者忘恩負義之事。與此同時，溺水人身上突然長滿白瘡。這一故事宣揚佛教惡有惡報的教義。據梁麗玲考察，共有八部漢譯佛典中有九色鹿救度溺水人的故事，譯於北魏之前的則有康僧會譯《六度集經》，支謙譯《菩薩本緣經》《九色鹿經》《佛説九色鹿經》，佛馱跋陀羅與法顯譯《摩訶僧祇律》。②這幾部佛典都曾在敦煌等地流行，故無法斷定這幅經變畫所據爲哪部佛典。

　　與克孜爾第38窟相比，莫高窟第257窟九色鹿救度溺水人的故事，繪製於西壁中層，以便參拜者前來觀習感悟其所宣揚的善惡報應之理。

　　從克孜爾至敦煌，這一故事由單個置於窟頂的菱格畫，演變爲包含

---

　　① 中國敦煌壁畫全集編輯委員會編《中國敦煌壁畫全集》，天津：天津人民美術出版社，2006年，第147頁。
　　② 梁麗玲《漢譯佛典動物故事之研究》，臺北：文津出版社，2010年，第357頁。

第四章 羽153V號《妙法蓮華經講經文》研究

多個故事情節的連環畫，其作用也由莊嚴道場而轉向弘法布道，這反映了佛教義理在中國傳播不斷深入并中土化的過程。羽153V號《妙法蓮華經講經文》以韵散結合的形式演繹九色鹿王捨身救懷孕母鹿的故事，亦是其傳播漸浸的表證之一。

此外，九色鹿的故事還被用於净土五會念佛儀式中，唐法照《净土五會念佛略法事儀贊》卷二"鹿兒贊文"中化用了這一故事：

> 昔有一賢士（沙羅林），恒日在山林（沙羅林）。百鳥同一宣（沙羅林），相看如兄弟。
>
> 有一傍行人，失脚墮流泉。手把無根樹，口稱觀世音。鹿兒聞此語，便即跳入水。
>
> 語汝上鹿背，將汝出彼岸。汝得出彼岸，步步向鹿跪。無物報鹿恩，與鹿作奴僕。
>
> 鹿是草間蟲，不用作奴僕。飢時食百草，渴即飲流泉。欲得報鹿恩，莫道鹿在此。
>
> 有一國王長患妃，夜夜見九色鹿，若不得九色鹿，大命難可續。國王出敕集群臣：
>
> 誰知九色鹿，有人知鹿處。分國賜千金，鬧兒聞此語。叉手向王前，臣知九色鹿。
>
> 恒在流水邊，啓王多將兵，此鹿甚輕便。
>
> 國王將兵百萬衆，圍繞四山林。國王彎弓欲射鹿，聽鹿說一言。國王是迦葉，鹿是如來。
>
> 身無人如鹿處，只是隈車大患人。昔日救汝命，何期今日害鹿身。傳語黑頭蟲世世難與恩，普勸道場諸衆生，努力各發菩提心。①

---

① ［唐］法照述《净土五會念佛略法事儀贊》卷二，《大正藏》第47册，第482頁。

唐五代時，淨土信仰非常興盛，上至帝王百官，下至普通民眾，皆稱念阿彌陀佛號，以求往生西方極樂。法照將九色鹿救度溺水人的故事，化入淨土五會念佛法事儀式中，進一步促進其在唐五代的傳播和普及。羽153V號寫卷的撰者正是在這種環境下，參考窺基《妙法蓮華經玄贊》中鹿王菩薩捨身救懷孕母鹿本生故事的同時，借鑒了九色鹿救度溺水人的故事中"九色鹿"的名稱。而從這一現象可知，當時在敦煌等地這兩則鹿王本生故事流傳甚廣。其中，九色鹿王救度溺水者是宣講惡有惡報的教義；而菩薩鹿王捨身救懷孕母鹿則是宣揚菩薩布施的宗教含義，二者皆屬佛教向世俗聽眾弘傳的基本教理。

　　羽153V號《法華經講經文》中所引鹿王捨身救懷孕母鹿的故事，參考了窺基的《妙法蓮華經玄贊》，而窺基的注文又采自玄奘的《大唐西域記》，二者內容幾乎完全相同。這一故事載於《六度集經》《出曜經》《雜譬喻經》《大智度論》《大莊嚴論經》，以及南傳《本生經》等佛典。因此，玄奘在《大唐西域記》中記載"鹿野之號"的起源時，很有可能參考過這些佛典，但究竟參考過其中哪幾部？筆者通過對比，發現了一些綫索，如下所示：

第一組：
（1）玄奘《大唐西域記》卷七"婆羅痆斯國"

　　　凡我徒屬，命盡茲晨，不日腐臭，無所充膳。願欲次差，日輸一鹿。王有割鮮之膳，我延旦夕之命。①

（2）鳩摩羅什譯《大智度論》卷十六"釋初品中毗梨耶波羅蜜義"第二十七：

----
① ［唐］玄奘、辯機原著，季羨林等校注《大唐西域記校注》卷七，北京：中華書局，1985年，第570頁。

第四章　羽153V號《妙法蓮華經講經文》研究

君以嬉游逸樂小事故，群鹿一時，皆受死苦；若以供膳，輒當差次，日送一鹿，以供王厨。①

(3) 鳩摩羅什譯《大莊嚴論經》卷十四

王語鹿王："我須鹿肉食。"鹿王答言："王若須肉，我當日日奉送一鹿。王若頓殺，肉必臭敗，不得停久，日取一鹿，鹿日滋多，王不乏肉。"②

(4) 竺佛念譯《出曜經》卷十四《道品》之二

今觀王意欲殺千鹿，一日供厨，今且盛熱，肉叵久停，願王哀愍，日殺一鹿，以供厨宰，不煩王使，鹿自當往，詣厨受死，肉供不斷，鹿得增多。③

通過比較而知，《大唐西域記》中"願欲次差，日輪一鹿"，與鳩摩羅什《大智度論》和《大莊嚴論經》所譯"輒當差次，日送一鹿"，"我當日日奉送一鹿，……日取一鹿"，語言相類，玄奘此處應參考過《大智度論》和《大莊嚴論經》。羅什《大智度論》中"日送一鹿，以供王厨"，與竺佛念譯《出曜經》"日殺一鹿，以供厨宰"，句式相同，用語一致處較多，唯羅什將"殺"改爲"送"，"厨宰"改爲"王厨"。《大莊嚴論經》中"肉必臭敗，不得停久"是在《出曜經》"肉叵久停"的基礎上潤飾而成；《大莊嚴論經》中"鹿日滋多，王不乏肉"，與《出曜經》"肉供不斷，鹿得增多"相類。可見羅什譯《大莊嚴論經》和《大智度論》中鹿王捨身救懷孕母鹿的故事時，參考過竺佛念譯《出曜經》。

---

① ［姚秦］鳩摩羅什譯《大智度論》卷十六，《大正藏》第25册，第178頁。
② ［姚秦］鳩摩羅什譯《大莊嚴論經》卷十四，《大正藏》第4册，第338頁。
③ ［姚秦］竺佛念譯《出曜經》卷十四，《大正藏》第4册，第685頁。

"出曜"舊名譬喻,由佛教訓誡式偈頌及其注釋之因緣譬喻故事合輯而成,以此解說人生無常、善惡報應、以修行戒、定、慧等而達到解脫之理。《大莊嚴論經》廣集佛陀本生、佛陀在世的事迹,乃至撰者所處時代的諸種善惡因緣譬喻故事而成,旨在教導世人入於正信,本書特別注重布施、念佛種種功德。二者皆爲宣傳佛教基本教義的因緣譬喻故事合集。姚秦皇初五年(398)秋至六年(399)春,竺佛念等人在太尉姚旻的支持下於長安譯出《出曜經》。① 弘始三年(401),羅什至長安後,在姚興等人的支持下,譯出《大莊嚴論經》。② 這兩部佛經皆爲因緣譬喻故事集,其中必有如"鹿王捨身救懷孕母鹿"等相同的故事。《出曜經》又是在姚興下屬太尉姚旻的支持下譯出,羅什至長安後,獲其譯本甚爲方便。加之羅什在譯經過程中有參考舊譯的習慣,故而借鑒《出曜經》亦在意料之中。

第二組:
(1) 玄奘《大唐西域記》卷七"婆羅痆斯國"

鹿王怒曰:"誰不寶命?"雌鹿嘆曰:"吾王不仁,死無日矣。"③

(2) 鳩摩羅什譯《大智度論》卷十六

鹿王怒之言:"誰不惜命?次來但去,何得辭也?"鹿母思惟:"我王不仁,不以理恕,不察我辭,橫見瞋怒,不足告也!"④

---

① [姚秦]釋僧叡撰《出曜經序》,《大正藏》第4册,第609頁。
② 《高僧傳》《出三藏記集》等皆未記載《大莊嚴論經》的翻譯時間,羅什弘始三年(401)至長安,弘始十五年(413)圓寂,其翻譯時間應在此期間。
③ [唐]玄奘、辯機原著,季羨林等校注《大唐西域記校注》卷七,北京:中華書局,1985年,第570頁。
④ [姚秦]鳩摩羅什譯《大智度論》卷十六,《大正藏》第25册,第178頁。

(3) 比丘道略集，鳩摩羅什譯《雜譬喻經》

彼王報言："餘鹿次第未至，誰代汝者？"彼鹿便詣菩薩王所，白菩薩言："我王不仁，不以理恕，今來歸命，願爲理之。"①

《大唐西域記》中"誰不寶命""吾王不仁"與《雜譬喻經》及《大智度論》中"我王不仁"及"誰不惜命"，除個別字詞改動外，其餘完全相同。《雜譬喻經》與《大智度論》皆爲羅什所譯，故鹿王本生故事中一些句子相同，如"我王不仁，不以理恕"等，亦在情理之中。

第三組：

(1) 玄奘《大唐西域記》卷七

王聞嘆曰："我人身鹿也，爾鹿身人也。"②

(2) 鳩摩羅什譯《大莊嚴論經》卷十四

爾時梵摩達王聞是語已，身毛皆豎，即説偈言："我是人形鹿，汝是鹿形人。具功德名人，殘惡是畜生。"③

《大唐西域記》中"我人身鹿也，爾鹿身人也"，實由羅什譯《大莊嚴論經》中"我是人形鹿，汝是鹿形人"化用而來。之後，窺基作《妙法蓮華經玄贊》時，雖引玄奘之説，但又因諳悉康僧會所譯《六度集

---

① ［西晋］比丘道略集，鳩摩羅什譯《雜譬喻經》卷一，《大正藏》第4册，第527頁。
② ［唐］玄奘、辯機原著，季羡林等校注《大唐西域記校注》卷七，北京：中華書局，1985年，第570頁。
③ ［姚秦］鳩摩羅什譯《大莊嚴論經》卷十四，《大正藏》第4册，第338頁。

經》，故將其補充爲："我人身鹿也，無慈育之心；爾鹿身人也，有代命之德。"①

綜上所述，玄奘述《大唐西域記》中鹿王本生故事時，主要參考竺佛念譯的《出曜經》及羅什所譯《雜譬喻經》《大智度論》《大莊嚴論經》。佛典中這一故事篇幅較長，情節曲折，玄奘刪繁就簡，重新編纂，方置於文中，以便信衆修習。康僧會《佛本行集經》及南傳《本生經》中的故事情節和語言風格皆與前四者相異，玄奘精通三藏，少時或研習過這兩部佛經，但其述《大唐西域記》時，并未受此二者之影響。然而，西域、中土僅是這一故事傳播和發展之處，究其源頭應在古印度佛陀弘法之地。

法救尊者所撰《出曜經》，其文由佛教訓誡式偈頌及其注釋故事合輯而成，在解釋"前未聞法輪"② 時，引用了鹿王捨身救懷孕母鹿這一故事。法救尊者爲說一切有部四大論師之一，大概與世友（阿毗達磨論師）同時，故《出曜經》應出於公元前二世紀末，③ 此爲佛典中這一故事最早的版本。公元二世紀，鳩摩羅多作《大莊嚴論經》，④ 廣集佛陀本生及在世事迹，勸導信衆悟入正信。在論說佛陀救度衆生、不惜生命時引用了這一故事。《六度集經》集錄佛陀在過去世行菩薩道時的91則本生故事，配以大乘佛教的六度而成。本經原典散佚不傳，干潟龍祥據内容推知，其應成書於公元二世紀。⑤ 公元二世紀，馬鳴撰《佛本行

---

① 〔唐〕窺基撰《妙法蓮華經玄贊》卷四，《大正藏》第34册，第730頁。
② 〔姚秦〕竺佛念譯《出曜經》卷十四，《大正藏》第4册，第685頁。
③ 印順撰《說一切有部爲主的論書與論師之研究》，竹北市：正聞出版社，1968年，第268頁。
④ 《大莊嚴論經》原爲馬鳴所造，印順《說一切有部爲主的論書與論師之研究》據新疆庫車縣克孜爾廢墟所出本文的梵文殘本，證實其爲公元二、三世紀的經部本鳩摩羅多所造。
⑤ 〔日〕干潟龍祥《本生經類の思想史的研究》，《東洋文庫論叢》，東京：東洋文庫，1954年，第35頁。

經》中亦載有這一故事。① 公元三世紀，龍樹②作《大智度論》，宣揚大乘佛教的中觀思想，其論中引用這一故事，以示菩薩爲衆生受諸苦行而不懈怠。公元五世紀已傳入中國的《本生經》③，共收録了547則故事，其中"榕樹鹿本生譚"便是這一故事的結集。前四部佛典皆屬佛陀本生及過去修道因緣譬喻故事合集，《大智度論》係初期大乘佛教的論書，南傳《本生經》則屬於上座部經典。由此可知，鹿王捨身救懷孕母鹿的故事，公元前二世紀已在印度流行，隨後便傳入西域各國，至公元三世紀初，由康僧會等人陸續帶入中國，翻譯并流行。此講經文中所述釋迦於鹿苑度五比丘説法一事，當是參考竺佛念所譯《出曜經》；鹿王捨身救懷孕母鹿的本生故事，借鑒了窺基的《妙法蓮華經玄贊》；窺基的注文采自玄奘《大唐西域記》，并有補充潤色。玄奘所述并非憑空杜撰，而是在鳩摩羅什所譯《雜譬喻經》《大智度論》《大莊嚴論經》的基礎上編纂而成。

羽153V號《妙法蓮華經講經文》中釋迦於鹿苑度五比丘説法一事，當是參考竺佛念所譯《出曜經》；九色鹿王捨身救懷孕母鹿故事的構成元素來源多端，其中"九色鹿王"之名，借用九色鹿救度溺水人故事中主角的名稱，與佛典中"菩薩鹿王"的記載相結合，傳達了因果報應和捨身布施的宗教含義，而文中所引鹿王本生故事，參考過窺基的《妙法蓮華經玄贊》。窺基爲玄奘高足，其注《妙法蓮華經》時，引用玄奘《大唐西域記》時或題名出處，或不加説明直接徵引其文。經筆者對比考察，窺基《妙法蓮華經玄贊》所述鹿王菩薩捨身救懷孕母鹿的本生故事，便是摘抄、概括并潤飾玄奘《大唐西域記》之文而成，二者此處相同者十之八九。玄奘述《大唐西域記》時，爲解説"鹿野苑"得名之

---

① ［劉宋］釋寶雲譯《佛本行經》卷五《憶先品》："凈施王游獵，因至深山中；閉群鹿二王，置於深谷厩。以一妊母鹿，鹿王代就死；使普境野畜，無復恐患憂。"《大正藏》第4册，第89頁）

② 據印順考證，龍樹約活動於公元150—250年。（可參看印順《印度佛教思想史》，北京：中華書局，2010年）

③ 《本生經》的編纂年代，可追溯至公元前三世紀。

由，遂將自己曾研習過的鳩摩羅什所譯《雜譬喻經》《大智度論》《大莊嚴論經》中的鹿王捨身救懷孕母鹿的本生故事情節簡化，并重新編纂，置於文中。

佛陀及弟子常藉因緣譬喻故事爲信衆講經説法。鹿王捨身救懷孕母鹿的本生故事，自公元前二世紀初便在印度各派之間流傳，但因記録有詳略，説法時地、對象等不同而情節稍异。唐代法華信仰興盛，官方和民間多次舉辦法華講會，窺基所撰《妙法蓮華經玄贊》在當時深受歡迎，爲俗講法師必備寶典之一。因此，講經文的著者在解説鹿苑時，參考窺基《妙法蓮華經玄贊》，爲便聽衆理解接受，其在創作過程中，又將基公之文通俗化，并配以韵文説唱，使這一故事更加生動形象。宋代劉斧編撰《青瑣高議後集》卷九《仁鹿記》中所載的"楚元王不殺仁鹿的故事"[1]，前半段與鹿王捨身救懷孕母鹿的故事情節相同，後半段增添了許多中國化情節，但"日輸一鹿"的情節和"仁鹿廟"的由來，應是改編於佛典中這一故事。可見這一故事在中土傳播甚廣，成爲中國俗講僧或文人創作的素材之一。

---

[1] 朱易安、傅璇琮主編《全宋筆記》第二編之二，鄭州：大象出版社，2006年，第189—191頁。

第五章

BD7849號《妙法蓮華經講經文》研究

第五章　BD7849 號《妙法蓮華經講經文》研究

本章以新發現的國家圖書館藏 BD7849 號（北 6204、製 49）《妙法蓮華經講經文》爲研究對象，探討其文本性質、撰述背景、抄寫情形、素材來源及創作時間等相關問題。BD7849 號寫卷，卷軸裝，楷書，四紙，共 51 行，行 20 字左右，首殘尾斷。起"□□□□□□□[直到庵園法會上]，□□□□□[捧其寶蓋上] 如來"①，訖"悉得諸相具足，然後天成地平"。《國家圖書館藏敦煌遺書》第 99 册影印出版，其《條記目錄》云："本文獻首 5 行中殘，尾缺。乃開講《妙法蓮華經》時所用的押座文。但文中在'經題名字唱將來'下注曰：'《法華》文，臨事蓋轉餘經亦得。'可見該押座文亦可用於其他經典。"②

---

① BD7849 號寫卷這兩句僅存"如來"二字，按：本文已證實 BD7849 號寫卷中的押座文主要借鑒自 S. 2440 號寫卷所錄《維摩詰經押座文》《三身押座文》，且内容相同者占比超過九成，茲據 S. 2440 號寫卷擬補作"□□□□□□□[直到庵園法會上]，□□□□□[捧其寶蓋上] 如來"。
② 任繼愈主編《國家圖書館藏敦煌遺書》第 99 册《條記目錄》，北京：北京圖書館出版社，2008 年，第 14 頁。

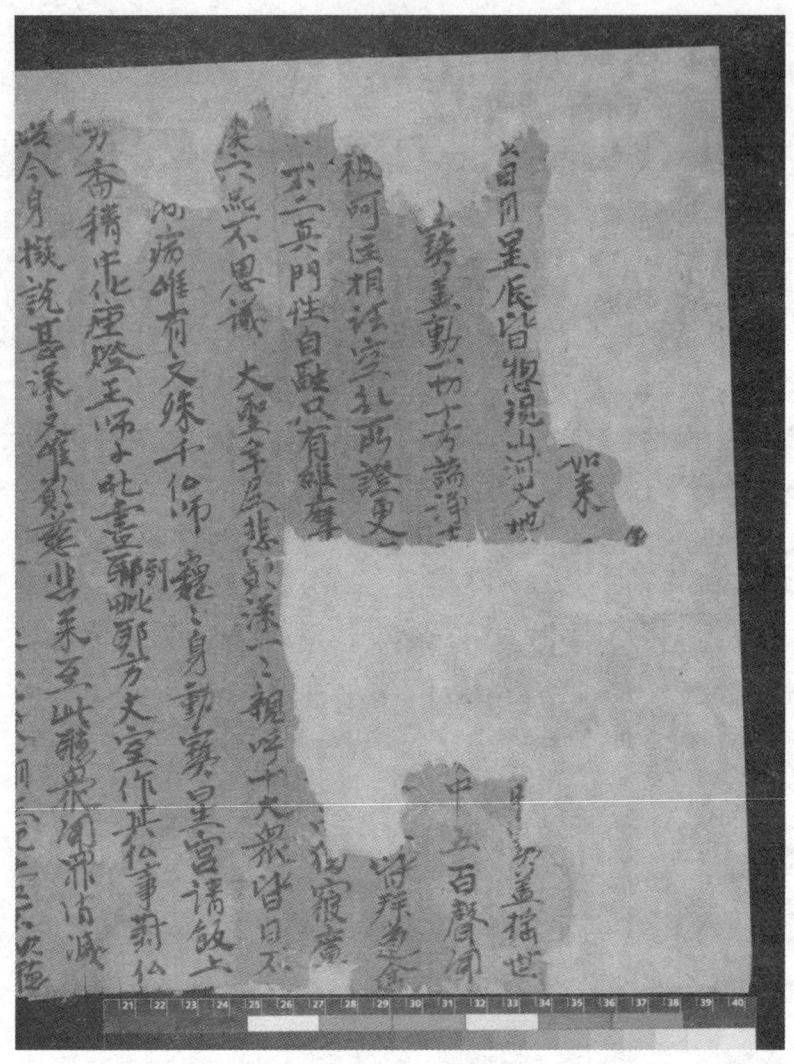

BD7849《妙法蓮華經講經文》局部圖版(IDP 圖版)

第一節　BD7849 號寫卷的性質、創作背景與抄寫概况

　　BD7849 號寫卷,現存 51 行,主要構成有三:一、寫卷前 22 行是此次法會所用押座文。二、中間 11 行爲散文解説與韵文説唱,首句

"將釋一部經文"提示我們,該卷解說的是當時非常流行的某部佛經。三、最後 10 行爲莊嚴文。其中,押座文、莊嚴文篇幅約占寫卷的五分之四。通過文本校錄可知:本卷内容與《法華經》相關,主要綫索有三:第一,押座文中間所注"《法華》文,臨事蓋轉餘經亦得"揭示,前面 22 行是專爲《法華經》講說法會編纂的押座文;第二,本卷中間解經時所言"令此《法華經》,通達佛果位"等明確標示所釋爲《法華經》;第三,莊嚴文中有三處與《法華經》相關,即"唯願釋迦大聖,悲願無邊;《妙法蓮華》,長流沙界""證盟贊嘆蓮花教""願天下師僧無灾難,有緣諸處説《蓮經》",此皆表示上文所解爲《法華經》。綜上所述,本卷中間所釋確爲《法華經》。然而,本卷雖共有七處提及《法華經》,却皆未明示爲哪種譯本。而從寫卷中間明確提到序分爲《法華經》之《序品》,正宗分有八品,流通分共十九品合計二十八品可推知,此卷釋解的乃羅什本。

佛經解説的文本形式多樣:針對出家弟子有經論、玄義、義疏、文句、注疏、集注、集解等;針對在家信衆則有轉讀、唱導、俗講經文、因緣、變文等。學界對本卷的擬題各不相同,有"法華經解"①、"妙法蓮華經押座文"②、"妙法蓮華經講經押座文"③ 等三種。本卷中間采用三分科判法概説《法華經》的内容,最初常被擬作"法華經解"。然而,此段内容主要依據窺基《法華玄贊》改編而成,而并非獨立撰述的《法華經》注疏,不宜擬作"法華經解"。又此卷蓋爲解説羅什本《法華經》的底本或記錄本,包括正式解説前後的押座文、莊嚴文。將其歸入押座

---

① 陳垣《敦煌劫餘録》卷上,《敦煌叢刊初集》(三),臺北:新文豐出版公司,1985年,第 868 頁;商務印書館編《敦煌遺書總目索引》,北京:中華書局,1983 年,第 98 頁;黃永武編《敦煌寶藏》第 97 册,臺北:新文豐出版公司,1984 年,第 300 頁;敦煌研究院編《敦煌遺書總目索引新編》,北京:中華書局,2000 年,第 555 頁。
② 《國家圖書館藏敦煌遺書》第 99 册《條記目録》,第 14 頁;黃唤平《北 6204 號〈法華經解〉實爲〈妙法蓮華經講經文〉的押座文考辨》,《綿陽師範學院學報》2016 年第 4 期,第 45 頁。
③ 方廣錩主編《中國國家圖書館藏敦煌遺書總目録》,北京:中國人民大學出版社,2013 年,第 317 頁。

文或講經押座文，都不能完全體現其實質內容。

前輩學者將是否以三分科判進行解說視爲判斷一個寫卷是否爲講經文的主要依據之一，① 本卷創作形制與 P.3808 號《長興四年中興殿應聖節講經文》、S.6551 號《阿彌陀經講經文》等相類，如下表所示：

表一　P.3808、S.6551、BD7849 號寫卷中記錄的俗講儀式

	P.3808 號《長興四年中興殿應聖節講經文》	S.6551 號《阿彌陀經講經文》	BD7849 號寫卷
1	講經緣起	升座念菩薩名	寫卷首殘
2	莊嚴文	押座	押座文
3	都講唱經題名字	講經緣起	開題一：三分科判
4	開題一：法師解釋經題	發露懺悔	莊嚴文
5	正式講經，開題二：三分科判＋經文解說	受三皈五戒	缺
6		都講唱經名	
7		開題一：三分科判	
8		莊嚴文	
9		開題二：解釋經題	
10		缺	

P.3808 號寫卷記錄了《長興四年中興殿應聖節講經文》的全部過程，主要包括：講經緣起、莊嚴文、都講唱經、法師解釋經題、正式講

---

① "講經文是專據某一部經的本文來進行佛教義理的宣說講解。其題材是以佛教經典爲基本；其結構是正說開題前有用梵贊吟詞以鎮攝高座下聽衆，使其專心致意聽講的押座文；然後唱釋經題，進入正說。正說部分采三分科判，即：序分、正宗分、流通分，依序講說；最後則有解座文。其正說體制則是先引經文，次據經文依序逐句以散文進行解說，復以韵文宣唱。解說時除義理之闡釋外，其間每每穿插佛教本生、因緣、譬喻等故事，使之通俗化，用以啓悟聽衆。"（朱鳳玉《敦煌〈妙法蓮華經講經文〉（普門品）殘卷新論》，《敦煌寫本研究年報》，2013 年第 7 號，第 52—54 頁）

經，其中，正式講經包括三分科判與經文解說。S.6551號《阿彌陀經講經文》記載此次受戒講經法會主要有升高座、唱押座文、法師叙説講經緣起、聽衆發露懺悔、受三皈、請五戒、法師與弟子唱經、法師三分科判、説莊嚴、解釋經題。通過對比可知：講經文中三分科判與經題解釋可互爲顛倒，莊嚴文所處位置雖可因時因地而異，但都在正式講經以前，講經法會常備程式有叙説講經緣起、押座、開題（三分科判、解釋經題）、莊嚴、正式講經等。由此推知，BD7849號寫卷是《法華經》講經活動前半部内容的記録，擬題"妙法蓮華經講經文（殘卷）"比較適切，本卷所附押座文、莊嚴文都是專爲此次法會準備，其中，莊嚴文後應接着經題解釋或正式講經。

這三篇講經文同樣是以三分科判解說經文，但詳略不同：BD7849號寫卷先以三分科判概括經文綱要與大義，接着對每一分再分類、概説，結構分層比較細緻，後面還伴有韵文説唱，其餘兩篇僅羅列三分科判名目。筆者發現，本卷的解説風格與唐沙門靜居《皇帝降誕日於麟德殿講〈大方廣佛華嚴經玄義〉》相類。靜居法師爲德宗講説唐實叉難陀本《大方廣佛華嚴經》時，依次解釋了九會名義及所含經文品目、經名、每會主要内容等。① 此卷與沙門靜居所講皆屬宫廷講經，解説整部經文綱要大義的風格相同，故可推知本卷應是爲具有一定佛學素養的聽衆撰述。不同的是前者借鑒自窺基《法華玄贊》，後者是按照注疏體例編纂，後又被澄觀《貞元新譯華嚴經疏》所參考。相較而言，前者更加通俗易懂。

敦煌佛教講經文中"三分科判、解釋經題"的創作體例，源自佛教僧講中的開題文。"開題"，又稱作"發題""序題"，即解釋經論題目及述其綱要大義的著述，此爲僧、俗講經不可或缺的組成部分。一般首次講説某部經論時可稱作"開題"，其儀式比較隆重，如東晋瓦官寺竺法

---

① ［唐］沙門靜居撰《皇帝降誕日於麟德殿講〈大方廣佛華嚴經玄義〉》卷一，《大正藏》第36册，第1064頁。

汰應簡文帝之請講《放光般若經》，簡文帝及王公大臣皆參加開題大會。① 又如中大通五年（533），梁武帝幸同泰寺講《大品般若經》，參與者有皇太子、王侯百官等共六百九十八人，還有僧正慧令等義學僧一千人坐鎮。開題之日還有六位義學高僧參與論義。② 僧講中概括經論綱要的方式甚多，常見的便是三分科判或與之相類的方法，即經分四門、七門料簡、十門玄義等，如隋吉藏《法華游意》（《法華開題序》）以"十門玄義"概說經文綱目及其大義。③ 窺基《大般若波羅蜜多經般若理趣分述贊》以敘經宗旨、顯經體性、彰經勝德、釋經本文等四門解經。④ 善導《觀無量壽佛經疏》在解釋經文前，以七門料簡概述經旨大義。⑤ 日本空海《仁王經開題》分爲三門：敘經緣起、解釋經題、釋經文本。其中，經文疏釋部分用三分科判之法，即教起因緣分（《序品》）、聖教所説分（次六品）、依教奉行分（第八品）。最後，詳細解説第五《護國品》。日本圓仁《入唐求法巡禮行記》卷二"赤山法華院常講儀式"之"梵唄訖，講師唱經題目，便開題，分別三門，釋題目訖"⑥ 亦可爲證。綜上所述：俗講經文中解釋經題與三分科判的程式源自僧講，其撰述體例亦簡化自僧講中的開題文。

本卷用"以次（此）開贊"等套語，引出此次講經法會所用莊嚴文，共由五部分構成：第一，開贊大乘及釋迦聖主之德，願《法華經》

---

① ［梁］慧皎撰，湯用彤校注《高僧傳》卷五，北京：中華書局，1992年，第193頁。
② ［梁］蕭子顯撰《御講金字摩訶般若波羅蜜經序》，［唐］道宣撰《廣弘明集》卷十九，《大正藏》第52冊，第263頁。
③ ［唐］吉藏撰《法華游意》卷一："一來意門，二宗旨門，三釋名題門，四辨教意門，五顯密門，六三一門，七功用門，八弘經門，九部黨門，十緣起門。"（《大正藏》第34冊，第633頁）
④ ［唐］窺基《大般若波羅蜜多經般若理趣分述贊》卷一，《大正藏》第33冊，第25頁。
⑤ ［唐］善導集《觀無量壽佛經疏》卷一："此觀經一部之内，先作七門料簡，然後依文釋義。第一，先標序題，第二，次釋其名，第三，依文釋義并辨宗旨不同教之大小，第四，正顯説人差別，第五，料簡定散二善通别有異，第六，和會經論相違，廣施問答釋去疑情，第七，料簡韋提聞佛正説得益分齊。"（《大正藏》第37冊，第246頁）
⑥ 〔日〕圓仁撰，白化文、李鼎霞、許德楠校注《入唐求法巡禮行記校注》卷二，石家莊：花山文藝出版社，2007年，第192頁。

能永久流傳。第二，願諸王、王子、公主能顯揚於皇帝跟前，文臣武將、南北官吏皆能忠孝兩全護明主。第三，願天下諸寺僧無灾無難，可自由宣揚《法華經》。第四，願佛光能普照地獄，使飽受諸刑之苦的人，脫離六道輪迴，早生九品蓮臺。第五，願俗衆能常起慈悲之心，莫殺生傷命。① 由文中"《妙法蓮華》，長流沙界"後所注"或云餘經亦得"可知，這篇莊嚴文并非專爲《法華經》講經法會而撰，也可用於其他佛教法會儀式之中。尤其是文中提到爲"諸王、王子、公主、貴后、文武重臣、南北官寮（僚）"等祈願揭示了本卷最初是專爲宮廷講經而撰。

本卷到底是講經前著者準備的底本還是底下聽衆的記錄本？卷中因讀音相似、相同而致誤的現象，能給我們一些啓示，如下表所示：

表二　BD7849號寫卷中的音誤字彙集

BD7849號	1	2	3	4	5	6	7	8	9	10	11	12	13	14	15	16	17
音誤字	身	提	道	楊	四	知	此	文	成	詣	哥	摇	寮	左	音	欺	阮
正字	晨	題	導	伴	死	之	次	聞	聲	衣	歌	謡	僚	佐	暗	器	完

除"晨"字爲音近致誤外，此卷其餘16個音誤字與對應正字的聲母、韵母完全相同。第一，"若不是四王押着頭"中的"四王"當爲"死王"之音誤，兹據《三身押座文》擬改。死王即閻羅王，掌管地獄之主神。司人之生死，故名死王。如羅什本《大智度論》卷十七："汝若生疑心，死王獄吏縛，如師子搏虎。"② 唐義净譯《佛説無常經》："死王催伺命，親屬徒相守。"③ 第二，"如欺不阮具者"，當作"如器不完具者"，其中，"欺""阮"字分別爲"器""完"字的音誤。"器"與"根"可互用，本句可換作"根不完具者"。此處的"器"，專指眼、耳、鼻、舌、身等五根，與下文"唯願藥王法藥消盲聾，音（暗）啞盡端嚴"相對。此外，"經題名字"是俗講經文常用催經套語，凡是參與法

---

① 國際敦煌項目（IDP）圖版，BD7849號《法華經講經文》。
② ［姚秦］鳩摩羅什譯《大智度論》卷十七，《大正藏》第25册，第180頁。
③ ［唐］義净譯《佛説無常經》卷一，《大正藏》第17册，第746頁。

會的信衆理應知曉;"四大聲聞""導首"等屬於佛典中的常識,底下聽衆不明其義而寫成其他同音別字或同音錯字;再者,抄者將常用字詞如"佐""臣僚""歌謠"等,皆抄爲同音誤字。由此推知,此卷應是文化程度較低、缺乏基本佛學素養的普通信衆聽講時所抄筆記或記錄本,本次法會當是民間俗講。

第二節　BD7849號寫卷前所附押座文的文本來源

本卷前22行爲七言押座文。《條記目錄》已指出"又本文獻第1—20行文字與《維摩詰經押座文》(大正2845)相近,可參見85/1297A12—B30(其中缺1297A21—27、1297B02—24、1297B27—28)"[①],本文發現該書誤將S.2440號寫卷所錄《三身押座文》(大正2845:1297B16—32)歸在同卷《維摩詰經押座文》之中。然不可否認的是,本卷前面的押座文借鑒自S.2440號寫卷所抄《維摩詰經押座文》《三身押座文》。那麼,其改編形式共有幾種?本文藉助文本對比說明這一問題。

[①] 任繼愈主編《國家圖書館藏敦煌遺書》第99册《條記目錄》,北京:北京圖書館出版社,2008年,第14頁。

表三　BD7849號與S.2440號寫卷文本對比

BD7849號	S.2440號
二 □□□□□□，□□□□□如來。 □□□□□□，□□□□□。 日月星辰皆總現，山河大地□□□。 □□□□蓋搖，世□□寶蓋動。 一切十方諸净土，□□□□□中， 五百聲聞□（皆）被呵，住相法空分所證。 更 □□□□□，□□ 皆 拜 道 途 □（中）。 不二真門性自融，只有維摩□□□。 □□□□□留寝，廣□［談］六品不思議。 大聖牟尼悲願深，一一親呼十大衆。 皆曰不□□［堪而］問病，唯有文殊千佛師。 巍巍身動寶星宮， 請飯上方香積中，化座燈王師子吼。 盡到毗耶方丈室，作其佛事對佛（弘）經。 今身（晨）擬說甚深文，唯願慈悲來至此。 聽衆聞□［經］罪消滅，總證菩提法寶身。 火宅忙忙何日休，五欲終朝生死苦。 不似聽□［經］求解脱，孛（學）佛修行能不能。 能者虔恭合掌着，經提（題）名字唱將來。 《法華》文，臨事蓋轉餘經亦得。	《維摩詰經押座文》 頂禮上方香積世，妙喜如來化相身。 …… 直到庵園法會上，捧其寶蓋上如來。 佛子 五百花蓋立其前，聖力合成爲一蓋。 日月星辰皆總現，山河大地及龍宮。 佛子 世界搖時寶蓋搖，世界動時寶蓋動。 一切十方諸净土，三世如來悉現中。 佛子 …… 五百聲聞皆被訶，住相法空分所證， 更有光嚴彌勒衆，身心皆拜道徒中。 佛子 不二真門性自融，只有維摩親證悟， 示疾室中而獨卧，廣談六品不思議。 佛子 大聖牟尼悲願深，一一親呼十大衆， 皆曰不堪而問疾，唯有文殊千佛師。 佛子 巍巍身動寶星宮，…… 請飯上方香積中，化座燈王師子吼， 盡到毗耶方丈室，作其佛事對弘經。 佛子 今晨擬説甚深文，惟願慈悲來至此， 聽衆聞經罪消滅，總證菩提法寶身。 佛子 火宅茫茫何日休，五欲終朝生死苦。 重述 不似聽經求解脱，學佛修行能不能？ 能者虔恭合掌着，經題名字唱將來。

（續表）

BD7849 號	S.2440 號
	《三身押座文》
常嗟多劫處輪回，末法世中多障難。 慚愧世尊悲願重，留此經法在世間， 將此經向娑婆世界作舟船，五濁劫中爲道（導）首。 只是衆生惡業重，敬信之心大汰虚。 見人造惡強鑽頭，聞道看經楊（佯）不睬。 今世少善不肯作，來世覓人大汰難。 不覺不知大忙忙，不怕不驚常造罪。 若不是四王（死王）押頭着，准擬千年與萬年。 今朝希遇大乘經，似見幽曇花一種。 暫解聽聞生敬重，萬劫身中惡業消。 既能來至道場中，必定願聞微妙法。 樂者斂心合掌着，經文便請唱將來。	常嗟多劫處輪迴，末法世中多障難。 慚愧我世尊悲願重，唯留佛教在世間。 向娑婆世界作舟船，五濁劫中爲導首。 只是衆生惡業重，敬信之心大矖希。 見人造惡處強攢頭，聞道説經則伴不采（睬）。 今生少善不曾作，來世覓人身大矖難。 不知不覺大忙忙，不怕不驚長（常）罪。 若不是者死王押頭着，准擬千年餘（與）萬年。 今朝希遇大乘經，似見優曇花一種； 暫解聽聞微妙法，萬劫身中惡業消。 …… 既能來至道場中，定是願聞微妙法； 樂者一心合掌着，經題名字唱將來。

　　本卷前面所附押座文與 S.2440 號寫卷中所錄《維摩詰經押座文》《三身押座文》相同者十之八九。前者明顯是在後者的基礎上加工而成，改編形式共有五種：第一種，前者照抄後者，如這兩個寫卷中"五百聲聞□（皆）被呵，住相法空分所證""火宅忙忙何日休，五欲終朝生死苦""常嗟多劫處輪回，末法世中多障難"等完全一致。第二種，前者借鑒後者時，對部分言辭進行删減以方便説唱，如將《三身押座文》中部分非七言句式删改爲七言，如分别將"慚愧我世尊悲願重""見人造惡處強攢頭""若不是者死王押頭着"中的"我""處""者"字删去，以方便講唱。第三種，前者對《三身押座文》部分用辭進行改編，如將"唯留佛教在世間"中的"唯留佛教"改作"留此經法"，將"暫解聽聞微妙法"中的"微妙法"改爲"生敬重"等。第四種，節略、省略。通

過上表可知，後者至少有 4 處 19 句七言韵文未被前者采納，如前者"巍巍身動寶星宮，請飯上方香積中"中間省略了"岌岌珠摇飛寶座，八萬仙人香滿國，千千聖衆遍長空"等。第五種，前者借鑒後者時，於文中加注謂"《法華》文，臨事蓋轉餘經亦得"，將其與下面的講經文聯繫在一起，也告訴其可用於其他佛經說活動。綜上所述，S.2440 號寫卷所抄《維摩詰經押座文》《三身押座文》爲本卷所附押座文編纂提供了文本依據。

值得注意的是，《三身押座文》末尾比此卷多錄四句，即"今朝法師説其真，坐下聽衆莫因循；念佛急乎歸舍去，遲歸家中阿婆嗔"，其中"今朝""念佛""歸舍"等是俗講活動中解座時常見套語，文意恰好與前面摧唱經題的四句相反。那麽，這四句解座文套語爲何會出現在押座文中？筆者整理校錄敦煌佛教講經文時發現，押座文、變文與講經文中的韵文説唱、解座文、贊文等多爲七言韵文，故而部分内容可互相替代，如《悉達太子修道因緣》前的押座文，亦作爲《悉達太子贊一本》别行於世；《太子成道經》裏有段韵文説唱包含押座文常見套語"能者嚴心合掌著，經題名目唱將來"，且其内容與 S.2440 號寫卷所錄《八相押座文》相同、相類者甚多，這也充分證明其既可用於變文裏面充當韵文解説，亦可當作押座文獨立使用。由此推知，《三身押座文》既可用於開講前的押座，亦可擔當結束後的解座。

第三節　BD7849 號寫卷所抄《法華經開題》的素材探源

栖復《法華經玄贊要集》提及當時比較流行的《法華經》注疏有 19 種，盛傳於世的共 4 種：天臺山國清寺智顗的《法華文句》、紀國寺慧净的《法華纘述》、嘉祥寺吉藏撰《法華義疏》、慈恩寺窺基撰《法華玄贊》。① 本卷開題部分主要借鑒了窺基的《法華玄贊》，如下表所示：

表四　BD7849 號寫卷所錄開題文與《法華玄贊》文本對比

序列	《法華經講經文》	《法華玄贊》
1	將釋一部經文，大分三段，《序品》之中，九（七）種成就，第一序分。序者，由也；□（陳）教諸（起）□（之）因由。	序者，由也，始也，陳教起之因由，作法興之漸始。……論說《序品》，有七種成就，……一、序分成就，……七、文殊師利答成就……②
2	次有八品，號曰正宗，宗爲宗智。就此文中又科三段。第一法説一周，第二喻説一周，第三宿世因緣説一周，經説三周。惣（總）是正宗分，説三周之意，約經文、義喻、因緣分，任引多少。	(1)《方便品》下至《譬喻品》鶩子得記，八部喜贊已來，爲第一周。……其《譬喻品》中舍利弗請下佛説譬喻，并《信解品》《藥草喻品》《授記品》爲第二周。……今爲二解：初一品，名序分，次八品，名正宗。③ (2) 來意有三：一者上來最初一品，序述因由。次有八品，名爲正宗。
3	第三疏（流）通，有一十九品經文。……故後有八品，付受流通。一乘教典，就此文中，又科三段，初知（之）四品，贊重流通，贊法贊人，可轉（尊）可重。此（次）有七品，孝（學）行流通。④	又并《授記》訖，後十九品，名爲流通，……流通之中，分之爲三：初之四品，贊重流通，贊法贊人，可尊可重，令生喜仰。次之七品，學行流通，學弘此經，正行助行，令無傷毀。後之八品，付受流通，示相付囑，稟命行故。亦即三周説流通也。⑤

通過文本對比可知，本卷對窺基《法華玄贊》的借鑒共有兩種形式：第一，本卷部分內容照抄、節抄自窺基《法華玄贊》，如本卷將"序分"之"序"解釋爲"由也"，即抄自後者"序者，由也，始也"；如解説"正宗分"時所説"次有八品，號曰正宗"，與窺基疏文基本一致，祇是將"名"字改爲"號"字；又如概説"流通分"前十一品時所

---

① ［唐］栖復《法華經玄贊要集》卷一，《卍續藏經》第 34 册，第 171 頁。
② ［唐］窺基《妙法蓮華經玄贊》卷一，《大正藏》第 34 册，第 651、661 頁。
③ ［唐］窺基《妙法蓮華經玄贊》卷一，《大正藏》第 34 册，第 653、661 頁。
④ BD7849 號《法華經講經文》，國際敦煌項目（IDP）高清圖版。
⑤ ［唐］窺基《妙法蓮華經玄贊》卷八，《大正藏》第 34 册，第 806－807 頁。

用"初知（之）四品，贊重流通，贊法贊人，可轉（尊）可重；此（次）有七品，孝（學）行流通"，除省略《法華玄贊》中"令生喜仰"四字外，其餘内容基本相同。由此可見，本卷開題部分的講説形式、内容都參考過《法華玄贊》。

第二，開題文中部分内容的簡化、通俗化源自窺基《法華玄贊》，如本卷解説正宗分所言"第一法説一周，第二喻説一周，第三宿世因緣説一周"，即源自窺基《法華玄贊》卷一《序品》、卷三《方便品》詳釋"三周説法"之義，將"正宗分"中的八品①分爲三門，前兩品是佛爲上根舍利弗説一乘法，名法説一周；中間四品是舍利弗請佛以藥草等爲喻，爲四大聲聞等中根之人説法授記，名喻説一周；後面三品中以宿世因緣等爲譬，爲下根人説法，名宿世因緣説一周。

本卷韵文説唱部分對三分科判、三周説法的吟誦②是對散文解説部分的概説與强調。此外，有幾句韵文解説概括自《法華玄贊》，如"上根秋（鶖）子悟法説"是窺基疏文反復强調的内容，如下所示：

1. 此品初説一乘，爲利鶖子，鶖子上根，最初於《譬喻品》中領解。（《方便品》）

2. 來意有二：一鶖子上根，聞法説而已悟。（《譬喻品》）

3. 來意有二：一云鶖子上根，聞法説而喜領。（《信解品》）

4. 來意有二：一鶖子上根，聞法説而悟解，佛即爲記。（《授記品》）③

---

① 窺基《妙法蓮華經玄贊》中正宗分共八品，依次是《方便品》《譬喻品》《信解品》《藥草喻品》《授記品》《化城喻品》《五百弟子授記品》《授學無學人記品》。

② "初之一品□（名）序分，序述如來説法情懇。地動六摇多種相，天龍八部遥虔誠。初（次）有八品號正宗，三周事相各不同。上根秋子悟法説，四大成文（聲聞）意未通。一十九品妙經文，付囑門徒聽法人。"（BD7849號《法華講經文》，國際敦煌項目高清圖版）

③ ［唐］窺基《妙法蓮華經玄贊》卷三、卷五、卷六、卷七，《大正藏》第34册，第694、734、770、786頁。

秋子，又名鶖子，即鶖鷺子、秋露子的簡稱，是舍利弗梵名（Śāriputra）之意譯。舍利弗，是佛陀十大弟子之一，東晉沙門迦留陀伽譯《佛説十二游經》載，舍利弗歸佛後，常隨從佛陀，輔翼聖化，爲諸弟子中之上首。復以聰明勝衆，被譽爲佛弟子中"智慧第一"。① 通過對比可知，本卷"上根秋子"借鑒自窺基《法華玄贊》裏多次出現的"鶖子上根"，"悟法説"是對疏文"聞法説而已悟"等相類釋文的概括。

　　"四大成文（聲聞）意未通"，"四大聲聞"指"大迦葉、須菩提、摩訶迦旃延、大目犍連"，按：此四人未悟一乘之法説，世尊遂以藥草等譬喻説之，使其領悟後授記。"四大聲聞"在此指疏中所言"中根之類""中根四人"。此句是對《法華玄贊》卷一"中根之類，雖聞法説，猶未能解"的高度概説。

　　"地動六摇多種相"是對《法華經·序品》"普佛世界，六種震動"的概括；"天龍八部遥虔誠"，概括了《序品》中聽法的龍天諸神。"天龍八部"，即天、龍、夜叉、乾達婆、阿修羅、迦樓羅、緊那羅、摩睺羅迦，指護持佛法的八種守護之神，佛陀説法時常環繞於上空聽法。《法華經·序品》載，前來聽法諸神有自在天子、龍王、緊那羅王、乾達婆王、阿修羅王、迦樓羅王等，并無"夜叉"與"摩睺羅迦"。相較而言，此卷以天龍八部來概括，更能體現其通俗化、世俗化。

　　"十法行中□（行）一行，六千功德用嚴身"抄自 S.2440 號寫卷所録《三身押座文》之原文，此卷抄者漏掉首句第二個"行"字，據之擬補。

　　綜上所述，此卷開題文的解説形式與内容，主要借鑒了窺基的《法華玄贊》；且以照抄或改編、概説爲主，偶有參考《法華經》者。此外，還有兩句韻文抄自《三身押座文》。

---

① ［東晉］迦留陀伽譯《佛説十二游經》卷一："二人便相將及弟子至佛所。未至，佛已預知，便告比丘言：'今當有二賢士，一人名智慧比丘，一人名神足比丘，須臾來到。'佛爲説四諦，舍利弗七日得阿羅漢，目連以十五日得阿羅漢。"（《大正藏》第 4 册，第 147 頁）

第四節　BD7849號寫卷的創作、抄寫時間

　　BD7849號寫卷創作時借鑒了唐法相宗初祖窺基《法華玄贊》。窺基（632—682），唐代京兆長安（今陝西西安）人，俗姓尉遲，字洪道，俗稱慈恩大師、慈恩法師，又稱靈基、乘基、大乘基、基法師，或單稱基。太宗貞觀二十二年（648），窺基奉敕於弘福寺出家爲玄奘弟子，同年十二月隨其師遷入大慈恩寺。永徽五年（654），高宗特旨度窺基爲大僧，并應選學五天竺語文，高宗顯慶元年（656），窺基開始參與譯經。麟德元年（664）玄奘在玉華宮譯場圓寂，窺基遂回到大慈恩寺專事撰述。此後，窺基曾至其祖籍博陵附近，沿途造疏講經，曾至五臺山造玉石文殊像。《法華玄贊》是其在博陵游歷時，應當地信衆需求宣講時所撰。永淳元年（682），窺基於慈恩寺翻經院圓寂。由此推知，《法華玄贊》應撰於麟德元年與永淳元年之間，此卷當創作於麟德元年以後。

　　BD7849號寫卷，首殘尾斷，無尾題。《條記目錄》謂其抄於公元九至十一世紀歸義軍時期。本卷爲避唐太宗李世民諱，將"葉"字皆抄作"![字]"，改中間"世"字爲"廿"，可知其應抄於唐代中晚期。綜上所述，BD7849號《法華經講經文》撰於麟德元年以後，本卷爲公元九至十一世紀歸義軍時期的抄本。

　　BD7849號寫卷是法華經講經法會前半部的實錄，主要保留了正式講經前的押座文、開題文、莊嚴文，本卷是以三分科判的形式解析羅什本《妙法蓮華經》，故擬題"妙法蓮華經講經文"。此卷專爲皇帝、后妃、文武大臣等聽講而撰，是比較罕見的宮廷講經文本，但此本是歸義軍時期文化程度較低、佛學基礎薄弱的信衆聽講時的筆記。卷中押座文編纂時借鑒了S.2440號寫卷所錄《維摩詰經押座文》《三身押座文》，尤其是文中所注"《法華》文，臨事蓋轉餘經亦得"，揭示了其雖爲《法華經》講說法會而編，但也可用於其他經論講說活動；莊嚴文中所注

"或云餘經亦得",表明其功能與前面的押座文相類,主要揭示本卷是專爲宫廷講經而撰的罕見文本;開題文編纂時以照抄、加工窺基《法華玄贊》爲主,偶有參考《法華經》《三身押座文》者。此外,這段開題文編纂體例承襲并簡化自六朝至唐五代的僧講。本卷當撰於唐高宗麟德元年以後。

第六章

敦煌本《太子須大拏經講經文》研究

第六章　敦煌本《太子須大拏經講經文》研究

　　敦煌遺書中演繹西秦聖堅譯《太子須大拏經》的殘卷共有七件：Дx.285、2150、2167、2960、3020、3123號，BD8006號。前六個殘片屬於同一寫卷，《俄藏敦煌文獻》(1996)影印出版時將其綴合起來。按：前者正背兩書，共八紙。正面存72行，首尾皆缺，每行約24字，殘行字數不等，各殘片間有脫文。卷背抄"太子成道變文、祭慈母文、破曆"①。孟列夫《俄藏敦煌漢文寫本叙錄》將第一個殘片擬作"太子成道變文"，第二、第三皆擬作"須大拏太子變文"，并且指出這三個寫卷出自同一手書，②可見孟列夫最終認爲這三個殘片皆爲"須大拏太子變文"。黄永武主編《敦煌遺書最新目録》對Дx.285號的題名從孟列夫之説，但却將Дx.2150號擬題作"太子須大拏布施一切"③。《俄藏敦煌文獻》影印出版時，將這六個殘片綴合後并擬作"須大拏太子變文"④。

　　相較而言，BD8006號殘卷，首尾雖殘，中間并無殘行。正背兩書。粘葉裝，共三紙。《國家圖書館藏敦煌遺書》第100册《條記目録》云："6葉，12個半葉，每半葉8—9行，共88行，行26—28字。粘葉裝，首脱尾殘，3紙均爲雙葉紙，書口剪圓角。卷尾脱落1小塊殘片，

---

①　〔俄〕孟列夫、錢伯城主編《俄藏敦煌文獻》第6册，上海：上海古籍出版社，1996年，第179—194頁。張涌泉等考證：Дx.285號卷背第一則是悉達太子降誕等佛傳類故事，應擬作"太子成道變文"或"太子成道因緣"。（張涌泉、張新朋《敦煌寫卷〈須大拏太子本生因緣〉新校》，《周紹良先生紀念文集》，北京：北京圖書館出版社，2006年，第483頁）
②　〔俄〕孟列夫主編，袁席箴、陳華平譯《俄藏敦煌漢文寫本叙錄》上册，上海：上海古籍出版社，1999年，第475—476、591頁。
③　黄永武編《敦煌遺書最新目録》，臺北：新文豐出版公司，1986年，第830、870頁。
④　〔俄〕孟列夫、錢伯城主編《俄藏敦煌文獻》第6册，上海：上海古籍出版社，1996年，第179—194頁。

卷面行間多經名、經文雜寫。不一一具錄。卷尾有雜寫兩行。"①《敦煌劫餘錄》《敦煌遺書總目索引》《敦煌遺書總目索引新編》皆擬題"太子須大拏經"②。按：本卷與經文相同者甚多，但亦有加工經文或敷演經中大義者，其中還夾雜了一首五言七言詩，可知其并非經文抄本。《國家圖書館藏敦煌遺書》《中國國家圖書館藏敦煌遺書總目錄》皆擬題"太子須大拏經講經文"③。

按：Дx.285等六殘片、BD8006號殘卷皆演繹《太子須大拏經》，但前者殘片間有缺行或脫文，後者演繹情節稍多，如下表所示：

表一 《太子須大拏經》與BD8006號、Дx.285等六殘片所抄故事情節比對

情節	聖堅譯《太子須大拏經》	Дx.285等殘片	BD8006號殘卷
一	太子開倉布施	無	有
二	敵國國王鼓動臣民乞得白象	無	有
三	八道人向太子乞求白象	有	有
四	太子施白象與八道人	有	有
五	諸臣告知國王	有	有
六	王罰太子至檀特山	有	有
七	太子臨行前以私財布施七日	有	有
八	太子妃誓共相隨	有（篇幅較少）	有（篇幅較多）

這兩個殘卷共演繹了西秦聖堅譯《太子須大拏經》中以上八個情節。Дx.285等六殘片僅存後六情節，而BD8006號殘卷則比其多出前兩個情節。由此可見，這兩個殘卷并未演繹《太子須大拏經》的全文（或未保存下來）。再者，據筆者統計，《太子須大拏經》共九千四百餘

---

① 任繼愈主編《國家圖書館藏敦煌遺書》第100冊《條記目錄》，北京：北京圖書館出版社，2008年，第13頁。
② 陳垣撰《敦煌劫餘錄》第14帙，《敦煌叢刊初集》（四），臺北：新文豐出版公司，1985年，第1252頁；商務印書館編《敦煌遺書總目索引》，北京：中華書局，1983年，第100頁；敦煌研究院編《敦煌遺書總目索引新編》，北京：中華書局，2000年，第558頁。
③ 任繼愈主編《國家圖書館藏敦煌遺書》第100冊《條記目錄》，北京：北京圖書館出版社，2008年，第114頁。方廣錩主編《中國國家圖書館藏敦煌遺書總目錄》，北京：中國人民大學出版社，2013年，第323頁。

第六章　敦煌本《太子須大拏經講經文》研究　153

字，這兩個殘卷所演繹内容約占五分之一。

　　學界對這兩個殘卷的考察主要有兩個階段：第一階段：對 Дх.285 等六殘片進行校録和定性。1965 年，蘇聯古列維奇撰文《佛本生變文殘片》，開啓學界對前三件殘片的研究，他指出此爲演繹《太子須大拏經》的變文，且爲變文這種題材剛產生時的作品。① 80 年代末，中國學者纔開始關注這三個殘片。1989 年，周紹良、白化文依古列維奇論文所附照片録文，他們認爲本卷是"'因緣類'作品中之一種最原始、最初級的粗製毛坯，故擬題'須大拏太子本生因緣'"②；1997 年，黃征、張涌泉《敦煌變文校注》參照《經律异相》卷三節引的《須大拏經》進行校録，并擬題"須大拏太子好施因緣"③。日本學者玄幸子《〈須大拏太子變文〉について》（1998）中首次對這六個殘片進行校録、注釋。④

　　第二階段：自 2004 年起，學界便將這兩個殘卷結合起來考察。陳洪《敦煌須大拏變文殘卷研究》將這兩個殘卷擬題"太子須達拏緣起"，他指出二者屬同本异抄，且佛經來源皆爲《太子須大拏經》。⑤ 2006 年，張涌泉、張新朋重新校録 BD8006 號寫卷，并從《補編》之説將其擬名"須大拏太子本生因緣"，他們還指出二者文本差异不小，應各有所本。⑥ 2012 年，鄭阿財從經典、圖像、文本的角度，分別考察了須大拏

---

① 〔蘇聯〕古列維奇《佛本生變文殘片》，原文載《蘇聯科學院亞洲民族研究所簡報》第 69 期（1965 年），我們并未看到原文，所幸周紹良、白化文、李鼎霞等編纂的《敦煌變文集補編》摘譯了古氏的主要觀點，兹據《補編》轉引。（《敦煌變文集補編》，北京：北京大學出版社，1989 年，第 87 頁）
② 周紹良、白化文、李鼎霞編《敦煌變文集補編》，北京：北京大學出版社，1989 年，第 88 頁。
③ 黃征、張涌泉《敦煌變文校注》卷四，北京：中華書局，1997 年，第 503 頁。
④ 〔日〕玄幸子《〈須大拏太子變文〉について》，《人文科學研究》1998 年第 95 輯，第 1—27 頁。
⑤ 陳洪《敦煌須大拏變文殘卷研究》一文，摘要部分將 BD8006 號與 Дх.285 號擬題作"太子須大拏經講經文"，然而在正文論述時，認爲其不是引述經文和講解經文，而是依附原文進行敷演，此應屬於"因緣"類變文，故將其定名爲"太子須大拏緣起"。由此可見摘要與正文論述部分所擬題目不同，應以文中考察論述後所擬"太子須大拏緣起"爲準。（《蘇州大學學報（哲學社會科學版）》2004 年第 2 期，第 62 頁）
⑥ 張涌泉、張新朋《敦煌寫卷〈須大拏太子本生因緣〉新校》，《周紹良先生紀念文集》，北京：北京圖書館出版社，2006 年，第 482—484 頁。

本生故事的流傳，并指出這兩個殘卷爲隨意宣説佛教故事的變文，應擬作"須大拏太子變文""太子須大拏經""太子須大拏本生因緣"①。

由此可見，學界目前對這兩個殘卷的題名共有四類：第一，周紹良、白化文、張涌泉、黄征等稱作本生因緣，如"須大拏太子好施因緣""須大拏太子本生因緣""太子須大拏緣起"等；第二，孟列夫、古列維奇、黄永武等題名爲變文，如"佛本生變文殘片""須大拏太子變文""須大拏太子布施一切"等，鄭阿財認爲這兩個殘卷擬題作本生因緣或變文皆可，因本生因緣亦屬廣義的變文體式之一；第三，定名作"太子須大拏經"，已被古列維奇、周紹良等證實爲誤擬；② 第四，《國圖》《國圖總目録》等擬題"太子須大拏經講經文"。這兩個殘卷到底是太子須大拏本生因緣、須大拏太子變文，抑或是講經文？有待進一步考述。此外，這兩個殘卷共解説《太子須大拏經》中八個情節，後面六個情節文本相同、相似處甚多，二者間到底有何淵源？本章在參考前人研究成果的基礎上，依中國國家圖書館藏彩色圖版對BD8006號殘卷重新校録、整理，以便考察這兩個殘卷的體裁歸屬、抄寫時間，以及二者間的關係。此外，我們還結合傳世文獻、敦煌壁畫等，探討須大拏本生故事在中古的傳播。

---

① 鄭阿財《經典、圖像與文學：敦煌"須大拏本生"叙事圖像與文學的互文研究》，《慶賀饒宗頤先生九十五華誕敦煌學國際學術研討會論文集》，北京：中華書局，2012年，第689頁。

② 古列維奇將Дх.285、2150、2167號殘片的文本與聖堅譯《太子須大拏經》進行對比後知其并非《太子須大拏經》的同本异譯，其中的一首五言七言詩（押韵）有力證明其應爲變文，且"很可能是變文這種體裁剛剛産生時的作品，所以形式不太嚴格"。（《敦煌變文集補編》，北京：北京大學出版社，1989年版，第87頁）

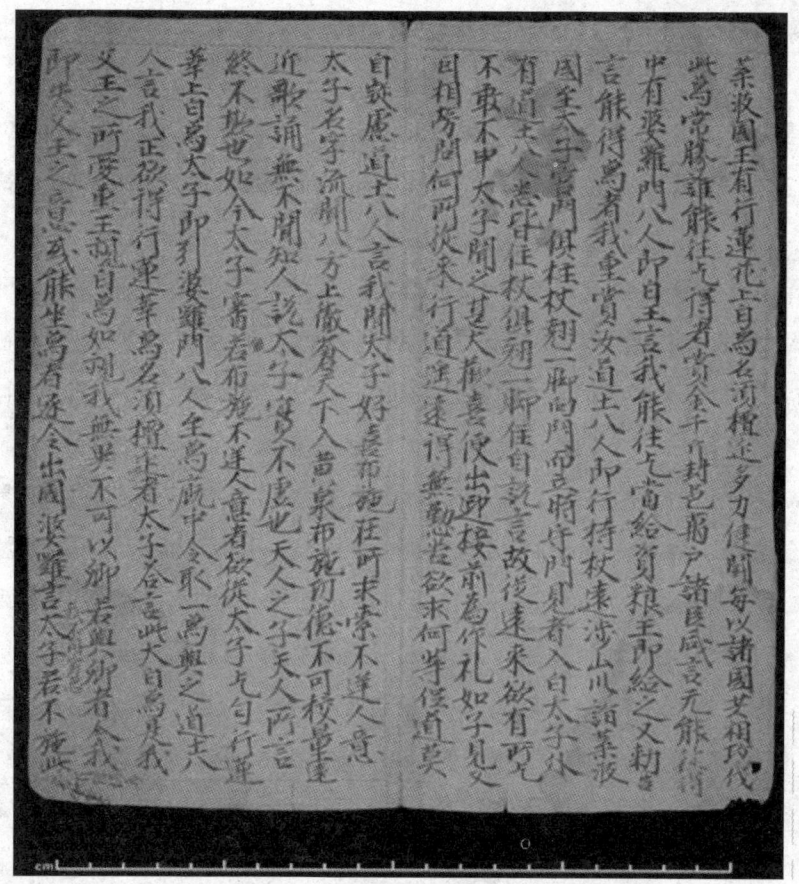

BD8006號《太子須大拏經講經文》（IDP圖版）

第一節　Дх. 285 等六殘片與 BD8006 號殘卷的定名

　　前輩學者將這兩個殘卷題作"須大拏太子本生因緣"，主要以須大拏本生故事的性質爲切入點。本生，是九部經、十二部經之一，主要講釋迦過去世行菩薩道的故事，亦包括諸弟子的本生故事。唐玄奘譯《阿毗達磨大毗婆沙論》卷一百二十六："本生云何？謂諸經中，宣説過去所經生事，如熊、鹿等諸本生經，如佛因提婆達多，説五百本生事等。"① 印順《原始佛教聖典之集成》卷四："若依現在事起諸言論，要由過去事言論究竟，是名本生，如《邏刹私經》。"② 《太子須大拏經》主講釋尊往昔爲須大拏太子，因廣行布施而被國王罰至檀特山修行之事。因此，從題材上來講確爲本生經。

因緣，又名緣起，爲十二部經之一。"因"指產生結果的原因，"緣"爲資助因的外在間接條件。唐窺基撰《大乘法苑義林章》卷二曾指出因緣須具備的三個條件，即"一、因請而説，二、因犯制戒，三、因事説法"③。西秦聖堅譯《太子須大拏經》是佛陀因阿難之請而説，符合"因請而説"的條件。因緣的敘事形式有三個步驟：先是佛現在説法，因某一緣由而講前世諸事，接着爲教化聽衆又回到現在。《須大拏太子經》是阿難見佛笑時口出五色光提問，佛舉過去世爲須大拏行檀波羅蜜事而解説，文末又回到現在以勸衆人持是經且廣行布施。因此，從形式上來講，本經符合因緣的記敘形式。可見，《太子須大拏經》既是一部本生經，又屬十二分教之因緣。學界前輩將這兩個寫卷擬題"須大拏太子本生因緣""須大拏太子緣起""須大拏太子好施因緣"，均符合《太子須大拏經》的本質屬性。

變文經歷了講經文—佛教故事變文—歷史故事變文等三個發展階段，最早的變文（講經文）文本主要由引據經文、散文解説、韵文説唱三個部分構成。王重民《敦煌變文研究》指出，講經文是變文的最初形式，且在變文中產生最早；不管是俗講經文、佛教故事、歷史故事等，

---

① ［唐］玄奘譯《阿毗達磨大毗婆沙論》卷一百二十六，《大正藏》第27册，第660頁。
② 印順《原始佛教聖典之集成》，新竹縣：正聞出版社，2000年，第559頁。
③ ［唐］窺基撰《大乘法苑義林章》卷二，《大正藏》第45册，第277頁。

皆可以變文爲題名。① 潘重規《敦煌變文新論》以玄奘爲高宗所獻"報恩經變一部"爲例，再結合他多年整理研究心得指出：

> 最早的變文，是引據經文，穿插故事，使之通俗化，既說且唱，用以吸引聽衆。它的儀式是講前有押座文，次唱經題名目。唱經題畢，用白話解釋題目，叫開題，開題後摘誦經文，以後一白一歌，又說又唱，直至講完爲止。進一步的開展，是不唱經文，可以隨意選擇經文中故事，經短的便全講，經長的便摘取其中最熱鬧的一段講。在正講前也還要唱出經題，所以這一種也仍是講經的一體，照例也題作變文。②

由此可知，講經文是最初的變文，與佛教故事、歷史故事類變文皆可擬題爲變文。古列維奇、孟列夫、玄幸子等，將 Дx. 285 等殘片擬作"佛本生變文""須大拏太子變文"，符合廣義變文的内涵。變文發展到後來，便以講説佛經故事爲主，可以不唱經文，如《降魔變文》《八相變》等。這兩個殘卷雖敷演了須大拏太子本生故事，但却與佛經故事類變文解説風格不同。我們將其與《難陀太子出家緣起》等對比後發現，前者情節與經文基本相同，用辭多由照抄或加工經文而成；後者主要情節與經文相同，但講説文本與部分情節多屬著者改編。由此可見，此二者應屬於不同的變文體式。衆所周知，學界前輩對講經文的定義，多以當時案頭可見的寫本爲依據，而這兩個殘卷由"散文解説＋韵文説唱"構成，顯然不符合既定的講經文體例。《條記目録》指出本卷存文大體與

---

① "講經文是變文中最初的形式，它的産生時期在變文中爲最早。……從變文轉變爲話本，大約只有兩百五十多年的時間。在這一段時期之内，由講經文演化成爲講佛教故事和講歷史故事的變文，終於由變文轉變成爲話本。……但在變文的全盛時期，則都用變文來概括這一類的文學作品，而作爲當時的公名來使用。"按：這篇學術報告整理後，發表在《中華文史論叢》1981 年第 2 期，後收入《敦煌變文論文録》，上海：上海古籍出版社，1982 年，第 276、283 頁。

② 潘重規《敦煌變文新論》，《幼獅學刊》1979 年第 49 卷第 1 期，第 18—41 頁。

西秦聖堅譯《太子須大挐經》對應，但文字多有不同，文中夾有韵文，應爲依本經改編的講經文，故擬題"太子須大挐經講經文"①。由此可見，BD8006 號殘卷的擬題依據與常見的《法華經講經文》《維摩詰經講經文》并不相同。那麼，這兩個殘卷到底屬於何種體式？因其首尾俱殘，無首尾題、後記等，我們衹能以文本構成爲切入點進行考察。

據孟列夫、玄幸子、陳洪、張涌泉、鄭阿財等考述，這兩個殘卷敷演的是聖堅譯《太子須大挐經》，我們將 BD8006 號殘卷與經文進行對比，探討其主要特徵：

表二　BD8006 號《太子須大挐經講經文》與聖堅譯《太子須大挐經》文本比較②

	BD8006 號《太子須大挐經講經文》	聖堅譯《太子須大挐經》
1	爾時，有一敵國怨家，聞太子好喜布施，不逆人意。即會諸臣及衆道士，共集語言："今葉波國王有行蓮花上白象，名須檀延，多力健鬥。每以（與）諸國共相攻伐，此象常勝。誰能往乞得者？賞金千金，封邑萬户。"諸臣咸言："無能往得。"中有婆羅門八人，即白王言："我能往乞，當給資糧。"王即給之。又敕告言："能得象者，我重賞汝。"③	時有敵國怨家，聞太子好喜布施，在所求索，不逆人意。即會諸臣及衆道士，共集議言："葉波國王有行蓮華上白象，名須檀延，多力健鬥。每與諸國共相攻伐，此象常勝。誰能往乞者？"諸臣咸言："無能往得者。"中有道士八人，即白王言："我能往乞之。當給我資糧。"王即給之。王便語言："能得象者，我重賞汝。"④

---

① 任繼愈主編《國家圖書館藏敦煌遺書》第 100 册《條記目錄》，北京：北京圖書館出版社，2008 年，第 13 頁。
② BD8006 號和 Дx. 285 號等殘片，共演繹了《太子須大挐經》中八個情節，後面六個情節皆同，但因後者脱文甚多，我們僅以 BD8006 號前兩個情節的文本爲據，考察其與《太子須大挐經》的關係。至於這兩個寫卷的關係如何，我們將於後文詳細説明。
③ 國際敦煌項目（IDP）圖版，BD8006 號《太子須大挐經講經文》。
④ ［西秦］聖堅譯《太子須大挐經》卷一，《大正藏》第 3 册，第 419 頁。

(續表)

	BD8006 號《太子須大拏經講經文》	聖堅譯《太子須大拏經》
2	王聞此語，更益悲哀，悶絕倒地，小得蘇心，微（微）聲告諸臣言："我於先時求天願地得此一子，兒大好道，喜布施人，臣等皆言苦刑我子，我不忍見。臣等慈悲看我面孔，先斷我命，後形（刑）我子，交我全在，爭忍眼前而見此事耳？" 吟云云： {爲佛}爲宮無太子，苦自求天地。 得此一嬌兒，不忍眼前死。 願諸臣等起慈悲，我之顏面莫相違。 乃可先頭斷我命，然後方始煞我兒。①	王聞此語，甚大愁憂，語諸臣言："兒大好道，喜布施人，奈何禁止拘閉之也。"②

由上表知，BD8006 號殘卷對《太子須大拏經》的演繹共有三個層次：第一，殘卷部分內容完全照搬經文，且這種現象在本卷中不勝枚舉，如大臣要求國王處罰太子時所說"以腳入象廐中者，當截其腳；手牽象者，當截其手；眼視象者，當挑其眼。或言：'當斷其頭。'或言'身節（截）百段'"③，與經文完全相同。第二，殘卷部分文本是在經文的基礎上進行加工和改編而成，如敵國國王鼓動國人向太子乞求須檀延時所說"誰能往乞得者？賞金千金，封邑萬户"，是增添潤飾經文"誰能往乞者"而成。④ 第三，著者自創文辭鋪陳演繹經中部分情節，如上表第二組中國王請大臣莫以殘忍的刑罰加於其子之身時所說，多爲著者自創，唯有"兒大好道，喜布施人"源自經文。此外，我們發現本卷的演繹皆忠於經文，未有改變經中情節等現象。

值得注意的是，BD8006 號與 P.2459 號卷背、S.4194 號《佛本行集經講經文（擬）》的創作形式相同：二者皆由照抄、加工經本原文和

---

① 國際敦煌項目（IDP）圖版，BD8006 號《太子須大拏經講經文》。
② ［西秦］聖堅譯《太子須大拏經》卷一，《大正藏》第 3 册，第 419–420 頁。
③ 國際敦煌項目（IDP）圖版，BD8006 號《太子須大拏經講經文》。
④ ［西秦］聖堅譯《太子須大拏經》卷一，《大正藏》第 3 册，第 419 頁。

著者自創等三種形式構成，且講說內容忠於經文。P.2459號卷背，首尾皆缺，無前後題，但文中"菩薩入胎時，有無量衆瑞應之事，不可具述""經文甚廣，不可具論"① 等，揭示其爲演繹隋闍那崛多譯《佛本行集經》的講經文。② 此外，我們還發現照抄、改編經文是故事性較强的講經文的主要特徵之一，如《雙恩記》卷七"耕者出蟲而鳥啄"③ 係潤色佚名著《大方便佛報恩經》卷四《惡友品》"見有耕者，墾土出蟲，鳥隨啄吞"④ 而成，文中此類現象甚多，詳見拙文《Ф96號〈雙恩記〉考論》（待刊）。由此可知，BD8006號殘卷與 Дx.285 等六殘片擬題"太子須大拏經講經文"更爲貼切。

第二節　Дx.285 等六殘片與 BD8006 號殘卷的關係

Дx.285 等殘片與 BD8006 號殘卷，行款、字體相異，但皆演繹《太子須大拏經》。我們在前文中即指出，這兩個寫卷現存內容共同演繹經中八個情節，其中後六個情節基本相同，但後者卷首比前者多兩個情節，可知二者所解經文相同者十之八九。陳洪《敦煌須大拏變文殘卷研究》指出這兩個殘卷屬同本异抄，⑤ 張涌泉、張新朋《敦煌寫卷〈須大拏太子本生因緣〉新校》認爲二者間差異不小，應各有所本。⑥ 這兩個殘卷關係究竟如何？學界前輩們的觀點爲何相左？本節通過列表比較二者間的文本差異：

---

① 國際敦煌項目（IDP）圖版，P.2459號寫卷《佛本行集經講經文》。
② 計曉雲《論文本範式不同的講經文——以敦煌本〈佛本行集經講經文〉爲中心》，《敦煌學輯刊》2024年第4期，第78—90頁。
③ 俄藏敦煌寫卷彩色圖板，Ф96號《雙恩記》。
④ 佚名《大方便佛報恩經》卷四，《大正藏》第3冊，第143頁。
⑤ 陳洪《敦煌須大拏變文殘卷研究》，《蘇州大學學報（哲學社會科學版）》2004年第2期，第64頁。
⑥ 張涌泉、張新朋《敦煌寫卷〈須大拏太子本生因緣〉新校》，《周紹良先生紀念文集》，北京：北京圖書館出版社，2006年，第483—484頁。

第六章　敦煌本《太子須大拏經講經文》研究　　161

表三　Дх.285等六殘片、BD8006號殘卷與西秦聖堅譯《太子須大拏經》文本比較

Дх.285等六殘片	BD8006號殘卷	西秦聖堅譯《太子須大拏經》
從□何等？道士八人言："……今太子名字，流滿□□（八方）□遠近歌誦，普總□。"八波羅門言："我不用餘象，正欲□"（Дх.285號殘片）…… 曼坻言："太子共我，生小以來，骨屬一般，雍寵無二。交太子噉果服草，遣我受用細軟帷帳，甘美飲食，豈有是□我終不能以（與）太子相離，會當與太子相隨也。王者以幡爲幟，火者以烟爲幟，婦人者以夫爲幟，我但依怙太子耳。太子者我之所天。太子在宮布施□我當供子耳。"太子□從我乞兒索汝（女）□則扲（於）汝身，□曼坻□。"（Дх.3123號殘片）①	"□□〔不〕審大王當見聽不？"……（太子）因相勞問："何所從來？……欲求何等？但道莫自疑慮。"道士八人言："我聞太子，好喜布施，在所求索，不逆人意。太子名字，流聞八方。"…… 曼坻言："交（教）太子食果服草，遣我受用細軟、帷帳，美甘（甘美）飲食，豈有是□相隨，同證道果耳。王者以幡□□（爲幟），□，囗（但）依怙太子耳。太子。囗（太）子遠去。□囗（從）□"②	（王子白言：）"不審大王當見聽不？"王答太子："欲願何等，在汝所索耳。不違汝意。"……道士八人言："我聞太子好喜布施，在所求索不逆人意。太子名字，流聞八方，上徹蒼天，下至黃泉，布施之德，功不可量，遠近歌頌，莫不聞知……" 曼坻言："我當用是細軟幃帳甘美飲食爲，而與太子別乎？我終不能相遠離也。會當與太子相隨去耳。" "王者以幡爲幟，火者以烟爲幟，婦人者以夫爲幟，我但依怙太子耳。太子者我之所天。太子在國時，布施四遠人，我常與太子共之。今太子遠去，若有人來乞者，我當應之云何？我聞人來求太子時，我當感死何疑。"太子言："我好布施不逆人意，有人從我乞兒索女者，我則不能不與之。汝若不順我言，則亂我善心，可不須去。"③

據此可知，一方面，Дх.285等六殘片雖源自同一寫卷，但流傳過程中被人爲割裂，故而殘片間有脫文或缺行，使得其內容并不連貫。另一方面，這兩個殘卷共演繹《太子須大拏經》五分之一的內容。前者解說經中六個情節，即"道士八人言"，至"我常與太子共之，今太子遠

---

① 國際敦煌項目（IDP）圖版，BD8006號《太子須大拏經講經文》。
② 〔俄〕孟列夫、錢伯城主編，《俄藏敦煌文獻》第6冊，上海：上海古籍出版社，1996年，第179頁。
③ ［西秦］聖堅譯《太子須大拏經》卷一，《大正藏》第3冊，第419頁。

去……汝若不順我言,則亂我善心,可不須去",共一千七百餘字;後者演繹經中"不審大王當見聽不?……道士八人言"至"我常與太子共之,今太子遠去"的內容,二千餘字,共八個情節。這兩個殘卷後六情節基本重合,且創作形式相同,用辭一致處甚多。我們精選其中三段情節相同的文本以析之:

表四　Дx. 285 等六殘片、BD8006 號殘卷、
《太子須大拏經》中三段情節相似的文本比較

	Дx. 285 等六殘片	BD8006 號殘卷	《太子須大拏經》卷一
	情節〔之一〕：太子布施行蓮花上白象與八婆羅門		
第一組	道士八人言："……太子名字,流☐（滿）八方,☐,☐（不）可校量；遠近歌誦,普總☐（聞）☐（知）。☐,天人所言,應不可欺。如今太子審能☐（布）☐匂行蓮華☐（上）象。"太子即引八婆☐（羅門）☐	道士八人言："……太子名字,流聞八方；上徹蒼天,下入黃泉；布施功德,不可校量；遠近歌誦,無不聞知；人說太子實不虛也。☐☐（今爲）天人之子,天人所言,終不欺也。如今太子審能布施,不逆人意者,欲從太子乞匂行蓮華上白象。"太子即引婆羅門八人至象厩中,令取一象與之。	道士八人言："……太子名字流聞八方,上徹蒼天、下至黃泉,布施之德功不可量,遠近歌頌莫不聞知。人說太子實不虛也。今爲天人之子,天人所言,終不欺也。如今太子審能布施不逆人意者,欲從太子乞丐行蓮花上白象。"太子即將至象厩中,令取一象去。
	情節〔之二〕：國中智臣建議罰太子至檀特山修行		
第二組	中裏有一智臣,嫌諸臣語,"汝等出言,快不當理。此是國之太子。王唯有一子,愛之甚重,豈生如是惡心,苦刑害矣?"遂即進步向☐（前）,☐（啓）白☐（王）言："臣亦不敢使王太子禁止拘閉也,但乃逐出宮城,置野山中十二年矣,坐伏身☐（心）,☐☐（經遭）苦事,合生慚愧矣。"	中裏有一智臣,嫌諸臣議,"汝等出言,快不當理。王唯有是一子,甚愛重之,豈生如是惡心,苦刑害耳?此是王之太子耳,不合受斯治罰也。"遂即進步向前,啓白王言："臣亦不敢使王太子禁止拘閉,苦痛刑害也,但逐出國,置野田山中十二年許,不見人烟,坐伏身心,當使慚愧。他自衣食不好,經遭苦事,合愍幸愛,惜倉庫耳。"	中有一大臣,嫌諸臣議不當爾也。王唯有是一子耳,甚愛重之。此王之太子,云何欲刑殘,乃生是心耶?大臣白王言："臣亦不敢使大王禁止拘閉太子也,但逐令出國,置野田山中十二年許,當使慚愧。"

（續表）

	Дx. 285 等六殘片	BD8006 號殘卷	《太子須大拏經》卷一
	情節［之三］：太子及二萬夫人懇求國王允許以私財施捨七天及布施時的情形		
第三組	太子白言："不敢☒（違）☒☒☒☒（戾大王教）☒（命），亦不復煩國家財寶。今我自有私財，願得布施，盡☒☒。"大王沉音（吟）不肯，二万夫人垂泪詣王，請留太子。王即聽之。☒☒☒☒☒（太子即使左右），運出私財，普告四遠。聞者悉到太子宮。☒☒（太子）☒☒☒飲食，施以財寶，恣意而去。七日財盡，貧者☒☒☒①	太子白言："不敢煩重國家財寶，亦不違戾太（大）王教命。今我自有私財，願得布施，盡則乃去。"大王沉音（吟）不肯，二万夫人垂泪詣王，請留太子。諸夫人曰："長時不放住宮，且交暫住七日，盡情布施，乃令出國耳！"王即聽之。太子即使左右，普告四遠，欲要財物者，悉詣宮門，隨意布施。四方人聞皆來到門，太子爲設飲食，施以珍寶，恣意而去。七日財盡，貧者得富，萬人歡喜。②	太子白王言："不敢違戾大王教令。今我自有私財，願得布施，盡之乃去。不敢復煩國家財寶。"二萬夫人共詣王所，請留太子布施七日乃令出國。王即聽之。太子便使左右普告四遠，其有欲得財物者，悉詣宮門……四方人民皆來詣門，太子爲設飯食，施與珍寶恣意而去。七日財盡，貧者得富，萬民歡樂。③

通過文本對比可知，這兩個殘卷解説《太子須大拏經》以上三個情節時，用辭相同者十之八九，如"不可校量，遠近歌誦""天人所言""汝等出言，快不當理""大王沉音（吟）不肯，二万夫人垂泪詣王，請留太子"等，可見二者照抄經本原文者甚多。這兩個殘卷文本不同之處共有三類：第一，有些句中偶有個別字詞相异，如第一組BD8006號卷中"太子名字，流聞八方""遠近歌誦，無不聞知"，與Дx. 285等殘卷對應句中大多相同，唯有"聞"字作"滿"，"無不"作"普總"。第二，這兩個殘卷中部分句子前後順序顛倒，但用辭基本一致，如第三組後者"不敢煩重國家財寶，亦不違戾太（大）王教命"，與前者"不敢☒（違）☒☒☒☒（戾大王教）☒（命），亦不復煩國家財寶"的内容基本相同，唯有個別字詞相异。第三，偶有個別段落或句子前者有而後者

---

① 〔俄〕孟列夫、錢伯城主編，《俄藏敦煌文獻》第6册，上海：上海古籍出版社，1996年，第179、182、183頁。
② 國際敦煌項目（IDP）圖版，BD8006號寫卷《太子須大拏經講經文》。
③ 〔西秦〕聖堅譯《太子須大拏經》卷一，《大正藏》第3册，第419－420頁。

無，抑或後者有而前者無，如二萬夫人請國王留太子布施七日的情節，《經》中作"二萬夫人共詣王所，請留太子布施七日乃令出國耳"①，後者在"大王沉音（吟）不肯，二万夫人垂泪詣王，請留太子"後，加上諸夫人所言"長時不放住宮，且交暫住七日，盡情布施，乃令出國耳"，使之更具體生動，前者雖無這一小段，但其餘内容基本相同，尤其是二者皆以《經》文"王即聽之"結束，可證其所據底本相同。

總之，通過以上分析可以看出，這兩個殘卷對《太子須大拏經》相同段落的解說用辭一致者十之八九；其中，個別用辭不同，或偶有句子順序顛倒，抑或個別段落偶有增減等，皆不能成爲二者所據底本不同的充分論據。眾所周知，俗講是一項不斷發展的活動，即使同一法師講説同一部經典，前後兩次解説的用辭都會稍有差異，底下聽者的記錄更不可能完全一致。因此，我們認爲這兩個寫卷實爲兩次不同講説時的底稿或記錄本，但却應源自同一部《太子須大拏經講經文》，或爲其發展中的狀態。

第三節　《太子須大拏經講經文》的抄寫時間

Дx.285等六殘片與BD8006號殘卷源自同一部《太子須大拏經講經文》，然而，這兩個寫卷皆首殘尾缺，無尾題，且正文中并未提及創作和抄寫時間。《孟目》依寫卷形態將前者擬定爲公元九至十一世紀的抄本。②《國圖》第100册《條記目録》謂後者抄於公元九至十世紀歸義軍時期。③ 其中，前者卷背所抄"太子成道變文、祭慈母文、破曆"

---

①　[西秦] 聖堅譯《太子須大拏經》卷一，《大正藏》第3册，第420頁。
②　〔俄〕孟列夫主編，袁席箴、陳華平譯《俄藏敦煌漢文寫本叙録》上册，上海：上海古籍出版社，1999年，第591頁。
③　任繼愈主編《國家圖書館藏敦煌遺書》第100册《條記目録》，北京：北京圖書館出版社，2008年，第13頁。

皆爲殘片，文中并未呈現與時間相關的信息。所幸國際敦煌項目（IDP）圖版收錄了 BD8006 號第六頁左半部背面一小塊殘片，爲我們進一步考察其抄寫時間提供了綫索，如下圖所示：

圖一　BD8006 號寫卷第六頁左半部正、背兩面

通過對比可知，BD8006 號第六頁左半部的殘片，與這塊單獨收錄的殘片形態、字體完全相同。可見《國圖》第 100 册《條記目録》"卷尾有雜寫兩行 '《大乘百法明門論開宗義記》，夫遍□（知）委照，暉真'"① 的説法欠妥。按：本卷爲粘葉裝，正背兩書，正、背兩面在流傳過程中被割裂分開，如今背面幸存的這塊殘片，恰好提示我們其所抄爲曇曠《大乘百法明門論開宗義記》，且爲同一人所抄。

釋曇曠，建康人，② 正史及僧傳未載，約生活於公元八世紀，③ 其

---

① 按："知"字底卷本缺，茲據 P.2180《大乘百法明門論開宗義記》中"夫遍知委照，渾真俗於心源；深慈普洽，演半滿於言派"擬補。任繼愈主編《國家圖書館藏敦煌遺書》第 100 册《條記目録》，北京：北京圖書館出版社，2008 年，第 13 頁。
② ［唐］澄漪《大乘起信論略述序》卷一，《大正藏》第 85 册，第 1089 頁。
③ 張雪松《河西曇曠及其〈大乘起信論〉研究》（上），《中國佛學》2015 年總第 38 期，第 12 頁。

著述自敦煌遺書被發現纔廣爲人知。日本高楠順次郎等主編的《大正藏》第 85 册"古逸部"共收録曇曠所撰六種佛經注疏，在《大乘百法明門論開宗義決》（簡稱《開宗義決》）卷一《序》中，曇曠自述生平經歷：

  余以冥昧，濫承傳習。初在本鄉，切《唯識》《俱舍》，後游京鎬，專《起信》《金剛》。雖不造幽微，而粗知鹵畝。及旋歸河右，方事弘揚。當僥薄之時，屬艱虞之代。慕道者急急於衣食，學者役役於參承。小論小經，尚起懸崖之想；大章大疏，皆壞絶爾之心。懵三寶於終身，愚四諦於卒壽。余慷兹虚度，慨彼長迷。或補前修之闕文，足成廣釋；或削古德之繁猥，裁就略章。始在朔方，撰《金剛旨贊》。次於涼城，造《起信銷文》。後於敦煌，撰《入道次第開決》，撰《百法論開宗義記》，所恐此疏，旨夐文幽，學者難究，遂更傍求衆義，開決疏文，使夫學徒，當成事業。其時巨唐大曆九年歲次（子六月一日）。①

據此可知，曇曠出家後先學玄奘譯的《唯識論》與《俱舍論》，後至長安西明寺專習姚秦鳩摩羅什所譯《金剛般若波羅蜜經》和南朝梁真諦所譯《大乘起信論》，後因安史之亂至敦煌避難弘法，途中於朔方（今寧夏靈武西南）撰《金剛經旨贊》，涼州（今甘肅武威）撰《大乘起信論廣釋》《大乘起信論略述》，後於沙州（今敦煌）撰《大乘入道次第開決》《開宗義記》《開宗義決》等，且以上六部注疏皆撰於大曆九年（774）六月一日之前。其中，《開宗義決》是對《開宗義記》的疏釋。

現存相關材料并未記載曇曠何時從涼州至敦煌，但其所撰相關注疏爲我們提供了一點綫索，如下所示：

---

① ［唐］曇曠撰《大乘百法明門論開宗義決》卷一，《大正藏》第 85 册，第 1068 頁。

寶應貳載玖月初，於沙州龍興寺寫訖。（S.2436號《大乘起信論略述》）①

　　廣德二年六月五日，釋普遵於沙州龍興寺寫□。（S.2437號《金剛般若經旨贊》卷二）②

曇曠所撰《大乘起信論略述》、《金剛經旨贊》③已於寶應二年（763）、廣德二年（764）在沙州流行，供寺院僧人學習，可能是其本人携帶抑或書成後流傳至沙州，而龍興寺則是其注疏流通的主要寺院之一。釋普遵，生卒年不詳，其或爲龍興寺學僧。由此推知，寶應二年九月初以前，曇曠已從朔方到達涼州。張雪松《河西曇曠及其〈大乘起信論〉研究》（上）一文指出曇曠因安史之亂（755—763）於八世紀五六十年代避難河西，在敦煌弘揚經法二十餘載，德宗貞元四年（788）前已逝。④由此可見，曇曠的《開宗義記》約撰於寶應二年六月一日前後，不晚於大曆九年六月一日。BD8006號《太子須大拏經講經文》應抄於此後。

BD8006與Дx.285等殘片既屬同一部《太子須大拏經講經文》的不同抄本，前者的抄寫時間已經推知，那後者究竟抄於何時呢？我們知道這兩個殘卷行款、字體不同，但在校錄整理時發現其有兩個共同之處：第一，這兩個殘卷中很多字的俗寫形式相同，如下表所示：

---

① ［唐］曇曠撰《大乘起信論略述》卷一，《大正藏》第85册，第1105頁。
② ［唐］曇曠撰《金剛般若經旨贊》卷二，《大正藏》第85册，第109頁。
③ 按：［唐］道氤《御注金剛般若波羅蜜經宣演》（《宣演》）撰於玄宗開元二十三年（735），曇曠又曾於長安西明寺學《金剛經》。我們發現曇曠撰寫《金剛經旨贊》時，借鑒道氤《宣演》之文甚多，故可推知：曇曠在西明寺學習《金剛經》時理應參考過道氤所撰《宣演》。
④ 張雪松《河西曇曠及其〈大乘起信論〉研究》（上），《中國佛學》2015年總第38期，第12頁。

表五　BD8006 與 Дx. 285 等殘片中俗字寫法比較

正字	牽	願	匂	蘇	視	灑	貯	怨	暴	涼	服	聽	卒	……
北敦	牽	愿	匂	蘓	視	灑	時	怨	暴	涼	服	聽	卆	……
俄敦	牽	愿	匂	蘓	視	灑	時	怨	暴	涼	服	聽	卆	……

此外，這兩個寫卷中，"吟""甘"二字誤抄爲"音"與"敢"。據《廣韻》考其聲韻母，"吟"爲疑母侵韻，"音"爲影母侵韻，兩字聲母相近韻部相同，故可借用。同理，"甘"爲見母談韻，"敢"爲見母敢韻，談、敢二韻同爲談部，因此"甘""敢"兩字聲母韻部相同，讀音近似，亦可相替。第二，這兩個寫卷中避諱字書寫形式一致，如避太宗李世民諱時，將"葉、民、愍"分別寫作"茣、民、愍"；避睿宗李旦諱時，將"但、旦"分別寫作"倡、旦"。可見這兩個寫卷應抄於同一時期。

綜上所述，BD8006 號與 Дx. 285 等殘片，約抄於公元九到十世紀的歸義軍時，其上限應在曇曠《大乘百法明門論開宗義記》成書以後，即公元八世紀六十年代前後。

第四節　太子須大拏本生故事在中古的傳播

太子須大拏本生故事，自三國起便隨着佛典翻譯而傳入中國。唐五代前漢譯佛經詳載其故事者共有五部：三國吳支謙譯《菩薩本緣經》、康僧會譯《六度集經》、西秦聖堅譯《太子須大拏經》、唐義凈譯《根本說一切有部毗奈耶藥事》與《根本說一切有部毗奈耶破僧事》。其中，流傳較廣者當屬《六度集經》卷二《須大拏經》與《太子須大拏經》。據鄭阿財統計，敦煌遺書中共有三個《太子須大拏經》殘卷，即

S. 2096、S. 4456、P. 2166 號，可證《太子須大拏經》在當時比較流行。① 除寺院僧人誦習外，須大拏太子本生故事在中古的傳播形式較多，如前輩學者們校錄和探討的《須大拏太子本生因緣》②、《失調名須大拏太子度男女》③，便是其在民間以講唱、表演的方式傳播的，又如印度、中亞及敦煌等地以其爲題材的雕塑、壁畫亦是其在民間傳播的形式之一。④ 我們在前人研究的基礎上，試圖將這一故事在中古的傳播形式歸納爲以下五種。

（一）佛教類書、佛經注疏的編纂

中古佛教類書對太子須大拏本生故事的引用共有兩種情形：第一，大段節抄經文，廣釋其目。蕭梁釋寶唱集《經律异相》卷三十一節抄《六度集經》中的《須大拏經》，并將其題名作"須大拏好施爲與人白象詰擯山中"，以釋其目——行菩薩道諸太子部。⑤ 唐釋道世撰《法苑珠林》卷八十中解説"通施"名義時，摘引《太子須大拏經》。⑥ 第二，解説"布施"名義時，列舉佛經中與之相關的故事，如《法苑珠林》卷八十：

---

① 鄭阿財《經典、圖像與文學：敦煌"須大拏本生"叙事圖像與文學的互文研究》，《慶賀饒宗頤先生九十五華誕敦煌學國際學術研討會論文集》，北京：中華書局，2012 年，第 683 頁。

② Дх. 285 等六殘片的校錄本共有四個：周紹良、白化文《須大拏太子本生因緣》；張涌泉、黃征《須大拏太子好施因緣》；〔日〕玄幸子《〈須大拏太子變文〉について》；以 BD8006 爲底本，Дх. 285 等六殘片爲參校本：張涌泉、張新朋《敦煌寫卷〈須大拏太子本生因緣〉新校》。

③ S. 1479、S. 6923 號殘卷的校錄本共有兩個：任半塘《失調名須大拏太子度男女》（《敦煌歌辭總編》中册，南京：鳳凰出版社，2014 年 9 月，第 501—502 頁）；〔日〕玄幸子《關於〈須大拏太子變文〉以及〈小小黄（皇）宮養贊〉》。（鄭阿財主編《佛教文獻與文學》，高雄：佛光出版社，2010 年，第 497—507 頁）

④ 鄭阿財《經典、圖像與文學：敦煌"須大拏本生"叙事圖像與文學的互文研究》，《慶賀饒宗頤先生九十五華誕敦煌學國際學術研討會論文集》，北京：中華書局，2012 年，第 678—695 頁。

⑤ 〔梁〕釋寶唱等集《經律异相》卷三十一，《大正藏》第 53 册，第 164—166 頁。

⑥ 〔唐〕釋道世撰《法苑珠林》卷八十，《大正藏》第 53 册，第 879—882 頁。

夫布施之業，乃是衆行之源。既標六度之初，又題四攝之首。所以給孤獨園散黄金而不悋，須達挈王施白象而無惜。尚能濟其厄難，忘己形軀。故薩埵投身以救飢羸之命；尸毗割股以代鷹鷂之餐。豈況國城妻子，何足經懷？寶貨倉儲，寧容在意？①

道世解説"布施"名義時，共舉四例：第一，"給孤獨園散黄金而不悋"是指給孤獨長者不吝以黄金購買祇陀太子花園，爲佛陀建築精舍的故事，詳見北凉曇無讖譯《大般涅槃經》卷二十九。② 第二，"須達挈王施白象而無惜"指太子須大挈將其父王用於對敵的白象施與怨家，《六度集經》《太子須大挈經》等皆有詳細叙述。③ 第三，"薩埵投身以救飢羸之命"，即佛過去修菩薩行時名薩埵王子，見餓虎與七子飢餓羸弱，其命將絶時，投身飼虎的故事，元魏慧覺等集《賢愚經》有載。④ 第四，"尸毗割股以代鷹鷂之餐"是講尸毗王遇見鷹逐鴿鳥，欲撲食之，鴿鳥飛避其腋下，王乃自割身，以代鴿肉，《賢愚經》《大智度論》等詳述之。⑤ 前兩則主講布施須不吝財物，後兩則旨在教導民衆布施應濟困救難，捨己形體。道世這種編纂方式被當時的俗講法師借鑒，如P.2999號等《太子成道經》：

我本師釋迦牟尼求菩提緣，於過去無量世時百千萬劫，多生波羅奈國。廣發四弘誓願，爲求無上菩提。不惜身命，常以己身及一切萬物，給施衆生。慈力王時見五夜叉爲啖人血肉，

---

① [唐] 釋道世撰《法苑珠林》卷八十，《大正藏》第53册，第877頁。
② [北凉] 曇無讖譯《大般涅槃經》卷二十九，《大正藏》第12册，第540頁。
③ [三國吳] 康僧會譯《六度集經》卷二；[西秦] 聖堅譯《太子須大挈經》卷一。（《大正藏》第3册，第7—11頁、第418—424頁）
④ [元魏] 慧覺等譯《賢愚經》卷一，《大正藏》第4册，第352—353頁。
⑤ [元魏] 慧覺等譯《賢愚經》卷一，《大正藏》第4册，第351—352頁；鳩摩羅什譯《大智度論》卷四，《大正藏》第25册，第88頁。

飢火所逼，其王哀愍，以身布施，喂五夜叉。……尸毗王時，割股救其鳩鴿。……薩埵王子時，捨身千遍，悉濟其餓虎。悉達太子（須大拏太子）之時，廣開大藏，布施一切飢餓貧乏之人，令得飽滿。兼所有國城、妻子、象馬七珍等，施與一切衆生。①

本段所述"悉達太子"的事迹，皆屬須大拏太子本生故事中的情節，是故此處"悉達太子"應爲"須大拏太子"誤書。唐五代佛傳變文、講經文解説布施之義時，常以慈力王、尸毗王、須大拏太子、薩埵王子等爲例，如《悉達太子修道因緣》《佛説如來八相成道經講經文》等亦有此段，② 唯有個別字詞不同，不煩再舉。

唐澄觀撰《大方廣佛華嚴經隨疏演義鈔》（簡稱《演義鈔》）卷五十《十迴向品》時，引用太子須達（大）拏本生故事，以釋其《華嚴經疏》：

> 如初會説。《疏》須達拏者，此云善愛，或云好愛。經唯一卷，説事甚廣，今當略引。阿難請問，佛説過去不可説劫有一大國名爲葉波。王號濕波，無子禱神，後乃有子，内外歡喜，號須大拏。年十五六，無藝不通。納妃名曼垣，生一男一女。太子廣行惠施，施王敵國行蓮華白象與其怨國。大臣瞋懼白王，擯太子於檀特山。太子出門一切皆施，無揀車馬亦爲他乞，太子負男，其妃抱女，至其山所。山有道人名阿蘭陀，太子遂問道人云："何可居止？"答云："山是福地，無處不可。"……③

---

① 黄征、張涌泉《敦煌變文校注》卷四，北京：中華書局，1997年，第434頁。
② 黄征、張涌泉《敦煌變文校注》卷四，北京：中華書局，1997年，第469頁。
③ ［唐］澄觀《大方廣佛華嚴經隨疏演義鈔》卷五十，《大正藏》第36册，第392頁。

澄觀《演義鈔》中雖云"略引"，但亦有八百餘字，我們僅引開頭一段而述之。其中，"經唯一卷"，即指聖堅譯《太子須大拏經》。澄觀簡略并概括經文而引之，如《演義鈔》中"佛説過去不可説劫有一大國名爲葉波。王號濕波，無子禱神，後乃有子，內外歡喜，號須大拏"，是據《經》文"往昔過去不可計劫時，有大國名爲葉波，其王號濕波。……王有二萬夫人，了無有子。王自禱祠諸神及山川，夫人便覺有娠。王自供養夫人床卧飲食，皆令細軟。至滿十月便生太子。宮中二萬夫人聞太子生，悉皆歡喜踊躍，乳湩自然而出。以是之故，便字太子爲須大拏"①删節、概括而成，又如《演義鈔》中"太子廣行惠施，施王敵國行蓮華白象與其怨國"②是概括經本原文而成。

綜上所述：康僧會譯《六度集經》卷二中的《須大拏經》，與聖堅譯《太子須大拏經》在中古時期流傳甚廣，佛教類書據之廣釋其目，義學高僧摘引其文以釋經義并爲門徒講說。《太子須大拏經》還被部分高僧當作甄選門徒的標準之一，如《續高僧傳》卷二《隋東都上林園翻經館沙門釋彥琮傳》載，釋彥琮欲拜僧邊法師爲師時，須誦出《太子須大拏經》以及北涼曇無讖譯《大方等大集經》，方許出家。③可知唐五代時，聖堅所譯《太子須大拏經》非常普及，寺院僧人常誦習之，甚至可視爲民衆出家修行的必備參考書目之一。

（二）梵音曲調、唄贊轉讀的咏嘆

佛教徒善用梵唄音律宣唱佛經故事。兩漢之際佛教傳入中國後，譯

---

① ［西秦］聖堅譯《太子須大拏經》卷一，《大正藏》第 3 册，第 419 頁。
② 太子以國庫寶藏施捨民衆，又以行蓮花白象施與敵國冤家的情節，詳見《太子須大拏經》卷一，《大正藏》第 3 册，第 419 頁。
③ ［唐］道宣撰《續高僧傳》卷二《隋東都上林園翻經館沙門釋彥琮傳》："釋彥琮，俗緣李氏，趙郡柏人人也。世號衣冠，門稱甲族。少而聰敏，才藻清新。識洞幽微，情符水鏡。遇物斯覽，事罕再詳。初投信都僧邊法師，因試令誦《須大拏經》，減七千言，一日便了。更誦《大方等經》，數日亦度。邊異之也。至于十歲，方許出家，改名道江。以慧聲洋溢，如江河之望也。"（《大正藏》第 50 册，第 436 頁）按：經鄭阿財《經典、圖像與文學：敦煌"須大拏本生"叙事圖像與文學的互文研究》一文考證，彥琮所誦爲聖堅所譯《太子須大拏經》。《慶賀饒宗頤先生九十五華誕敦煌學國際學術研討會論文集》，北京：中華書局，2012 年，第 689 頁）

經事業發展日盛，而傳聲者甚少，蓋因梵漢語言殊異，使譯文難以梵音咏嘆。① 至三國時，梵唄始興，魏陳思王植通般遮餘響，感魚山之制，刪《太子瑞應本起經》《修行本起經》而成《太子頌》《睒頌》。② 吳支謙據《無量壽經》《中本起經》撰《贊菩薩連句梵唄》三契，康僧會造《泥洹》梵唄。③ 宋齊之際，傳聲者甚多，如帛法橋、釋法平、釋曇遷、文宣王蕭子良、釋僧辯等，皆以此著稱。這種以唄贊轉讀之法開導眾心，可與法會講說相媲。④ 南齊妙聲沙門道綜便以梵音曲調宣唱《須大拏》，詳見《高僧傳》卷十三《宋京師白馬寺釋僧饒》之附傳：

    釋僧饒，建康人。出家，止白馬寺。善尺牘及雜技，而偏以音聲著稱。擅名於宋武、文之世。響調優游，和雅哀亮，與道綜齊肩。綜善三《本起》及《大拏（拏）》。每清梵一舉，輒道俗傾心。寺有般若臺，饒常繞臺梵轉，以擬供養。行路聞者，莫不息駕踟躕，彈指稱佛。宋大明二年卒，年八十六。

    時同寺復有超明、明慧，少俱爲梵唄。長齋時轉讀，亦有名當世。⑤

---

① 《高僧傳》卷十三云："自大教東流，乃譯文者眾，而傳聲蓋寡。良由梵音重複，漢語單奇。若用梵音以咏漢語，則聲繁而偈迫；若用漢曲以咏梵文，則韵短而辭長。是故金言有譯，梵響無授。"（［梁］慧皎撰，湯用彤校注《高僧傳》卷十三，北京：中華書局，1992年，第507頁）

② ［梁］慧皎撰，湯用彤校注《高僧傳》卷十三，北京：中華書局，1992年，第507-509頁。

③ ［梁］慧皎撰，湯用彤校注《高僧傳》卷一，北京：中華書局，1992年，第15、18頁。

④ ［梁］慧皎撰，湯用彤校注《高僧傳》卷十三《晋京師祇洹寺釋法平傳》："釋法平，姓康，康居人，寓居建業。與弟法等俱出家，止白馬寺，爲曇籥弟子，共傳師業。響韵清雅，運轉無方。後兄弟同移祇洹，弟貌小醜，而聲逾於兄。……後東安嚴公發講，等作三契經竟，嚴徐動塵尾曰：'如此讀經，亦不減發講。'遂散席。明更開題，議者以爲相成之道也。（《高僧傳》卷十三，北京：中華書局，1992年，第499頁）

⑤ ［梁］慧皎撰，湯用彤校注《高僧傳》卷十三，北京：中華書局，1992年，第499頁。

據此可知，劉宋武、文帝之世，建康白馬寺道綜常轉三《本起》與《須大拏》，"每清梵一舉，輒道俗傾心"，僧饒常繞寺之般若臺以梵音轉經，音聲和雅，使行者駐足而聽、彈指念佛。慧皎《高僧傳》雖未述及同寺僧饒、超明、明慧所轉爲何，但此四人皆同時於白馬寺弘道，餘下三者或亦宣唱《須大拏》，或至少對其比較熟悉。佛教音樂的興盛，主要集中於建康，①如齊文宣王撰《贊梵唄偈文》一卷、《梵唄序》一卷，②釋僧辯撰《古維摩》一契、《瑞應》七言偈一契等。③可見魏晉南北朝時，將故事性較強的佛經改編，并以印度梵唄曲調唱誦的現象非常普遍，《須大拏》有幸被道綜唱誦，促進了這一故事在當時的流行。

（三）敦煌歌辭、俗講經文的宣唱

聖堅所譯《太子須大拏經》除用於類書編纂、注疏佛經、寺院學習外，還以各種形式被廣泛應用到民間講唱活動中，如Дx.285等殘片與BD8006號殘卷，便是爲敷演本經而創作的講經文。此外，須大拏本生故事在印度時便以歌舞劇的形式進行傳播，如義净撰《南海寄歸內法傳》卷四第三十二節"贊咏之禮"敘當時盛況：

> 又東印度月官大士作毗輸安呾囉太子歌，詞人皆舞，咏遍五天矣。舊云蘇達拏太子者是也。④

月官，梵名 Candragomin 的音譯，大乘僧人，梵文文法家，東印度孟加拉王族出身，約與義净同時，其所撰毗輸安呾囉太子歌，詞人以舞相配，盛行於五天竺。毗輸安呾囉太子，舊譯作須大拏太子，其本生故事詳見南傳巴利文《本生經》卷二十六《毗輸安呾囉王子本生史譚》，

---

① 王昆吾《隋唐五代燕樂雜言歌辭研究》，北京：中華書局，1996年，第382頁。
② ［梁］僧祐撰，蘇晉仁、蕭鍊子點校《出三藏記集》卷十二，北京：中華書局，1995年，第452頁。
③ ［梁］慧皎撰，湯用彤校注《高僧傳》卷十三，北京：中華書局，1992年，第503頁。
④ ［唐］義净《南海寄歸內法傳》卷四，北京：中華書局，1995年，第184頁。

第六章 敦煌本《太子須大拏經講經文》研究

此應爲月官大士撰毗輸安呾囉太子歌時所據之書，亦爲唐時南海諸國流行之本。

S.1497 和 S.6923 號殘卷，以戲曲形式演繹須大拏太子施男女與婆羅門之事。任半塘《敦煌歌辭總編》指出，這兩個殘卷原本應有説白，惜今已不傳，"體屬分人對唱，又全演故事，乃戲文，非偈贊"①，且"曲辭演此事，作代言，問答，對唱，戲劇性甚强，爲目前所見敦煌歌辭中最接近於戲曲者"②，擬題作"失調名·須大拏太子度男女"，如下所示：

> 兒言少小皇宮養。萬事未曾知。饑亦不曾受。渴亦未受持。**佛子。**
>
> 父言羅睺一心成聖果。莫學五逆墮阿鼻。生生莫做冤家子。世世長爲僥幸兒。**佛子。**
>
> 兒答我今隨順哥哥意。只恨娘娘猶未知。放兒暫見娘娘面。須叟還去亦何遲。**佛子。**
>
> 父言我今爲宿持。不用見夫人。夫人心體軟。母子最爲親。**佛子。**
>
> 兒答我今作何罪。令受種種苦。我是公王種。須使作奴婢。**佛子。**
>
> 父言來日見男女。啼哭苦申陳。我心不許見。退却菩提恩。**佛子。**
>
> 父言世間恩愛相纏縛。父兒妻子皆暫時。一似路傍相逢着。須叟不免楇分離。**佛子。**
>
> 兒言身體黑如漆。目傷復面皺。面上三殊泪。唇哆耳尸陋。**佛子。**

---

① 任半塘編著，何劍平、張長彬校理《敦煌歌辭總編》卷三，南京：鳳凰出版社，2014年，第504頁。
② 任半塘編著，何劍平、張長彬校理《敦煌歌辭總編》卷三，南京：鳳凰出版社，2014年，第502頁。

父言一歲二歲耶娘養。三歲四歲弄嬰孩。五歲六歲學人言。七歲八歲辨東西。佛子。

父言一切恩愛有離別。一切江河有枯竭。拏如拏延好伏侍婆羅門。莫教婆羅門一日嗔。佛子。

兒言鳥雀群飛唯失伴。男女恩愛暫時間。拏如拏延好伏侍婆羅門。早晚却見父娘面。佛子。①

《失調名·須大拏太子度男女》共十一首，② 主要敘述須大拏將一對兒女施與婆羅門的過程。其中，"父母言、兒答、父言、兒言"等對話特性，爲我們揭示了這組歌辭爲舞臺表演的劇本，每首歌辭後面的"佛子"應爲演員與觀衆齊聲唱和，意在營造舞臺氛圍。值得注意的是，這組歌辭在 S.1497 號寫卷中題作"小小黄（皇）宫養贊"，玄幸子據此擬題"小小黄（皇）宫養贊"。③ 一般敦煌佛教贊文多由五言、六言、七言等韵文或偈頌構成，後面或有"同學、道場、好住娘、樂入山、敬土樂、彌陀佛、西方樂、諸佛子"等詞表和聲，但其前并無"父言、兒答"等對話性較强的詞語，由此可見：這組歌辭實爲用於舞臺表演的戲文劇本。那麽，這組歌辭既然爲劇本，爲何 S.1497 號寫卷將其稱作"小小黄（皇）宫養贊"？或因這組五言、七言歌辭本就用於歌唱，每首

---

① 任半塘編著，何劍平、張長彬校理《敦煌歌辭總編》卷三，南京：鳳凰出版社，2014 年，第 501—502 頁。

② 〔日〕玄幸子《關於〈須大拏太子變文〉以及〈小小黄（皇）宫養贊〉》指出，任半塘《敦煌歌詞總編》中所録《須大拏太子度男女》的序文"魔王外道總降依。□□□□□□□。萬歲千秋傳聖教。猶如□名自天□。只是衆生多有福。得逢諸佛重器時。金剛如是流識論。一切經中戒總懸"，與《持誦金剛經靈驗功德記》卷一《開元皇帝贊金剛經功德》中"開元永定恒沙劫，摩王外道總降依。萬歲千秋傳聖教，猶如劫不拂天衣。只是衆生多有福，得逢諸佛重器時。金剛妙理實難詮，一切經中我總懸"基本一致。由此可見，這幾句并非《須大拏太子度男女》之序文。（鄭阿財主編《佛教文獻與文學》，高雄：佛光出版社，2011 年，第 497—507 頁）

③ 〔日〕玄幸子《關於〈須大拏太子變文〉以及〈小小黄（皇）宫養贊〉》一文，先發表於 2008 年南華大學《佛教文獻與文學研討會論文集》，後被收入鄭阿財主編《佛教文獻與文學》，高雄：佛光出版社，2011 年，第 497—507 頁。

後又有"佛子"表和聲，如若删去"父言"等表示對話之辭，亦可當作贊文，而本卷將其與《辭道場贊》《好住娘贊》《樂入山贊》抄於一處即可爲證，惜抄者一時疏忽，未將每首前表示對話之辭删掉。因此，我們認爲任半塘《敦煌歌辭總編》的擬題更符合寫卷的性質。此外，據任半塘考證，這組歌辭撰於初唐八世紀初，辭中所述須大拏太子的故事情節與經文并不完全相符，蓋因著者據戲本或民衆需求而改編。① 漢譯佛經詳載此故事者共有五部，這組歌辭到底以何本爲據？本文擬以第八首爲考察對象，如下表所示：

表六 《須大拏太子度男女》第八首與《菩薩本緣經》卷二、
《六度集經》卷二以及西秦聖堅譯《太子須大拏經》文本比較②

名稱	内容
《須大拏太子度男女》第八首	兒言身體黑如漆。目傷復面皺。面上三殊泪。唇哆耳尸陋。佛子。③
三國吴支謙譯《菩薩本緣經》卷二	是時，有一老婆羅門，其形醜惡人所惡見，從遠方來……大仙！汝且觀之，我身雖老頭，白齒落、行步顫掉、目視矇矇、舌乾、口燥不能語言，頭重難勝猶如太山，耳聽不了身體衰變，而有欲想猶如壯時。④
三國吴康僧會譯《六度集經》卷二	顔狀醜黑，鼻正匾㔸，身體繚戾，面皺唇頰，言語蹇吃，兩目又青，狀類若鬼，舉身無好，孰不惡憎？……婦聞調聲，流泪而云："吾睹彼翁鬢鬢正白，猶霜着樹。朝夕希心，欲其早喪。未即從願，無如之何？"⑤

---

① 任半塘編著，何劍平、張長彬校理《敦煌歌辭總編》卷三，南京：鳳凰出版社，2014年，第505—506頁。
② ［唐］義净譯《根本説一切有部毗奈耶藥事》卷十四與《根本説一切有部毗奈耶破僧事》卷十六皆有須大拏太子本生故事，但却没有描寫乞男女之婆羅門的相貌，且譯文用辭、風格等與《須大拏太子度男女》第八首及其他内容相異，因此，我們未將其納入比較範圍。
③ 任半塘編著，何劍平、張長彬校理《敦煌歌辭總編》卷三，南京：鳳凰出版社，2014年，第501—502頁。
④ ［三國吴］支謙譯《菩薩本緣經》卷二，《大正藏》第3册，第59頁。
⑤ ［三國吴］康僧會《六度集經》卷二，《大正藏》第3册，第9頁。

（續表）

名稱	內容
西秦聖堅譯《太子須大拏經》卷一	婆羅門有十二醜：身體黑如漆，面上三頗，鼻正匾匜，兩目復青，面皺脣哆，語言謇吃，大腹凸臗，脚復繚戾，頭復領禿，狀類似鬼。……婦語年少言："是老翁頭白如霜着樹，朝暮欲令其死；但無奈其不肯死何？"①

  第八首歌辭中對婆羅門面貌的描寫，如"身體黑如漆""面上三殊泪""面皺""脣哆"等，皆借鑒了聖堅譯《太子須大拏經》中"婆羅門有十二醜：身體黑如漆，面上三頗，鼻正匾匜，兩目復青，面皺脣哆"。此外，第五首歌辭"我今作何罪。令受種種苦。我是公王種。須使作奴婢"，係化用《太子須大拏經》中兩兒對父所説"我宿命有何罪，今復遭值此苦，乃以國王種爲人作奴婢"②。通過文本對比，我們還發現聖堅譯《太子須大拏經》時參考過康僧會所譯《六度集經》卷二中的《須大拏經》，如前者"是老翁頭白如霜着樹"，很明顯借鑒了後者"吾睹彼翁鬚鬢正白，猶霜着樹"。

  這組歌辭第一、三、四、五、六、八首與經中情節相類，第二首所説"羅睺"，即羅睺羅，係佛陀出家前之子，與本經無關。據《太子須大拏經》所載，須大拏與曼坁所生子，男名"耶利"，女名"罽拏延"，③即第十一首歌辭中的"拏如""拏延"。

  第七、十、十一首歌辭，如"世間恩愛相纏縛。父兒妻子皆暫時。一似路傍相逢着。須臾不免槁分離"，"一切恩愛有離別。一切江河有枯竭"，"鳥雀群飛唯失伴，男女恩愛暫時間"等，主要宣揚人生無常的思想，此爲唐五代講唱文學基本主題之一，旨在規勸聽衆能信道慕法，不墮地獄，往生極樂。第九首歌辭"一歲二歲耶娘養。三歲四歲弄嬰孩。五歲六歲學人言。七歲八歲辨東西"，與當時敦煌地區流傳的百年歌、

---

① ［西秦］聖堅譯《太子須大拏經》卷一，《大正藏》第3册，第421頁。
② ［西秦］聖堅譯《太子須大拏經》卷一，《大正藏》第3册，第422頁。
③ ［三國吴］康僧會《六度集經》卷二，《大正藏》第3册，第9頁；［西秦］聖堅譯《太子須大拏經》卷一，《大正藏》第3册，第421頁。

百歲篇、十二時等風格相類，解說人生不同年齡階段的狀態，藉以感嘆人生無常，年歲易老等主題，如 S.2947 號《百歲篇·女人》中"一十花枝兩斯兼，優柔婀娜復壓孅。父娘憐似瑶臺月，尋常不許出珠簾。……八十眼暗耳偏聾，出門喚北却呼東。夢中常見親情鬼，勸妾歸來逐逝風"① 等。

由此可見，《失調名·須大拏太子度男女》創作時，借鑒了《太子須大拏經》中少許用辭，相較於上文所述的《太子須大拏經講經文》而言，這組宣唱父子離别、人生短暫、恩愛别離等無常思想的歌辭更加世俗化，亦深受民衆喜愛。

（四）故事經變、藝術圖像的呈現

太子須大拏本生故事爲印度早期佛教美術的重要題材之一，② 印度巴爾胡特佛塔、桑奇大塔北門、阿瑪拉瓦蒂遺址、秣菟羅、犍陀羅等遺迹的石刻，還有阿旃陀石窟第 17 窟等皆繪有這一故事。松本榮一《敦煌壁畫の研究》一文，在考察敦煌莫高窟第 428 窟圖像内容的同時，對洞窟中須大拏本生故事的造像進行探索，并追溯其淵源。③ 謝振發《北朝中原地區〈須大拏本生圖〉初探》一文，根據所得九件北朝中原地區的須大拏本生造像，比較其與西域及印度圖像的异同，探索其流變之因。④ 敦煌莫高窟共有七個洞窟中畫有須大拏太子本生故事，即北周第 428 窟、294 窟；隋代第 419 窟、423 窟、427 窟，晚唐第 9 窟，宋代 454 窟。鄭阿財重點考察前四窟，爲我們揭示了這一故事在敦煌的發展

---

① 任半塘編著，何劍平、張長彬校理《敦煌歌辭總編》卷五，南京：鳳凰出版社，2014 年，第 835—836 頁。
② 鄭阿財《經典、圖像與文學：敦煌"須大拏本生"叙事圖像與文學的互文研究》，《慶賀饒宗頤先生九十五華誕敦煌學國際學術研討會論文集》，北京：中華書局，2012 年，第 678—695 頁。
③ 松本榮一原文未見，兹據鄭阿財《經典、圖像與文學：敦煌"須大拏本生"叙事圖像與文學的互文研究》轉引。（《慶賀饒宗頤先生九十五華誕敦煌學國際學術研討會論文集》，北京：中華書局，2012 年，第 678—695 頁）
④ 謝振發《北朝中原地區〈須大拏本生圖〉初探》，《臺灣大學美術史研究集刊》1999 年第 6 期，第 1—41 頁。

與流變，兹列其表如下：

表七 北周 428 窟、北周 294 窟……Дх.285 六殘片、
BD8006 殘卷情節有無以及异同比較①

故事情節	北周 428 窟	北周 294 窟	隋 419 窟	隋 423 窟	BD862 榜題	《太子須大拏經》	Дх.285 六殘片	BD8006 殘卷
太子游觀	○	○	○	○	○	○	×	×
普施衆生	○	○	○	○	○	○	×	
八道人乞施白象	○	○	○	○	○	○	○	
八道人叠騎白象	○	○	○	×	×	○	×	×
諸臣告國王	○	○	○	○	○	○		
驅擯檀特山思過	○	○	○	○	○	○		
妃誓共相隨	×	○	×	○	×	○		
臨行布施七日	×	○	○	○	○	○	○	○
太子詣母辭別	○	○	○	○	○	○		
國人送行	○	○	○	○	○	○		
婆羅門乞馬得馬	○	○	○	○	○	○		
婆羅門乞車得車	○	○	○	○	○	○		
婆羅門乞衣得衣	○	○	○	○	○	○		
太子負子女入山	○	○	○	○	○	○		
到化城	○	○	○	○	○	○		
渡河	○	○	×	×	○	○		
訪阿州陀道人	○	○	○	○	○	○		

① 此表借鑒自鄭阿財《經典、圖像與文學：敦煌"須大拏本生"叙事圖像與文學的互文研究》一文，爲進一步比對考述，筆者在原表後增加兩列，將 Дх.285 等六殘片與 BD8006 號殘卷中所講《太子須大拏經》中情節列入。（鄭阿財《經典、圖像與文學：敦煌"須大拏本生"叙事圖像與文學的互文研究》，《慶賀饒宗頤先生九十五華誕敦煌學國際學術研討會論文集》，北京：中華書局，2012 年，第 688 頁）

第六章　敦煌本《太子須大拏經講經文》研究

（續表）

故事情節	北周428窟	北周294窟	隋419窟	隋423窟	BD862榜題	《太子須大拏經》	Дx.285六殘片	BD8006殘卷
結廬苦修	○		○	○	○	○		
山中禽獸喜附太子	○					○		
婆羅門乞子因緣	×	○				○		
太子施與兒女	○	○	○	○	○	○		
須大拏妻采果	×		○	×		○		
帝釋化師子擋路	×		○	×		○		
婆羅門鞭子	○		○	×		○		
美婦求賣子	×		○	○		○		
國王買回小兒	×	○	○	○		○		
迎太子返國團圓	×		○	○	○	○		

鄭阿財文中先是依據經文標出須大拏本生故事中的二十七個情節，再將其與莫高窟第428、294、419、423窟中須大拏本生經變圖、BD862號《壁畫榜題（擬）》中所呈現的情節對照，發現莫高窟保存的須大拏壁畫篇幅較長，情節豐富，形象生動。他還指出這幾幅圖像演繹的情節主要集中在對布施白象、布施馬車衣物、負子女攜妻徒步入檀特山，特別是布施子女的感人情節等場面的鋪陳。①

通過對比可知，前文對Дx.285等六殘片與BD8006號殘卷所演繹《太子須大拏經》中八個情節的歸納，其中有六個情節與鄭阿財原表所列基本相同，二者間的差異主要體現在以下三處：第一，本文在原表"八道人乞施白象"前，新增"敵國國王鼓動臣民求取白象"的情節。第二，原表"八道人疊騎白象"的情節，本文擬作"太子施白象與八道

---

① 鄭阿財《經典、圖像與文學：敦煌"須大拏本生"敘事圖像與文學的互文研究》，《慶賀饒宗頤先生九十五華誕敦煌學國際學術研討會論文集》，北京：中華書局，2012年，第689頁。

人"。第三,《太子須大拏經講經文》中"太子妃誓共相隨"與"太子臨行前以私財布施七日"的順序,雖與以上四窟所列諸圖像、BD862號《壁畫榜題(擬)》,以及《太子須大拏經》相反,但卻并無省略經中情節的現象。由此推知,《太子須大拏經講經文》應是嚴格按照《太子須大拏經》進行演繹,其中,故事情節順序雖偶有不同,但鮮有省略或改易現象。

(五) 道教歌辭、經典構建的借鑒

南北朝時佛道論爭比較盛行,道教徒常藉佛典造經立論,如《老子化胡經》① 卷十《老君十六變詞》② 多借用、改編佛教本生因緣故事,其中,"第十二變"即借鑒了太子須大拏本生故事:

> 十二變之時。生在西南在黄昏。時人厭賤還老身,善權方略更受新,寄胎托俗蟒蛇身。胎中誦經不遇人,左脅而出不由關。墮地七步雜穢間,九龍洗浴人不聞。國王歡喜立東宮,與迎新婦守衢夷。八百伎女營樂身,八斫四升不破禪。破散庫

---

① 按:《老子化胡經》自西晉至唐末,其卷數從一增至十。《高僧傳》卷一《晉長安帛遠》載,西晉王浮與帛遠論爭道、佛二教之邪正,浮常被屈深感屈辱而造《老子化胡經》一卷,謂老子赴西域,後至印度轉生爲釋迦而教化胡人爲浮圖。據《晉世雜錄》載,《老子化胡經》至六朝末增添爲兩卷。北周甄鸞曾撰《笑道論》以難之,至唐時法琳撰《破邪論》《辯正論》以辯之。唐高宗總章元年(668)被焚毀,中宗神龍元年(705)遭到嚴禁。元朝憲宗和世祖二朝,因佛道論爭其真偽之風甚廣,而遭到禁毀,從而亡佚。現存敦煌本《老子化胡經》共有五個殘卷:S.1857+P.2007(卷一)、S.6963(卷二)、P.3404(卷八)、P.2004(卷十)。據劉屹考證,敦煌本《老子化胡經》共十卷,是唐開元年間重修的十卷本《老子化胡經》的殘存,其中卷一和卷八分别是武則天和唐玄宗時期整編的產物,其至北宋時變成了十一卷。(劉屹《敦煌十卷本〈老子化胡經〉殘卷新探》,《唐研究》第二卷,北京:北京大學出版社,1996年,第101—120頁)按:敦煌本《老子化胡經》第二卷編纂時間不詳,但第十卷據逯欽立考證當爲北魏時所撰。(逯欽立《先秦漢魏晉南北朝詩》,《北魏詩》卷四《仙道篇》,北京:中華書局,2011年,第2247頁)

② 《老君十六變詞》出自《老子化胡經》卷十,據逯欽立考證,其與《化胡歌》(七首)、《尹喜哀嘆》(五首)、《太上老君哀歌》(七首)等三十五首的創作時間當距北魏文成帝時代不遠。按:《老君十六變詞》第十二變中提及北魏太子拓跋晃之師釋玄高,亦可補證逯氏所説較確。

藏施貧人,道十(士)八人詣宮門①。賈(假)作大醜婆羅門②,借問太子何時還。王心不語動王情③,騎王白象觸王瞋④。先師知意不與言,墳(擯)着檀特在丘□[山]⑤。投身餓虎求道門,變爲白狗數百身。積骨須彌示後人,傳語後學須精勤。莫貪穢辱喪子身。沉累六趣更生難,不信我語至時看。⑥(《老君十六變詞》)

這首歌辭主要叙述老君降胎、出生、成長、布施、飼虎、變身白狗等成長過程,旨在勸誡後人精進修行,不墮三塗六趣。通過文本對比我們發現,老君胎中誦經、左脅而出的情節,源自劉宋天師道道士徐氏撰《三天內解經》卷一:"至殷武丁時,又反胎於李母。在胎中誦經八十一年,剖左腋而生,生而白首,又號爲老子。今世人有《三台經》者,是老子於胎中所誦者也。"⑦這一説法亦被舊題左仙公葛玄撰⑧,實爲南朝梁以前人所作的《老子道德經序訣》所借鑒;⑨老君墮地而行七步、九

---

① 底卷"十"字,何劍平校作"士",是,茲從之。按:《老君十六變詞》中第十二變"破散庫藏施貧人,道十(士)八人詣宮門"是演繹太子須大拏本生故事中須大拏將國家庫藏施與民衆,敵國派道士八人來索行蓮花上白象的情節,其中,"十"字當爲"士"字的音誤,茲據《太子須大拏經》卷一:"時有敵國怨家,聞太子好喜布施,在所求索,不逆人意。即會諸臣及衆道士,共集議言:'葉波國王有行蓮華上白象,名須檀延,多力健鬥。每與諸國共相攻伐,此象常勝。誰能往乞者?'諸臣咸言:'無能往得者。'中有道士八人,即白王言:'我能往乞之。當給我資糧。'王即給之。王便語言:'能得象者,我重賞汝。'"擬改作"士"。
② "賈"應爲"假"字的同音借字,茲據上下文意擬改,支謙《菩薩本緣經》卷上此句作"詐爲苦行婆羅門像"亦可佐證。
③ "王"指須大拏太子。
④ "王"指濕波王,即須大拏太子之父。
⑤ "墳"應爲"擯"字的音誤,茲據上下文意擬改;"山"字底卷本無,《中華道藏》校補作"山",是,茲從之。
⑥ 逯欽立輯校《先秦漢魏晉南北朝詩》下册,北京:中華書局,1983年,第2254頁。
⑦ [劉宋]徐氏撰《三天內解經》卷上,張繼禹主編《中華道藏》第8册,北京:華夏出版社,2004年,第545頁。
⑧ 丁培仁編著《增注新修道藏目録》,成都:巴蜀書社,2008年,第9頁。
⑨ 《老子道德經序訣》:"周時復托神李母,剖左腋而生,生即皓然,號曰老子。老子之號,因玄而出,在天地之先,無衰老之期,故曰老子。"(嚴凌峰《老子章句新編》,香港:文風書局,1944年,第13頁)

龍洗浴等情節，源自漢譯佛傳經典，其中，悉達太子出生後便行七步的情節，諸漢譯佛傳經典所載基本相同，而九龍洗浴的情節，唯有西晋竺法護譯《普曜經》卷二《欲生時三十二瑞品》有載，① 著者創作時應借鑒過該經。

　　值得注意的是，這首歌辭中間"破散庫藏施貧人"至"壎着檀特在丘"共八句皆不見於佛傳故事，其中，除"先師知意不與言"外，其餘七句改編自須大拏本生故事。唐五代前詳載這一故事的漢譯佛典共有五部，本文創作時到底借鑒了哪一部？我們通過文本對比發現，"道十（士）八人詣宫門"的説法與西秦聖堅譯《太子須大拏經》中所譯"道士八人"② 相同，而其餘四部如《六度集經》《菩薩本緣經》《根本説一切有部毗奈耶藥事》《根本説一切有部毗奈耶破僧事》分别譯作梵志八人③、（諸人）詐爲苦行婆羅門像④、婆羅門⑤等，顯而易見，著者創作時借鑒了《太子須大拏經》。

　　那麽，《老君十六變詞》之十二變又是如何借鑒本經的？通過文本對比可知：第一，這幾句歌辭借鑒《太子須大拏經》時，以概括主要情節爲主，并未借鑒經本原文，如《經》中共用380餘字叙述太子請父王以國庫藏寶布施民衆之事，⑥ 而《老君十六變詞》僅以"破散庫藏施貧人"概括。又如《經》中道士八人以"我聞太子，好喜布施，在所求索，不逆人意。太子名字流聞八方，上徹蒼天、下至黄泉，布施之德，功不可量，遠近歌頌，莫不聞知。人説太子實不虚也。今爲天人之子，天人所言，終不欺也。如今太子審能布施不逆人意者，欲從太子乞丐行蓮花上白象"⑦ 等，贊美太子布施之德的同時乞求行蓮花上之白象，而

---

① ［西晋］竺法護譯《普曜經》卷二，《大正藏》第3册，第494頁。
② ［西秦］聖堅譯《太子須大拏經》卷一，《大正藏》第3册，第419頁。
③ ［三國吴］康僧會譯《六度集經》卷二，《大正藏》第3册，第8頁。
④ ［三國吴］支謙譯《菩薩本緣經》卷上，《大正藏》第3册，第58頁。
⑤ ［唐］義净譯《根本説一切有部毗奈耶藥事》卷十四，《大正藏》第24册，第65頁；［唐］義净譯《根本説一切有部毗奈耶破僧事》卷十六，《大正藏》第24册，第181頁。
⑥ ［西秦］聖堅譯《太子須大拏經》卷一，《大正藏》第3册，第419頁。
⑦ ［西秦］聖堅譯《太子須大拏經》卷一，《大正藏》第3册，第419頁。

這首歌辭中却以"王心不語動王情"來概括。其中,"王"即指"太子須大拏"。第二,著者借鑒本經時亦有自創,如詩中增添八道士假裝大醜婆羅門一事,使八道士的形象生動更易想象與感知,又如著者在"壙(擴)着檀特在丘□(山)"前,增添了與須大拏本生故事無關的"先師知意不與言",似可暗示其創作年代。

"先師",指釋玄高,其爲北魏太武帝太子拓跋晃之師。玄高於姚秦弘始四年（402）出生,俗姓魏,名靈育,鳳翔萬年人,爲時人所重,而稱"世高"。年十二出家,改名玄高。後至關中石羊寺,師從佛馱跋陀羅學習禪法。玄高游歷涼土時被沮渠蒙遜禮迎供養。北魏太武帝平涼後,於延和元年（432）遣使迎至平城,命太子拓跋晃以師禮事之。太平真君五年（444）下令毀佛時,因忌憚其名甚盛而縊之。玄高"妙通玄法"①,爲"空門之秀杰"②。

除此之外,著者撰文時還借鑒了薩埵太子捨身飼虎、沙彌均提前世作年少比丘因辱罵年老比丘而百世墮爲白狗,以及大意太子入海求寶的因緣故事。我們發現詩中首次將悉達太子、須大拏太子的故事融於一處,但却并非個例,唐五代敦煌佛傳變文中此類現象甚多,詳參陳開勇撰《須大拏與悉達——唐代俗講的新傾向及影響》。③

值得注意的是:《太子須大拏經》是聖堅於西秦太初年間（388—400）譯於河南國。《三天内解經》編纂於劉宋永初元年（420）前後,最遲當不晚於元嘉二十七年（450）,是劉宋時期天師道最早期的經典。④ 這兩部經典分別從西秦、劉宋傳至北魏,故而著者撰《老君十六變詞》時得以借鑒。南北朝時期,佛、道二教的互動與交流比較頻繁,

---

① ［梁］慧皎撰,湯用彤校注《高僧傳》卷十一,北京:中華書局,1992年,第409頁。
② ［北魏］太武帝《擊像焚經坑僧詔》,［唐］釋道宣撰《廣弘明集》卷八,《大正藏》第52册,第135頁。
③ 陳開勇撰《須大拏與悉達——唐代俗講的新傾向及影響》,《敦煌學輯刊》2008年第2期,第121—126頁。
④ 趙益《六朝隋唐道教文獻研究》,南京:鳳凰出版社,2012年,第172頁。

道教徒編纂、構建其經典體系時常藉助佛教經典乃是極自然之事。

BD8006 與 Дx.285 號殘卷擬題爲"太子須大拏經講經文"更爲貼切，這兩個殘卷源自同一部講經文，爲兩次不同講説時的底稿或記録本。這兩個殘卷抄於公元九到十世紀歸義軍時期，其上限應在曇曠《大乘百法明門論開宗義記》成書之後，即公元八世紀六十年代前後。

敦煌遺書中已校録在册的講經文，如《金剛般若波羅蜜經講經文》《維摩詰經講經文》《法華經講經文》等，皆由經文—散文—韵文三部分構成。隨着新的敦煌寫卷的不斷公布，我們看到了《太子須大拏經講經文》《佛本行集經講經文》等以散文解説爲主、韵文説唱爲輔的故事性較强的講經文，文本主要由照抄或加工經本原文，以及著者自撰等三種形式構成，應爲佛本生、傳記類變文的前期形態。此類講經文的出現，爲學界俗講經文的研究增添了新的材料，啓示了新方向。

此外，太子須大拏本生故事在中土流傳的形式共有五種：第一，義學高僧編纂或撰寫佛教類書、佛經注疏以供道俗學習或寺院僧講時，常摘引或改編康僧會譯《六度集經》卷二中的《須大拏經》和聖堅譯的《太子須大拏經》。第二，劉宋善聲沙門道綜模仿印度梵唄曲調撰《須大拏》，以音聲啓迪道俗聽衆。第三，唐五代俗講法師創作講經文、變文、贊文、押座文時，常舉須大拏太子、薩埵王子等故事解説布施之義；甚至還有專門解説與表演《太子須大拏經》的講經文和劇本等。第四，太子須大拏本生故事還以浮雕、圖像等形式流傳於中亞、敦煌及中原各地。其中，莫高窟的須大拏本生圖像，皆依《太子須大拏經》而繪製。第五，南北朝時期，道教徒立論或撰述經典時多借鑒當時流行的佛經，如《老子化胡經》卷十《老君十六變詞》中的"第十二變"借鑒了西秦聖堅譯的《太子須大拏經》與西晉竺法護譯的《普曜經》等。

一、敦煌圖錄及目錄著作

〔日〕吉川忠夫編集《敦煌秘笈》，大阪：武田科學振興財團，2009—2013 年。

〔日〕吉川忠夫編集《敦煌秘笈目錄册》，大阪：武田科學振興財團，2009 年。

〔俄〕孟列夫主編，袁席箴、陳華平譯《俄藏敦煌漢文寫本叙録》，上海：上海古籍出版社，1999 年。

上海古籍出版社、上海圖書館編《上海圖書館藏敦煌吐魯番文獻》，上海：上海古籍出版社，1999 年。

上海古籍出版社、法國國家圖書館編《法藏敦煌西域文獻》，上海：上海古籍出版社，1995—2005 年。

中國社會科學院歷史研究所、中國敦煌吐魯番學會敦煌古文獻編輯委員會、英國國家圖書館、倫敦大學亞非學院編《英藏敦煌文獻（漢文佛經以外部分）》，成都：四川人民出版社，1990—1995 年。

方廣錩、〔英〕吴芳思主編《英國國家圖書館藏敦煌遺書》，桂林：廣西師範大學出版社，2011 年起陸續出版。

方廣錩主編《中國國家圖書館藏敦煌遺書總目録》，北京：中國人民大學出版社，2013 年。

任繼愈主編《國家圖書館藏敦煌遺書》，北京：北京圖書館出版社，

2005—2010 年。

法國國家圖書館藏敦煌文獻彩照，法國數字圖書館網站：http://gallica.bnf.fr。

俄羅斯科學院東方研究所聖彼德堡分所、俄羅斯科學出版社東方文學部、上海古籍出版社編，〔俄〕孟列夫、錢伯城主編《俄藏敦煌文獻》，上海：上海古籍出版社，1992—2001 年。

黃永武主編《敦煌寶藏》，臺北：新文豐出版公司，1981—1986 年。

黃永武編《敦煌遺書最新目錄》，臺北：新文豐出版公司，1986 年。

國際敦煌項目網站：http://idp.nlc.cn。

商務印書館編《敦煌遺書總目索引》，北京：中華書局，1983 年。

敦煌研究院編《敦煌遺書總目索引新編》，北京：中華書局，2000 年。

潘重規編《臺灣省圖書館藏敦煌卷子》，臺北：石門圖書公司，1976 年。

二、古籍

〔三國吳〕支謙譯《大明經》，《大正藏》第 8 冊，臺北：新文豐出版公司，1983 年（下同）。

〔三國吳〕支謙譯《菩薩本緣經》，《大正藏》第 3 冊。

〔三國吳〕康僧會譯《六度集經》，《大正藏》第 3 冊。

〔元魏〕慧覺等譯《賢愚經》，《大正藏》第 4 冊。

〔北涼〕曇無讖譯《大般涅槃經》，《大正藏》第 12 冊。

〔西秦〕聖堅譯《太子須大拏經》，《大正藏》第 3 冊。

〔西晉〕失譯《佛說放鉢經》，《大正藏》第 15 冊。

〔西晋〕竺法護譯《佛説文殊師利净律經》,《大正藏》第 14 册。

〔西晋〕竺法護譯《普曜經》,《大正藏》第 3 册。

〔宋〕元照撰《四分律行事鈔資持記》,《大正藏》第 40 册。

〔宋〕司馬光撰,〔元〕胡三省注《資治通鑒》,北京：中華書局,2012 年。

〔宋〕守倫注,〔明〕沙門法濟參訂,〔明〕居士閔夢得校刻《科注妙法蓮華經》,《卍續藏經》第 30 册,臺北：新文豐出版公司,1983 年（下同）。

〔宋〕戒珠叙《净土往生傳》,《大正藏》第 51 册。

〔宋〕宗曉述《金光明經照解》,《卍續藏經》第 20 册。

〔宋〕從義撰《天台三大部補注》,《卍續藏經》第 28 册。

〔宋〕贊寧撰,范祥雍點校《宋高僧傳》,北京：中華書局,1987 年。

〔東漢〕支婁迦讖譯《佛説阿闍世王經》,《大正藏》第 15 册。

〔東漢〕安世高譯《太子慕魄經》,《大正藏》第 3 册。

〔姚秦〕弗若多羅、鳩摩羅什譯《十誦律》,《大正藏》第 23 册。

〔姚秦〕鳩摩羅什譯,〔宋〕宗鏡述,〔明〕覺連重集《銷釋金剛經科儀會要注解》,《卍續藏經》第 24 册。

〔姚秦〕鳩摩羅什譯《大智度論》,《大正藏》第 25 册。

〔姚秦〕鳩摩羅什譯《妙法蓮華經》,《大正藏》第 9 册。

〔姚秦〕鳩摩羅什譯《首楞嚴三昧經》,《大正藏》第 15 册。

〔姚秦〕鳩摩羅什譯《維摩詰所説經》,《大正藏》第 14 册。

〔唐〕玄奘、辯機原著,季羨林等校注《大唐西域記校注》,北京：中華書局,1985 年。

〔唐〕玄奘譯《阿毗達磨大毗婆沙論》,《大正藏》第 27 册。

〔唐〕沙門若那跋陀羅譯《大般涅槃經後分》,《大正藏》第 12 册。

〔唐〕沙門静居撰《皇帝降誕日於麟德殿講〈大方廣佛華嚴經玄義〉》,《大正藏》第 36 册。

〔唐〕法照《净土五會念佛略法事儀贊》,《大正藏》第 47 册。

〔唐〕段成式撰,方南生點校《酉陽雜俎》,北京:中華書局,1981 年。

〔唐〕姚思廉《梁書》,北京:中華書局,1973 年。

〔唐〕栖復《法華經玄贊要集》,《卍續藏經》第 34 册。

〔唐〕冥祥撰《大唐故三藏玄奘法師行狀》,《大正藏》第 50 册。

〔唐〕智昇《集諸經禮懺儀》,《大正藏》第 47 册。

〔唐〕善導集《觀無量壽佛經疏》,《大正藏》第 37 册。

〔唐〕道液撰《净名經集解關中疏》,《大藏經》第 85 册。

〔唐〕圓照集《大唐貞元續開元釋教錄》,《大正藏》第 50 册。

〔唐〕義净著,王邦維校注《南海寄歸內法傳校注》,北京:中華書局,1995 年。

〔唐〕義净譯《佛説無常經》,《大正藏》第 17 册。

〔唐〕義净譯《根本説一切有部毗奈耶破僧事》,《大正藏》第 24 册。

〔唐〕義净譯《根本説一切有部毗奈耶藥事》,《大正藏》第 24 册。

〔唐〕實叉難陀譯《大方廣佛華嚴經》,《大正藏》第 10 册。

〔唐〕慧立本,釋彦悰箋《大唐大慈恩寺三藏法師傳》,《大正藏》第 50 册。

〔唐〕慧祥《古清涼傳》,《大正藏》第 51 册。

〔唐〕澄漪《大乘起信論略述序》,《大正藏》第 85 册。

〔唐〕澄觀《大方廣佛華嚴經隨疏演義鈔》,《大正藏》第 36 册。

〔唐〕澄觀《華嚴經略策》,《大正藏》第 36 册。

〔唐〕曇曠撰《大乘百法明門論開宗義決》,《大正藏》第 85 册。

〔唐〕曇曠撰《大乘起信論略述》,《大正藏》第 85 册。

〔唐〕曇曠撰《金剛般若經旨贊》,《大正藏》第 85 册。

〔唐〕窺基撰《大乘法苑義林章》,《大正藏》第 45 册。

〔唐〕窺基撰《大般若波羅蜜多經般若理趣分述贊》,《大正藏》第

33 冊。

〔唐〕窺基撰《阿彌陀經通贊疏》卷上,《大正藏》第 37 冊。

〔唐〕窺基撰《妙法蓮華經玄贊》,《大正藏》第 34 冊。

〔唐〕釋道世撰,周叔迦、蘇晉仁校注《法苑珠林校注》,北京:中華書局,2003 年。

〔唐〕釋道宣撰《四分律刪繁補闕行事鈔》,《大正藏》第 40 冊。

〔唐〕釋道宣撰《廣弘明集》,《大正藏》第 52 冊。

〔唐〕釋道宣撰《續高僧傳》,《大正藏》第 50 冊。

〔梁〕僧祐撰,蘇晉仁、蕭鍊子點校《出三藏記集》,北京:中華書局,1995 年。

〔梁〕慧皎撰,湯用彤校注《高僧傳》,北京:中華書局,1992 年。

〔梁〕釋寶唱等集《經律異相》,《大正藏》第 53 冊。

〔隋〕吉藏《百論疏》,《大正藏》第 42 冊。

〔隋〕吉藏《法華游意》,《大正藏》第 34 冊。

〔隋〕吉藏《法華義疏》,《大正藏》第 34 冊。

〔隋〕吉藏《維摩經義疏》,《大正藏》第 38 冊。

〔隋〕灌頂撰《國清百錄》,《大正藏》第 46 冊。

〔劉宋〕求那跋陀羅譯《過去現在因果經》,《大正藏》第 3 冊。

〔劉宋〕佛馱跋陀羅《勝鬘經》,《大正藏》第 12 冊。

〔劉宋〕佛馱跋陀羅《勝鬘經》,《大正藏》第 12 冊。

〔劉宋〕徐氏撰《三天內解經》,張繼禹主編《中華道藏》第 8 冊,北京:華夏出版社,2004 年。

〔劉宋〕智嚴、寶雲譯《佛說四天王經》,《大正藏》第 15 冊。

〔劉宋〕釋寶雲譯《佛本行經》,《大正藏》第 4 冊,第 89 頁。

〔蕭齊〕曇摩伽陀耶舍譯《無量義經》,《大正藏》第 9 冊。

〔日〕常曉《常曉和尚請來目錄》,《大正藏》第 55 冊。

〔日〕圓仁撰《入唐新求聖教目錄》,《大正藏》第 55 冊。

佚名譯《大方便佛報恩經》,《大正藏》第 3 冊。

敦煌本《持誦金剛經靈驗功德記》,《大正藏》第 85 冊。

敦煌本《持齋念佛懺悔禮文》,《大正藏》第 85 冊。

敦煌本《梁朝傅大士誦金剛經》,《大正藏》第 85 冊。

三、學術專著

〔日〕平野顯照撰,張桐生譯《唐代文學與佛教》,《世界佛學名著譯叢》第 92 冊,臺北:華宇出版社,1986 年。

〔日〕金岡照光《講座敦煌 9:敦煌の文學文獻》,東京:大東出版社,1990 年。

〔日〕荒見泰史《敦煌變文寫本的研究》,北京:中華書局,2010 年。

〔日〕圓仁撰,白化文、李鼎霞、許德楠校注《入唐求法巡禮行記校注》,石家莊:花山文藝出版社,2007 年。

《冉雲華先生八秩華誕壽慶論文集》編輯委員會主編《冉雲華先生八秩華誕壽慶論文集》,臺北:法光出版社,2003 年。

《季羨林全集》編輯出版委員會編《季羨林全集》,北京:外語教學與研究出版社,2010 年。

《陳寅恪先生文集》,臺北:里仁書局,1979 年。

《程千帆先生八十壽辰紀念文集》編委會主編《程千帆先生八十壽辰紀念文集》,南京:江蘇古籍出版社,1992 年。

丁培仁編著《增注新修道藏目錄》,成都:巴蜀書社,2008 年。

王重民《敦煌遺書論文集》,北京:中華書局,1984 年。

中國敦煌吐魯番學會語言文學分會主編《敦煌語言文學研究》,北京:北京大學出版社,1988 年。

方廣錩《疑偽經研究與"文化匯流"》,桂林:廣西師範大學出版社,2018 年。

甘肅省社會科學院文學研究所主編《敦煌學論集》，蘭州：甘肅人民出版社，1985年。

白化文、鄧文寬主編《周紹良先生欣開九秩慶壽文集》，北京：中華書局，1997年。

印順《初期大乘佛教之起源與開展》，北京：中華書局，2011年。

印順《原始佛教聖典之集成》，新竹縣：正聞出版社，2000年。

朱易安、傅璇琮主編《全宋筆記》第二編，鄭州：大象出版社，2006年。

任半塘編著，何劍平、張長彬校理《敦煌歌辭總編》，南京：鳳凰出版社，2014年。

向達《唐代長安與西域文明》，北京：商務印書館，2015年。

李小榮《敦煌變文》，蘭州：甘肅教育出版社，2013年。

邵紅《敦煌石室講經文研究》，《文史叢刊》三十三，臺北：臺灣大學文學院，1970年。

周紹良、白化文、李鼎霞編《敦煌變文集補編》，北京：北京大學出版社，1989年。

周紹良、白化文編《敦煌變文論文錄》，上海：上海古籍出版社，1982年。

周紹良《敦煌變文彙錄》，上海：上海出版公司，1954年。

侯冲《中國佛教儀式研究——以齋供儀式爲中心》，上海：上海古籍出版社，2018年。

姜伯勤等《敦煌文藪》，臺北：新文豐出版公司，1999年。

陳垣《敦煌劫餘錄》，《敦煌叢刊初集》第3冊，臺北：新文豐出版公司，1985年。

孫楷第《俗講、說話與白話小說》，北京：作家出版社，1957年。

黃征、張涌泉《敦煌變文校注》，北京：中華書局，1997年。

許國霖校輯《敦煌雜錄》，上海：上海商務印書館印行，1937年版；後收入黃永武主編《敦煌叢集初編》第10冊，臺北：新文豐出版公司，1985年。

梁麗玲《漢譯佛典動物故事之研究》，臺北：文津出版社，2010年。

逯欽立輯校《先秦漢魏晉南北朝詩》，北京：中華書局，1983年。

張涌泉《敦煌文獻論叢》，上海：上海古籍出版社，2011年。

張鴻勳《敦煌俗文學研究》，蘭州：甘肅教育出版社，2002年。

項楚、鄭阿財主編《新世紀敦煌學論集》，成都：巴蜀書社，2003年。

項楚《敦煌變文選注》（增訂本），北京：中華書局，2006年。

項楚主編《敦煌文學論集》，成都：四川人民出版社，1997年。

傅芸子《正倉院考古記・白川集》，瀋陽：遼寧教育出版社，2000年。

湯用彤《往日雜稿・康復札記》，北京：生活・讀書・新知三聯書店，2011年。

新疆維吾爾自治區文物管理委員會、拜城縣克孜爾千佛洞文物保管所、北京大學考古系編《中國石窟・克孜爾石窟》，北京：文物出版社，1989年。

新疆龜茲石窟研究所主編《克孜爾石窟內容總錄》，烏魯木齊：新疆美術攝影出版社，2000年。

鄭阿財《敦煌孝道文學研究》，臺北：石門圖書公司，1982年。

鄭阿財主編《佛教文獻與文學》，高雄：佛光出版社，2010年。

鄭炳林、鄭阿財主編《港臺敦煌學文庫》，蘭州：甘肅人民出版社，2014年。

鄭振鐸《中國俗文學史》，上海：上海古籍出版社，2012年。

鄭振鐸主編《世界文庫》，石家莊：河北人民出版社，1935年。

鄭爾康編《鄭振鐸全集》，石家莊：花山文藝出版社，1998年。

趙益《六朝隋唐道教文獻研究》，南京：鳳凰出版社，2012年。

樊錦詩、榮新江、林世田主編《敦煌文獻、考古、藝術綜合研究——紀念向達教授誕辰 110 周年國際學術研討會》，北京：中華書局，2011 年。

劉復《敦煌掇瑣》，黃永武主編《敦煌叢刊初集》第 15 册，臺北：新文豐出版公司，1985 年。

潘重規《敦煌變文集新書》，臺北：文津出版社，1994 年。

嚴凌峰《老子章句新編》，香港：文風書局，1944 年。

羅宗濤《敦煌講經變文研究》，臺北：文史哲出版社有限公司，1972 年；收入《中國佛教學術論典》第 104 册，高雄縣大樹鄉：佛光山文教基金會，2001 年。

羅振玉《敦煌零拾》，民國上虞羅氏印本。

羅振玉《羅雪堂先生全集》，臺北：大通書局，1976 年。

四、期刊論文

Jan Jaworski. L'Avalambana-Sūtra de la Terre Pure, *Monumenta Serica*, Volume 1, 1935.（賈沃爾斯基：《净土宗的"盂蘭盆經"》，《華裔學志》1935 年第 1 期）

〔日〕干潟龍祥《本生經類の思想史的研究》，《東洋文庫論叢》，東京：東洋文庫，1954 年。

〔日〕川口久雄《敦煌出土"俗講儀式"略出因緣諸本——我國說話文學》，《東洋研究》1983 年第 68 期。

〔日〕本田義英《盂蘭盆經と净土盂蘭盆經》，《龍谷大學論叢》1927 年總第 276 期。

〔日〕玄幸子《〈須大拏太子變文〉について》，《人文科學研究》1998 年第 95 輯。

〔日〕玄幸子《關於〈須大拏太子變文〉以及〈小小黃（皇）宮養贊〉》，鄭阿財主編《佛教文獻與文學》，高雄：佛光出版社，2011 年。

〔日〕那波利貞《中唐時代俗講僧文淑法師釋疑》,《東洋史研究》1939 年第 4 輯。

〔日〕岩本裕《佛教説話研究》第四卷,日本東京:開明書院,1979 年。

〔日〕金岡照光《再論文溆法師俗講の諸樣相》,《東洋學研究》1969 年第 3 期。

〔日〕金岡照光著、摩夫譯《押座考》,《世界華學季刊》1981 年第 2 卷第 4 期。

〔日〕高田時雄《明治四十三年京都文科大學清國派遣員北京訪書始末》,《敦煌吐魯番研究》第 7 卷,北京:中華書局,2004 年。

〔日〕福井文雅《講經儀式における服具の儀禮的意味》,《日本佛教學會年報》1978 年第 43 期。

〔日〕福井文雅《唐代俗講儀式成立諸問題》,《大正大學研究紀要》(文學部－佛教學部)1968 年第 54 期。

〔日〕福井文雅《麈尾新考・儀禮的象徵の一考察》,《大正大學研究紀要》1971 年第 56 輯。

〔蘇聯〕古列維奇《佛本生變文殘片》,《蘇聯科學院亞洲民族研究所簡報》1965 年第 69 期。

王小盾《敦煌文學與唐代講唱藝術》,《中國社會科學》1994 年第 3 期。

王國維《敦煌發見唐朝通俗詩及通俗小説》,《東方雜志》1920 年第 17 卷第 8 號。

方廣錩《敦煌遺書中的〈法華經〉注疏》,《世界宗教研究》1998 年第 2 期。

朱鳳玉《羽 153V〈妙法蓮華經講經文〉殘卷考論——兼論講經文中因緣譬喻之運用》,《敦煌吐魯番研究》第 13 卷,上海:上海古籍出版社,2013 年。

朱鳳玉《敦煌〈妙法蓮華經講經文〉(普門品) 殘卷新論》,《敦煌寫本研究年報》2013 年第 7 號。

向達《唐代俗講考》，《燕京學報》1934 年第 16 期。

李小榮《敦煌變文作品校錄二種》，《敦煌學輯刊》2002 年第 2 期。

李文潔、林世田《〈佛說如來成道經〉與〈降魔變文〉關係之研究》，《敦煌學輯刊》2005 年第 4 期。

李文潔、林世田《新發現的〈維摩詰經講經文·文殊問疾第二卷〉校錄研究》，《敦煌研究》2007 年第 3 期。

何劍平《〈維摩詰經講經文〉的撰寫年代》，《敦煌研究》2003 年第 4 期。

武曉玲《〈敦煌變文校注·維摩詰經講經文〉商補》，《敦煌研究》2003 年第 3 期。

林聰明《俗講與講經文》，《中華文化學報》1995 年第 2 期。

周紹良《五代俗講僧圓鑒大師》，《佛教文化》創刊號，1989 年。

周紹良《唐代變文及其它》（上），《文史知識》1985 年第 12 期。

段真子《首都博物館藏〈佛說如來八相成道經講經文〉考》，《唐研究》第 22 卷，北京：北京大學出版社，2016 年。

計曉雲《論文本範式不同的講經文——以敦煌本〈佛本行集經講經文〉爲中心》，《敦煌學輯刊》2024 年第 4 期。

徐嘉瑞《敦煌發現佛曲俗文時代之推定》，《文學周報》1925 年第 199 期。

陳洪《敦煌寫本須大拏變文殘卷研究》，《蘇州大學學報》2004 年第 2 期。

陳祚龍《唐代敦煌佛寺講經之真象出處》，《大陸雜志》1993 年第 6 期。

陳開勇《須大拏與悉達——唐代俗講的新傾向及影響》，《敦煌學輯刊》2008 年第 2 期。

孫楷第《唐代俗講之軌範與其本之體裁》，《國學季刊》1937 年第 6 卷第 2 號。

黃喚平《北6204號〈法華經解〉實爲〈妙法蓮華經講經文〉的押座文考辨》,《綿陽師範學院學報》2016年第4期。

張弓《從經導到俗講——中古釋門省業述略》,《中國社會科學院研究生學報》1995年第6期。

張小艷《佛説如來八相成道變文校注》,《中國俗文化研究》第14輯,成都:四川大學出版社,2017年。

張涌泉、計曉雲《敦煌寫本音聲符號與語體提示符號匯釋》,《語言與文化論叢》第6輯,北京:中國社會科學出版社,2022年。

張涌泉、張新朋《敦煌寫卷〈須大拏太子本生因緣〉新校》,《周紹良先生紀念文集》,北京:北京圖書館出版社,2006年。

張涌泉、羅慕君、朱若溪《敦煌藏經洞之謎發覆》,《中國社會科學》2021年第3期。

張涌泉《敦煌本〈父母恩重經〉研究》,《文史》第49輯,北京:中華書局,1999年。

張涌泉《蘇聯所藏押座文及説唱佛經故事五種校勘拾零》,《蘭州大學學報(社會科學版)》,1987年。

張雪松《河西曇曠及其〈大乘起信論〉研究》(上),《中國佛學》2015年總第38期。

張廣達、榮新江《有關西州回鶻的一篇敦煌漢文文獻——S.6651號講經文的歷史學研究》,《北京大學學報(哲學社會科學版)》1989年第2期。

張磊、周思宇《從國圖敦煌本〈維摩詰經〉系列殘卷的綴合還原李盛鐸等人竊取寫卷的真相》,《文獻》2019年第6期。

項楚《〈維摩詰經講經文〉新校》,《四川大學學報(哲學社會科學版)》2005年第4期。

項楚《敦煌語言文學資料的獨特價值》,《中國社會科學》2021年第8期。

鄒清泉《敦煌莫高窟第61窟〈維摩經變〉新識》,《美術學報》

2013 年第 2 期。

楊明璋《從講經儀式到說唱伎藝：論古代的唱釋題目》，《敦煌學》第 31 輯，臺北：樂學書局，2015 年。

趙聲良《莫高窟第 61 窟五臺山圖研究》，《敦煌研究》1993 年第 4 期。

鄭阿財《杏雨書屋藏〈敦煌秘笈〉來源、價值與研究現狀》，《敦煌研究》2013 年第 3 期。

鄭阿財《敦煌講經文是否爲變文之平議》，《敦煌吐魯番研究》第 12 卷，上海：上海古籍出版社，2011 年。

鄭阿財《經典、圖像與文學：敦煌"須大拏本生"叙事圖像與文學的互文研究》，《慶賀饒宗頤先生九十五華誕敦煌學國際學術研討會論文集》，北京：中華書局，2012 年。

鄭振鐸《敦煌的俗文學》，《小說月報》1929 年第 20 卷第 3 號。

榮新江《李盛鐸藏敦煌寫卷的真與偽》，《敦煌學輯刊》1997 年第 2 期。

劉屹《敦煌十卷本〈老子化胡經〉殘卷新探》，《唐研究》第 2 卷，北京：北京大學出版社，1996 年。

劉長東《法照事迹考》，《佛學研究》1998 年第 7 期。

潘重規《敦煌押座文後考》，《華岡文科學報》1982 年第 14 期。

潘重規《敦煌變文新論》，《幼獅學刊》1979 年第 49 卷第 1 期。

蕭文真《〈金剛經講經文〉參照〈金剛經〉注本問題之探究》，《敦煌學》第 27 輯，臺北：樂學書局，2008 年。

謝振發《北朝中原地區〈須大拏本生圖〉初探》，《臺灣大學美術史研究集刊》1999 年第 6 期。

聶志軍、謝名彬《敦煌本〈故圓鑒大師二十四孝押座文〉及相關文書再探》，《文津學志》第 15 輯，北京：國家圖書館出版社，2021。

羅宗濤《敦煌講經變文"古吟上下"探源》，《漢學研究》1986 年第 4 卷第 2 期。

釋大參《敦煌 P. 2133V〈法華經講經文〉之內容和思想》,《敦煌學輯刊》2007 年第 4 期。

釋幻生《談押座文》(一),《菩提樹》總第 322 期,臺中市:菩提樹出版社,1979 年 9 月 8 日。

釋幻生《談押座文》(二),《菩提樹》總第 323 期,臺中市:菩提樹出版社,1979 年 10 月 8 日。

釋幻生《談押座文》(三),《菩提樹》總第 324 期,臺中市:菩提樹出版社,1979 年 11 月 8 日。

五、學位論文

秦龍泉《敦煌〈妙法蓮華經〉漢文寫本研究》,浙江師範大學 2018 年碩士學位論文。

陳琳《敦煌本〈阿彌陀經〉寫本考》,浙江師範大學 2015 年碩士學位論文。

張瑞蘭《敦煌本〈維摩詰經〉异文研究》,浙江師範大學 2013 年碩士學位論文。

羅慕君《敦煌漢文〈金剛經〉整理研究》,浙江大學 2018 年博士學位論文。

附錄

孤本《净土盂蘭盆經》(P.2185號) 校釋

【題解】

法藏 P. 2185 號《净土盂蘭盆經》屬於中土撰述佛典，其存世的唯一孤本保留在敦煌藏經洞，現藏於法國國家圖書館。主要叙述目連造盆救度其母出離餓鬼地獄、十六國國王奉佛教於七月十五日造盆供養現在父母親戚，以及七世父母的故事，旨在奉勸民衆造盂蘭盆奉佛與僧，爲現在、七世父母追福。此外，本經還追溯了目連母墮餓鬼地獄的前世因緣故事，此爲唐五代以來以目連救母故事爲主題的變文、因緣故事的演繹提供了最原始的母體之一。二十世紀三十年代至八十年代，本田義英、賈沃爾斯基（Jan Jaworski）、岩本裕等三位學者都校録過本卷，本田義英對經文進行斷句時，皆以頓號標示，後兩位學者的録文均未斷句，《大正新修大藏經》第八十五卷亦未收録本卷。① 近半個世紀以來，學界前賢及筆者陸續發現唐慧净《盂蘭盆經贊述》（上圖 68 號）、道世《法苑珠林》、智儼《華嚴經内章門等雜孔目章》等共三種佛教著作皆徵引過《净土盂蘭盆經》中部分段落，尤其是《法苑珠林》的部分引文，可彌補底卷脱漏之處。本文以法國圖書館官網公布的 P. 2185 號高清彩色照片爲底本，以《法苑珠林》等三部著作所引本經內容爲參校文獻，并參考學界前賢的校録成果，對本卷重新校録與注釋，旨在爲學界提供

---

① 〔日〕本田義英《盂蘭盆經と净土盂蘭盆經》，《龍谷大學論叢》1927 年總第 276 期，第 1－21 頁；Jan Jaworski: L'Avalambana-Sūtra de la Terre Pure, *Monumenta Serica*, Volume 1, 1935, Pages: 90－107（賈沃爾斯基《净土宗的"盂蘭盆經"》，《華裔學志》1935 年第 1 期，第 90－107 頁）；〔日〕岩本裕《佛教説話研究》1979 年第 4 卷，日本東京：開明書院，第 25－32 頁。

一部更爲完善的整理本。

本篇底卷編號爲P.2185，現藏於法國國家圖書館。卷軸裝，麻紙，有界欄，六紙，共110行，行17字左右，楷書，書寫工整，似爲職業書手所抄。首尾俱全，首尾題皆作"佛説净土盂蘭盆經"。起"如是我聞，一時，佛住舍衛國祇樹給孤獨園重閣講堂"，訖"如是无量大衆，歡喜奉行，如生見佛等无異也"。本卷的題名，共有兩種：其一，伯希和編《巴黎圖書館敦煌寫本書目》著録作"華文，佛説盂蘭盆經"，此或與本經撰述時確實借鑒了《盂蘭盆經》，而經中佛陀號召聽衆爲民衆宣講此經時，又將經名簡稱爲"盂蘭盆經"相關。① 其二，王重民等編《敦煌遺書總目索引》，謝耐和、蘇遠鳴編《法藏敦煌文獻漢文寫本注記目録》，黄永武編《敦煌遺書最新目録》，敦煌研究院編《敦煌遺書總目索引新編》，法國國家圖書館編《法藏敦煌西域文獻》等，都題名"净土盂蘭盆經"。後者爲是，兹從之。

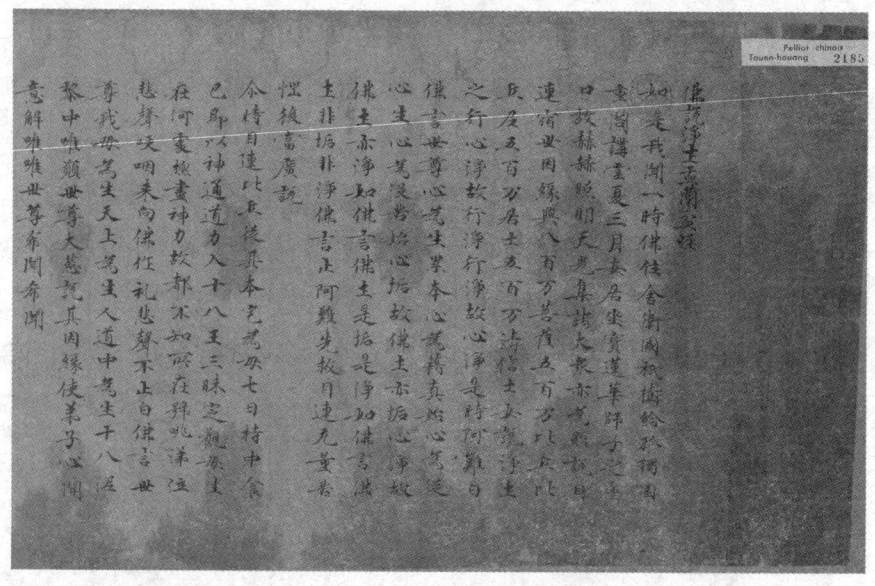

P.2185號《净土盂蘭盆經》圖版（法國國家圖書館官網）

---

① 計曉雲《孤本〈净土盂蘭盆經〉（P.2185號）研究》，《浙江大學學報（人文社會科學版）》2022年第3期，第23頁。

本經雖僅存 P. 2185 號抄本，但值得慶幸的是，其爲完整抄本，慧淨《盂蘭盆經贊述》、道世《法苑珠林》、智儼《華嚴經内章門等雜孔目章》等節引其中個别段落，可供參校。

今據法國國家圖書館官綱彩圖，并參考學界前賢的整理與研究成果，重新校録如下。

佛説净土盂蘭盆經[一]

如是我聞，一時，佛住舍衛國祇樹給孤獨園重閣講堂[二]。夏三月安居[三]，坐寶蓮華師子之座[四]，口放赫赫照明天光，集諸大衆，亦爲顯説目連宿世因緣。與八百万菩薩，五百万比丘、比丘尼，五百万居士，五百万清信士女，説净土之行。心净故行净，行净故心净[五]。是時，阿難白佛言："世尊！心爲生累本，心爲藉真始，心爲從心生，心爲没苦始。心垢故佛土亦垢，心净故佛土亦净[六]。如佛言佛土是垢是净；如佛言佛土非垢非净。"佛言："止，阿難！先救目連无量苦惱（惱）[七]，後當廣説。"

【注釋】

[一] 佛説净土盂蘭盆經：屬於中土撰述佛典，岡部和雄、岩本裕、太史文等學者考證出其成立年代大概在公元七世紀至七世紀中葉，即公元 600 年至 650 年之間，撰者不可考知。

[二] 舍衛國：舍衛，梵名 Śrāvastī，巴利名 Sāvatthī。又音譯作舍婆提國、室羅伐國、尸羅跋提國、舍囉婆悉帝國，意譯名有無物不有、多有、豐德、好道、聞物、聞者等。舍衛本是中印度古王國北憍薩羅國都城之名，爲與南憍薩羅國區别開來，遂以都城名代稱。◎祇樹給孤獨園：梵名 Jetavana-anāthapiṇḍasyārāma。又簡稱作祇樹、祇園、祇園精舍、祇洹精舍、祇陀林、逝多林，意譯爲松林、勝林。祇園在中印度憍薩羅國舍衛城以南，是印度佛教聖地之一。"祇樹"是祇陀太子所屬樹林的略稱；"給孤獨"即須達長

者的別稱,須達長者好布施,皈依佛陀之後,與祇陀太子一起在其園林中爲佛陀建造了一座精舍,故名爲祇樹給孤獨園,佛陀曾多次在此說法,爲古印度最著名的佛教遺迹,其位置相當於現今拉布提河南岸所存塞赫特馬赫特的遺迹。七世紀,玄奘參訪到此地之時,精舍早已荒廢,但他却詳細記録了精舍的建築與規模,詳參《大唐西域記》卷六"室羅伐悉底國":"城南五六里,有逝多林,(唐言勝林。舊曰祇陀,訛也。)是給孤獨園,勝軍王大臣善施爲佛建精舍。昔爲伽藍,今已荒廢。東門左右各建石柱,高七十餘尺,左柱鏤輪相於其端,右柱刻牛形於其上,并無憂王之所建也。室宇傾圮,唯餘故基,獨一甎室巋然獨存。中有佛像。昔者如來昇三十三天爲母説法之後,勝軍王聞出愛王刻檀像佛,乃造此像。善施長者仁而聰敏,積而能散,拯乏濟貧,哀孤恤老,時美其德,號給孤獨焉。聞佛功德,深生尊敬,願建精舍,請佛降臨。世尊命舍利子隨瞻揆焉,唯太子逝多園地爽塏。尋詣太子,具以情告。太子戲言:'金遍乃賣。'善施聞之,心豁如也,即出藏金,隨言布地。有少未滿,太子請留,曰:'佛誠良田,宜植善種。'即於空地建立精舍,世尊即之,告阿難曰:'園地善施所買,林樹逝多所施,二人同心,式崇功業。自今已去,應謂此地爲逝多樹給孤獨園。'"◎重閣講堂:釋迦牟尼説法之地,位於舍衛國祇樹給孤獨園,相傳佛陀夏天常居此講經説法,唐道宣撰《中天竺舍衛國祇洹寺圖經》卷二:"至於夏中,住於重閣,經中所謂重閣講堂,即其處也。"

[三] 夏三月:佛陀爲大衆講説《净土盂蘭盆經》的時間。◎夏三月安居:僧衆修行制度之一,指佛教徒每年夏天有三個月須聚居一處修行的活動,故又名夏安居、雨安居、結夏、坐夏、夏坐、一夏九旬、九旬禁足、坐臘、結制安居、結制。古印度夏季雨期長達三個月,爲了防止僧尼在此期間外出,踩殺蟲類或草樹新芽,招來世人譏諷,因此規定教徒須聚集修行,禁止外出。佛教夏安居

之制,借鑒自古印度婆羅門教。《四分律》《五分律》《摩訶僧祇律》等皆規定了夏安居可選的聚居之處,如《四分律》卷三十七列舉樹下、小屋、山窟、樹空、船上、聚落等地,或依牧牛者、壓油人、斫材人等安居。唐道宣《四分律删繁補闕行事鈔》卷一記載了夏安居的具體時間,以四月十六日爲夏安居第一日,七月十五日爲最後一日,七月十六日爲自恣日。

[四] 寶蓮華師子之座:又稱"寶蓮臺師子座",是天冠菩薩爲供養世尊所化的寶座,天冠菩薩在三昧中化爲縱廣高各十由旬的大寶臺,并以諸種雜色裝飾,蓮臺由四根柱子支撑,上有百千個寶蓮花座以供養諸菩薩衆與聲聞衆,還有專爲世尊所設高七仞之寶蓮花師子座。姚秦鳩摩羅什譯《大樹緊那羅王所問經》卷二:"是時天冠菩薩作是念言:'我今當化作大寶臺,令佛世尊及諸菩薩衆、大聲聞僧安處寶臺,坐於蓮花莊嚴座上,置之右掌,乘空而往至香山中。'天冠菩薩作是念已即入三昧,以三昧力作大寶臺,縱廣高下各十由旬,雜色妙好四方四柱莊嚴差別。時寶臺中出於百千寶蓮花座,復爲世尊敷寶蓮花師子之座,上高七仞。爾時,天冠菩薩化作寶臺及花座已,自言:'世尊!願就寶臺坐師子座,及諸菩薩、聲聞大衆憐愍我故,世尊我今當以如是寶臺置於右掌着香山中。'"

[五] 心净、行净:屬於鳩摩羅什譯《維摩詰所說經》及相關注疏中所言"七净華"之兩種,可參隋吉藏《維摩經義疏》卷五《佛道品》:"布以七净華。上明定滿,今嘆鑒圓。一戒净,二心净,三見净,四度疑净,五道非道净,六行知見净,七斷知見净。……後二净,大小乘异。小乘在修道位,説於行净,以起修道無漏行故。在無學位,説行斷净,以得畢竟斷結行故。依大乘,後二皆是修道。七地已還,説行斷净,以修斷詰行故。八地已上,説修菩提上净也。"心净:又名"定净",指三乘斷諸煩惱心,至無漏心;行净:行,指四行,又名四通行、四道、四斷,指通達四諦

斷除煩惱而趣涅槃的無漏聖道；心净則煩惱諸結斷，煩惱斷則行净，即本經所言之"心净故行净，行净故心净"。

[六] 心垢故佛土亦垢，心净故佛土亦净：可參東晋僧肇《注維摩詰經》卷三《弟子品》："什曰：'以罪爲罪則心自然生垢，心自然生垢則垢能累之，垢能累之則是罪垢衆生。不以罪爲罪此即净心，心净則是衆生净也。'生曰：'引佛語爲證也，心垢者封惑之情也，衆生垢者心既有垢罪必及之也。若能無封則爲净矣，其心既净其罪亦除也。'"按："心净故佛土亦净"的原始文獻，出自姚秦鳩摩羅什譯《維摩詰所説經》卷一《佛國品》"是故寶積！若菩薩欲得净土，當净其心；隨其心净，則佛土净"，或出隋吉藏《觀無量壽經義疏》卷一"自復當更作下第二想，二菩薩前想兩華座，次想二菩薩如文。然此想者令心净，心净即佛土净。佛土者只由心，心垢故佛土垢，心净佛土净"。"心垢故佛土亦垢"，或受鳩摩羅什譯《維摩詰所説經》卷一《弟子品》"如佛所説，心垢故衆生垢，心净故衆生净"的啓發而撰，或由《佛國品》"心净故佛土净"反推而來，或借鑒自吉藏《觀無量壽經義疏》。

[七] 目連無量苦惱（悩）：指下文所述目連母死後墮餓鬼地獄，目連却無法以一己之力將其母從餓鬼地獄救出之事。

尒（爾）時，目連比丘從其本宅，爲母七日持中食已[一]。即以神通道力入十八王三昧定[二]，觀母生在何處，極盡神力，故都不知所在，號咷涕泣[三]，悲聲哽咽，来向佛作礼，悲聲不止，白佛言："世尊，我母爲生天上[四]，爲生人道中，爲生十八泥黎中[五]？唯頋（願）世尊大慈，説其因緣，使弟子心開意解。唯！唯！世尊，希聞！希聞！"

【注釋】

[一] 持中食：指目連一連七日爲亡母持齋，過午不食。持中食，是佛教術語，又作持午，即過午不食。佛教戒律規定了出家人進食的

時間必須在早晨至中午，超過中午而進食者，則謂"非食時"，此舉違反戒律。釋迦牟尼制定此條戒律的因緣，《四分律》《五分律》《摩訶僧祇律》等律典皆載，可參姚秦弗若多羅、鳩摩羅什合譯《十誦律》卷十三："佛在舍衛國。爾時長老迦留陀夷，於夜闇時有小雨墮雷聲電光中，入白衣舍乞食。時是家中有一洗器女人出，於電光中遙見迦留陀夷身黑，見已驚怖身毛皆豎，即大喚言：'鬼來！鬼來！'以怖畏故即便墮胎。迦留陀夷言：'姊妹！我是比丘，非鬼也。乞食故來。'時女人瞋，以惡語、粗語、不淨語、苦語語比丘言：'使汝父死、母死、種姓皆死，使是沙門腹破，禿沙門、斷種人著黑弊衣，何不以利牛舌刀自破汝腹，乃於是夜闇黑雷電中乞食。汝沙門乃作爾許惡，我兒墮死令我身壞。'迦留陀夷於是家起如是過罪故，即便出去。以是事向諸比丘說，諸比丘以是事向佛廣說。佛以是事集比丘僧，知而故問迦留陀夷：'汝實作是事不？'答言：'實作。世尊！'佛以種種因緣訶責：'云何名比丘，非時入白衣家乞食？'佛言：'若比丘非時入白衣家，何但得如是過罪，當復更得過於是罪。從今諸比丘應一食。'"

［二］十八王：主管地獄的十八獄王，由地獄主閻羅王領導。《法苑珠林》卷七："如《問地獄經》及《淨度三昧經》云：'總括地獄有一百三十四界，先述獄主名字處所。閻羅王者，昔爲毗沙國王，經與維陀始生王共戰，兵力不敵，因立誓願爲地獄主。臣佐十八人領百萬之衆，頭有角耳皆悉忿懟，同立誓曰："後當奉助治此罪人。"毗沙王者今閻羅王是；十八大臣者，今諸小王是；百萬之衆，諸阿傍是。'"按：《問地獄經》早已散佚，梁寶唱《經律異相》、梁諸大法師集撰《慈悲道場懺法》、唐道世《法苑珠林》《諸經要集》等，都節引過其中與"十八獄王"相關的經文。今據《慈悲道場懺法》卷四詳列十八王及其主管地獄名目：十八小王掌管十八地獄，其中迦延王掌管泥犁地獄，屈尊王主管刀山地獄，沸壽王典沸沙地獄，沸曲王典沸屎地獄，迦世王典黑耳地獄，嶷

傞王典火車地獄，湯謂王典鑊湯地獄，鐵迦然王典鐵床地獄，惡生王典嶕山地獄，呻吟王典寒冰地獄，毗迦王典剝皮地獄，遙頭王典畜生地獄，提薄王典刀兵地獄，夷大王典鐵磨地獄，悅頭王典灰河地獄，穿骨王典鐵筭地獄，名身王典蛆蟲地獄，觀身王典烊銅地獄。按：目連母死後墮餓鬼地獄，十八地獄中并無餓鬼地獄，故目連遍尋其母而不得。◎三昧：又名"三昧發定"，屬于常見的佛教名數，一般修行多摒除煩惱雜念，保持安靜，心止一處，達到三昧境界，便能取得正智，達到佛之聖境。賈沃爾斯基指出的，十八王可能是後文提及的十八地獄之王，假定它是禪定的一個階段，其中修行者能在此階段以天眼通觀看到十八地獄，可備一說。太史文《中國中世紀的鬼節》謂"十八王三昧定"有疑問。

[三] 號，底本作"㖡"，是"號"字的俗字。本田義英、岩本裕校作"號"，茲從之，賈沃爾斯基誤錄作"唬"。

[四] 天上：天道，與後文"人道"對應。天道是六道（地獄、餓鬼、畜生、阿修羅、人間、天上）之一，屬於三善道（阿修羅、人間、天上），天道可分成欲界、色界、無色界，住在此三界之人稱作"天人"。三國吳支謙譯《弊魔試目連經》卷一："魔所教化長者梵志，使令供養持戒沙門，由此之德皆生天上。生天上已，各心念言：'吾等供養奉法沙門持戒清淨，自獲是福，不由他人，非天所與。'"

[五] 泥黎，底本作"㲻黎"，係"泥黎"的俗書，與下文"已生入十八泥黎餓鬼中"中"泥黎"的寫法相同。泥黎，"地獄"的音譯名之一。◎十八泥黎：指十八地獄，"十八泥黎"的名目較多，可參東漢安世高譯《佛說十八泥黎經》所列，即先就乎、居盧倅略、乘居都、樓、旁卒、草烏卑次、都意難且、不盧都般呼、烏竟都、泥盧都、烏略、烏滿、烏藉、烏呼、須健渠、末頭乾直呼、區逯塗、沉莫。

尒時，釋迦牟尼佛告目連比丘："汝莫大啼泣哽咽，吾須臾間示汝母處[一]，已生入十八泥黎餓鬼中。"[二]目連聞佛語已，轉更悲咽，宛轉于地，不能自起。佛語目連："汝莫大呼啼，但爲作福業爲先。今佛夏三月安居，汝於後月十五日造作盂蘭盆[三]，盛百一物[四]，從楊枝豆末乃至鉢盂錫杖等足百一物也[五]。百一味飲食，從甘果乃至坐草等具百一味，施佛奉僧[六]，即離餓鬼三劫之苦，現身飽滿[七]，即生人道，母子相見。"是時，目連見其母喜勇无量，如恒河沙中求一金沙，我今得之。譬如孝子聞母已死忽然還活[八]，譬如生盲人忽然眼開，如人已死更生。目連歡喜，亦復如是[九]。

【注釋】

[一] 須臾：梵語 muhūrta，巴利語 muhutta，音譯牟呼栗多。尊者世親造、唐玄奘譯《阿毗達磨俱舍論》卷十二《分別世品》："頌曰：百二十刹那，爲怛刹那量。臘縛此六十，此三十須臾。此三十晝夜，三十晝夜月。十二月爲年，於中半減夜。論曰：刹那百二十爲一怛刹那，六十怛刹那爲一臘縛，三十臘縛爲一牟呼栗多，三十牟呼栗多爲一晝夜。"即牟呼栗多代表一晝夜的三十分之一，這相當於今日的四十八分鐘。佛經中"須臾"有時與"刹那"同義，表示極短的時間，此處的"須臾"即指極短的時間。

[二] 泥，底本作"泥"，係"泥"字的俗書，本田義英、岩本裕皆錄作"泥"，兹從錄；賈沃爾斯基誤錄作"尼"。

[三] 後月：夏安居共三個月，七月十五日爲第三個月，故稱"後月"。

[四] 盛，底卷作"𥂁"，係"盛"字的俗寫，本卷"盛"字，多抄作此形，如下文"各各盛滿百一味飲食""五百金鉢盛滿千色華"中"盛"字，皆抄作"𥂁"，可參《佛教難字字典·皿部》："𥂁"爲"盛"字的俗書。

[五] 楊枝：又作"齒木"，梵語 danta-kāṣṭha，巴利語 danta-kaṭṭha 或 danta-poṇa。音譯作禪多捉瑟插、憚哆家瑟詑。是磨齒、刮舌的

木片，屬於比丘十八物之一，用來刷牙齒。唐慧琳《一切經音義》卷五十八："齒木，案梵本云彈多捉瑟搋。彈多，此云齒。捉瑟搋，此云木，謂齒木也，長者十二指，短者六指也，多用竭陀羅木作之，今此多用楊枝，爲無此木。"唐義净《南海寄歸内法傳》卷一"朝嚼齒木"條："每日旦朝須嚼齒木，揩齒、刮舌，務令如法。盥漱清净，方行敬禮。若其不然，受禮、禮他悉皆得罪。其齒木者，梵云憚哆家瑟詫。憚哆，譯之爲齒；家瑟詫即是其木。長十二指，短不減八指，大如小指，一頭緩，須熟嚼，良久净刷牙關。……西國迥無，良爲嚼其齒木。豈容不識齒木名作楊枝？西國柳樹全稀，譯者輒傳斯號，佛齒木樹，實非楊柳，那爛陀寺目自親觀，既不取信於他，聞者亦無勞致惑，撿《涅槃經》梵本云'嚼齒木時矣'。亦有用細柳條，或五或六全嚼口内不解漱除，或有吞汁將爲珍病，求清潔而返穢、冀去疾而招痾。或有斯亦不知，非在論限。然五天法，俗嚼齒木自是恒事，三歲童子咸即教爲，聖教俗流俱通利益。既申臧否，行捨隨心。"◎豆末：澡豆，屬於比丘十八物之一，是一種洗滌身體、衣服等污穢時使用的豆粉。一般由大豆、小豆、摩沙豆、豌豆、迦提婆羅草、梨頻陀子等磨粉而成。佚名譯《沙彌十戒法并威儀》卷一："若取應器及澡瓶，有八事：一者先摩拭令净；二者當兩手捧其下；三者跪取師鉢；四者洗當用皂莢豆末；五者畢令於手中澡；六者有急事當行，宜着日中；七者若向火令其燥；八者畢令復其常處。"

[六] 底本"施佛奉僧"，賈沃爾斯基、岩本裕照録，是，兹從之；本田義英先據底本校作"施佛奉僧"，又括注疑此句當作"奉佛施僧"，不必。按：本卷下文雖有"奉佛施僧"之例，但漢譯佛典或佛教著述中"施佛奉僧""奉僧施佛"，這兩種説法都比較常見。

[七] 飽滿：指吃飽。目連母死後墮入餓鬼地獄，不得飯食，目連七月十五日以盂蘭盆供佛僧以後，其母纔吃到一頓飽飯，脱離餓鬼地獄，現身人間。後漢竺大力、康孟詳譯《修行本起經》卷一《菩

薩降身品》：“自夫人懷妊，天獻衆味，補益精氣，自然飽滿，不復饗王厨。”佚名譯《大方便佛報恩經》卷四《惡友品》：“善友善巧彈箏，其音和雅，悦可衆心。一切大衆皆共供給飲食，乃至充足利師跋道上五百乞兒，皆得飽滿。”

［八］譬，底卷作"䠰"，係"譬"字的俗字，下文"譬如生盲人忽然眼開"中"譬"字，亦抄作此形，《干禄字書·去聲》："䠰，譬，上俗下正。"

［九］學界前賢已經指出本經目連造盆救母的故事的創作，參考過西晉佚名譯本《佛説盂蘭盆經》。

尒時，目連現十八變[一]，坐出烟焰，立出雨水，現化已竟，奉佛聖教告一切大衆，十六國王、王子、百官、比丘、比丘尼、優婆塞、優婆夷，皆奉佛聖教受持，於夏三月十五日各各自爲七世父母、現在宗親營立盂蘭盆，以百一味飲食﹛以﹜安貯盆中[二]，奉佛施僧，僧得受用。其檀越布施功果得福无量，七世父母超過七十二劫生死之罪[三]。

【注釋】

［一］十八變：又名"十八神變""十八種神變"，指佛、菩薩、羅漢等依禪定自在力而示現的十八種神變。共有兩種：（1）彌勒菩薩説、唐玄奘譯《瑜伽師地論》卷三十七《威力品》："云何能變神境智通品類差別，謂十八變。一者振動，二者熾然，三者流布，四者示現，五者轉變，六者往來，七者卷，八者舒，九者衆像入身，十者同類往趣，十一者顯，十二者隱，十三者所作自在，十四者制他神通，十五者能施辯才，十六者能施憶念，十七者能施安樂，十八者放大光明。"（2）唐湛然《止觀輔行傳弘決》依據《妙法蓮華經》卷七《妙莊嚴王本事品》列舉出"十八變"，即"十八變者亦屬身通。一右脅出水，二左脅出火，三左出水，四右出火，身上下出水、火爲四，并前爲八，九履水如地，十履地如水，十一

從空中没而復現地，十二地没而現空中，空中行住坐卧爲四，十七或現大身滿虛空中，十八大復現小"。按：經筆者檢視可知，北傳漢譯佛典中書寫"十八變"的形式共有三種，即全部列舉、僅題名稱、擇列三五種舉例，如元魏慧覺等所譯《賢愚經》卷八《蓋事因緣品》"（辟支佛）三月已竟，身病得差，感其善意，欲使主人獲大利益，踊在空中，坐卧行立，身出水火，或現大身滿虛空中，又復現小入秋毫之裏，如是種種，現十八變"，本經書寫目連口宣佛聖教時，顯現的"十八變"之"坐出炯焰，立出雨水"，即屬於第三類寫法。

[二] 以，疑涉上文"以百一味飲食"而訛，兹據文意擬删，賈沃爾斯基等三人皆據底卷以録，不妥。

[三] 七世父母：可參慧净《盂蘭盆經贊述》卷一："'當爲七世父母'者，酬遠恩也，則七生父母；'現在'者，益近恩也，則親生父母。然親累七世，障覆載之難違，恩及幽衆，顯含育之冈（罔）極，所以目連小志，唯請近親；大聖慈寬，愛及七世也。"宋遇榮《盂蘭盆經疏孝衡鈔》卷二："二廣明遠世二。初七世父母復二：初依外典説。《疏》七世者，外教所宗。人以形質爲本，傳體相續，以父祖已上爲七世，故偏尊於父。《鈔》偏尊於父者，以説此身是父遺體，皆從父姓矣。二依内教説二：初約理正陳，《疏》佛教所宗。人以靈識爲本，四大形質爲靈識所依，世世生生皆有父母生養。此身已去，乃至七生所生父母，爲七世也。二會經文意。《疏》然寄托之處唯在母胎，生來乳哺懷抱，亦多是母，故偏重母，是以經中但云'報乳哺之恩'也。"

尒時，十六國王聞佛世尊説目連生身見母脱三劫餓鬼之罪[一]，生人道中，母子相見，實得未曾有。希有！希有！時摩竭提國瓶沙王即敕藏臣爲吾造盆[二]。臣奉敕即以五百金盆、五百銀盆、五百瑠（琉）璃、五百硨磲（磲）盆、五百碼砡（瑪瑙）盆、五百珊瑚盆、五百虎魄盆，各各盛滿百一味飲食，事事如法。［瓶沙王造］五百金鉢盛滿千色華[三]，五百銀鉢盛［滿千色百木香］[四]，［五百瑠（琉）璃鉢盛滿］千色紫金香[五]，五百硨碟（磲）鉢盛滿千色黄蓮華[六]，五百碼磀（瑪瑙）鉢盛滿千色赤蓮華[七]，五百珊瑚鉢盛滿千色青木香，五百虎魄鉢盛滿千色白蓮華[八]。使七千童子各各擎着王前，王視之如法[九]，即敕主兵臣嚴駕十四万衆[十]，俱到祇洹寺礼（禮）佛奉盆及僧。以七寶盆、鉢俱施與佛及僧，僧受用竟畢[十一]，還駕歸國，七世父母超過七十二劫生死之罪。

【注釋】

[一]十六國王：指漢譯佛典所載常來聽釋迦牟尼説法的古印度十六大國國王，相傳十六國國王以國付弟，來聽佛陀説法而入道，唐不空譯《仁王護國般若波羅蜜多經》卷二《奉持品》："時十六王即捨王位修出家道，具八勝處、十一切處，得伏忍、信忍、無生法忍。"據學界研究可知，古印度十六國的劃分應與歷來有關種族勢力分布的説法密切相關，十六國當時常常被視爲仁義居住之地，姚秦竺佛念譯《出曜經·廣演品》："謂十六者，謂十六大國也，此閻浮境仁義所居，無有出此十六大國，博古覽今，敷演深奧，隨時決斷，永除狐疑，使無猶豫。包識萬機，衆事不惑，衆辯捷疾，學不煩重，暢達妙義，尋究本末，演布無量，尋之難窮，斯出十六大國之中。夫修行人不能施心仰慕妙義者，但當游行歷十六國，威儀禮節，自然修成，不加於師，無有摸則也。"漢譯佛典中"十六國"的異稱頗多，且多屬音譯，如姚秦佛陀耶舍、竺佛念譯《長阿含經》卷五《闍尼沙經》："鴦伽國、摩竭國、迦尸國、居薩羅國、拔祇國、末羅國、支提國、拔沙國、居樓國、般闍羅國、頗漯波國、阿般提國、婆蹉國、蘇羅婆國、乾陀羅國、劍洴沙國，彼十六大國有命終者，佛悉記之，摩竭國人皆是王種王所親任，有命終者，佛不記之。"又如姚秦鳩摩羅什譯《佛説仁王般

若波羅蜜經》卷二《受持品》:"大王!吾今三寶付囑汝等一切諸王:憍薩羅國、舍衛國、摩竭提國、波羅㮈國、迦夷羅衛國、鳩尸那國、鳩睒彌國、鳩留國、罽賓國、彌提國、伽羅乾國、乾陀衛國、沙陀國、僧伽陀國、揵拏掘闍國、波提國,如是一切諸國王等皆應受持般若波羅蜜。"

[二] 瓶,底卷作"瓺",係"瓶"字的俗書。◎紫,底卷作"紫",係"紫"字的异體俗書,底卷"紫"字,多寫作"紫",如下文"五百紫金盆""五百紫金罍"等。◎◎藏臣:又名"主藏臣""主藏臣寶""居士寶",係轉輪聖王七寶之一。可參唐栖復集《法華經玄贊要集》卷十一:"七主藏臣寶者,即是主藏大臣大富長者,能以金寶因陀羅青色寶珠種種諸寶,於一切坑澗深山幽谷不平之處,皆令填滿。不待王敕,寶終不盡,何況金銀等。"東晉瞿曇僧伽提婆譯《增一阿含經》卷四十八《禮三寶品》:"阿難問佛:'大天所得主藏寶者復云何?'佛語阿難:'大天至十五日,月盛滿時,沐浴清净,將諸婇女上北樓上,北向觀,見主藏臣,名阿羅呾吱(秦言財幢),端正姝妙,不長、不短、不肥、不瘦,身黄金色,髮紺青色,眼白黑分明,又能徹視見地中伏藏七寶,有主者爲護之,無主者取供王用,聰明智慧,善有方謀,乘虛而來,徑詣王前,而謂王曰:'自今已往,王快可自樂,勿復憂愁,我當給王寶藏,不令有乏。'王便試藏臣,與之乘船獨共入海。王謂藏臣者言:'吾欲得金銀財寶。'藏臣者白王:'還至岸邊,當給財寶。'王曰:'吾欲得水中寶,不用岸上者。'主藏臣者便從坐起,整衣服,跪右膝,叉手禮水,水中即自然出金頂,大如車轂,須臾滿船。王曰:'可止!勿復上金,船將欲没。'阿難!大天所獲典寶臣如此。"

[三] 瓶沙王造,底卷脱漏,今據唐道世《法苑珠林》卷六十二所引《大盆經》"瓶沙王造五百金鉢盛滿千色華,五百銀鉢盛滿千色百

木香，五百琉璃鉢盛滿千色紫金香，五百璕璖鉢盛滿千色黃蓮華，五百瑪瑙鉢盛滿千色赤蓮華，五百珊瑚鉢盛滿千色青木香，五百琥珀鉢盛滿千色百蓮華"擬補。

[四] 滿千色百木香，底本漏脱，今據《法苑珠林》卷六十二所引《大盆經》"五百銀鉢盛滿千色百木香"擬補。

[五] 五百琉璃鉢盛滿，底本漏脱，按：此段瓶沙王以七寶所造盆鉢的數目與種類等應一一對應，前文既有"五百金盆、五百銀盆、五百瑠（琉）璃、五百硨磲（磲）盆、五百碼磁（瑪瑙）盆、五百珊瑚盆、五百虎魄盆"，那麼，後文脱落的文本應是"五百瑠（琉）璃鉢盛滿"；再者，唐道世《法苑珠林》卷六十二所引《大盆經》此段確有"五百琉璃鉢盛滿千色紫金香"，今據此擬補。

[六] 底卷"磲"字，《法苑珠林》卷六十二所引《大盆經》作"璖"。按：硨磲，佛教五寶或七寶之一，梵語 musāragalva。又名紫色寶、紺色寶、車渠等，音譯作牟沙羅、麻薩羅揭婆、牟娑羅揭婆。唐慧琳《一切經音義》卷十四："硨磲，上音車，下音渠，《廣雅》：'硨磲，石寶也，次於玉也。'"

[七] 底卷"碼磁"，《法苑珠林》卷六十二所引《大盆經》作"瑪瑙"。

[八] 底卷"虎魄"，《法苑珠林》卷六十二所引《大盆經》作"琥珀"。

[九] 底卷"王視之如法"，《法苑珠林》卷六十二所引《大盆經》作"王視如法"。

[十] 底卷"主"字，《法苑珠林》所引《大盆經》中無，賈沃爾斯基等三本皆據底卷錄，是，兹從之。◎主兵臣：簡稱"兵臣"，全稱"主兵臣寶"，是轉輪聖王擁有的七寶之一，負責代王征戰四方。東晉僧伽提婆譯《增一阿含經》卷四十八《禮三寶品》："阿難復問佛：'大天所得典兵將軍者復云何？'佛語阿難：'大天至十五日，月盛滿時，沐浴清净，將諸婇女上南樓上，南向視，見南方有大將軍比毗那（秦言無畏），端正姝好，髮如真珠色，身猶綠色，不長、不短、不肥、不瘦，眼能徹視，知他人心念，軍策變

謀，進退知時，乘虛而來，徑詣王所，謂王曰，願王自恣快樂，莫憂天下，征伐四方，臣自辦之！王欲試之，半夜思惟，欲合四種兵。念訖，四兵盡集。王復念欲使東引。軍即東引，王在中央，將軍在前，四兵圍繞。王念欲往即往，王念欲還即還。阿難！大天所獲典兵將軍寶如此。"宋求那跋陀羅譯《雜阿含經》卷二十七："云何聖王出興於世，有主兵之臣現於世間？謂有主兵臣聰明智辯。譬如世間善思量成就者，聖王所宜，彼則悉從，宜去、宜住、宜出、宜入。聖王四種兵行，道里頓止，不令疲倦，悉知聖王宜所應作，現法後世功德之事，以白聖王。轉輪聖王出興于世，有如是主兵之臣。"

[十一] 底卷"僧受用竟畢"，賈沃爾斯基等三本據底本錄文，是，茲從之；《法苑珠林》卷六十二所引《大盆經》作"僧受用竟"。

　　尒時，祇洹林中須達居士、毗舍佉母[一]、二百優婆夷[二]，即從座起還家。聞佛夏三月十五日至共辨（辦）盂蘭盆[三]，盛百一物，事事如法，百一飲食，味味具足。即以車載舉，盛百一物，至祇洹寺，先以奉佛，後施與僧。二百居士、清信女送盂蘭盆竟，礼（禮）佛而歸，七世父母超過七十二劫生死之罪。

【注釋】

[一] 毗舍佉母：本名毗舍佉，梵文 Viśākhā，又作毗舍佉母、毗舍佉彌伽羅母、彌佉羅母、彌迦羅長者母、鹿子母毗舍佉。唐普光《俱舍論記》卷八《分別世品》："毗舍佉，是二月星名，從星爲名，此云長養，即功德生長也。是彌伽羅長者兒婦，有子名鹿，故名鹿母，從子爲名。生三十二卵，卵出一兒，故《婆沙》一百二十四云'毗舍佉鹿子母'。"唐慧琳《一切經音義》卷七十三："毗舍佉，或云鼻奢佉，此譯云別枝，即是氐宿，以生日所值宿爲名也。案西國多以此爲名也。"姚秦佛陀耶舍、竺佛念譯《四分

律》卷十載，毗舍佉母曾向佛陀發八大願，即供食外來比丘、遠行比丘、病中比丘，給病中比丘施藥，給看護病人施食，給比丘施粥、施雨衣，給比丘、比丘尼施澡浴衣等。

［二］底卷"尒時，祇洹林中須達居士、毗舍佉母、二百優婆夷"，《法苑珠林》卷六十二所引《大盆經》此段作"其次須達居士、毗舍佉母、二百優婆夷、波斯匿王、末利夫人等"，可見道世徵引時，實將此段經文與下段經文的首句——"尒時，波斯匿王、末利夫人"——進行了概括與合并，且此段經文後面的內容，確實節引自下段經文。

［三］底卷"辨"，即"辨"字。本田義英校作"辨"，賈沃爾斯基、岩本裕同，非是；按："辨""辦"古同字，係一字之分化。《說文·刀部》："辨，判也。"《集韻·襉韻》："辦，具也。通作'辨'。"敦煌文獻中"辨"同"辦"常混用。辦：準備、備辦，指須達居士與毗舍佉母等共同籌備、準備盂蘭盆節供奉之物。

尒時，波斯匿王、末利夫人[一]，班宣國内[二]，依目連施盆法脩（修）行。時大王、夫人即敕藏臣爲吾造盂蘭盆[三]。臣奉敕即以五百紫金盆、五百黃金盆盛滿百一味飲食，復以五百紫金罍、五百黃金罍盛滿百一物[四]，事事具足，送至王前，末利夫人見事事如法[五]。時王即以嚴駕，十八万衆共至佛前，奉千金盆、千金罍等竟，敬礼（禮）已，奉辝（辭）而還，言歸本國[六]。七世父母超過七十二劫生死之罪。

【注釋】

［一］末利夫人，《法苑珠林》卷六十八所引《大盆經》作"末利夫人等"。○○末利夫人：本爲婆羅門耶若達的婢女，後來得遇波斯匿王，并被聘爲王妃，姚秦佛陀耶舍、竺佛念共譯《四分律》卷十八載，舍衛城大富長者婆羅門耶若達的婢女，名字叫作黃頭，守護末利園（末羅園）時，經常感慨自己何時纔能免除奴婢的身份。

後來，世尊進城乞食，黃頭以飯食供養世尊，期待能獲得自由。此後，波斯匿王率兵外出游獵，因追逐鹿群而特別困乏，路過末利園時，便進入園中休息。黃頭接待國王，以衣敷座，讓王休息，爲其洗脚、洗面後，又以衣服敷地讓國王休息，并在休息時爲國王按摩解乏。國王見其聰明，侍奉稱心，遂聘爲夫人。因其來自末利園中，故稱作末利夫人，末利夫人生有惡生太子與勝鬘夫人。

［二］班宣：同"頒宣"，公布、宣布之義。唐慧琳撰《一切經音義》卷十七："班宣，上八蠻反，杜注《左傳》云：'班，布也。'又曰：'次也。'賈注《國語》云：'班，位也。'《方言》：'列也。'《說文》：'分瑞玉。'從刀分，班與頒同也。"卷二十五："班宣，補姦反，謂遍布也，《玉篇》亦爲頒字。"西晉竺法護譯《普曜經》卷六《諸天賀佛成道品》："班宣道法時，若復聽聞者；一切諸德本，皆勸助佛道。"竺法護《正法華經》卷六《藥王如來品》："佛語藥王：'一切菩薩，其有不肯受諷行者，不能得至無上正真道最正覺也。所以者何？吾前已説班宣此言，假使有人不樂斯經，則爲違遠於諸如來。'"

［三］底卷"依目連施盆法脩（修）行，時大王、夫人即敕藏臣爲吾造盂蘭盆"，《法苑珠林》卷六十二所引《大盆經》簡括爲"依目連盆法爲吾造盆"。○○目連施盆法：可參西晉佚名譯《盂蘭盆經》目連準備盂蘭盆供佛與僧之事，"佛告目連：'十方衆僧於七月十五日僧自恣時，當爲七世父母及現在父母厄難中者，具飯、百味五果、汲灌盆器、香油錠燭、床敷臥具、盡世甘美以著盆中，供養十方大德衆僧。'"按：此經所載波斯匿王與末利夫人敕令主藏臣所造盂蘭盆及其供奉物的種類與規模遠超《净土盂蘭盆經》所載。

［四］底卷"轝"字，按："轝"同"輿"，《集韻·御韻》："輿，舁車也。或作轝。"

［五］事事如法：指主藏臣所備盂蘭盆及其供奉物，與"目連施盆法"

的要求一致。◎底卷"臣奉敕即以五百紫金盆、五百黄金盆盛滿百一味飲食，復以五百紫金罍、五百黄金罍盛滿百一物，事事具足，送至王前。末利夫人見事事如法"，《法苑珠林》卷六十二所引《大盆經》作"各用五百紫金盆黄金盆，盛滿百一味飲食。後以五百紫金罍、五百黄金罍盛滿百一物，事事具足。遂至王及夫人前，見其如法"。

[六] 底卷"礼（禮）敬已，奉辝（辭）而還，言歸本國"，《法苑珠林》卷六十二所引《大盆經》概括作"敬禮還歸"。

尒時，須達居士聞目連爲母造盆功德，目連生身見母得脱餓鬼三劫之罪，生人道中。須達即爲一切衆生七世父母造盆施僧，八種施中安居施。何等爲八施[一]？一僧得施[二]、二現前施[三]、三界得施[四]、四安居施[五]、五齊限施[六]、六指示施[七]、七給得施[八]、八三世常住僧施，如法施[九]。須達告諸居士，宜應急知八種施僧可施不可施，依佛教无罪。

【注釋】

[一] 本經中"八施"的名目，曾被唐釋智儼集《華嚴經内章門等雜孔目章》卷二徵引，即"又依《净土盆經》：一僧得施，二現前施，三戒德（界得）施，四安居施，五齊限施，六指示施，七給得施，八三世常住僧施。此是三乘正施"。

[二] 僧得施：又名"僧得布施"，共有兩個含義：第一，指檀越指定施捨給此處僧衆，不包括异處僧，可参姚秦弗若多羅、鳩摩羅什譯《十誦律》卷二十八："云何僧得布施？是住處有檀越言：'是衣與是住處僧。'是時夏後月，是住處不受迦絺那衣，白佛：'是衣誰應受？'佛言：'夏後月是住處，雖不受迦絺那衣，諸比丘是中住處住，是衣應屬。'是爲僧得布施。"劉宋佛陀什、竺道生等譯《彌沙塞部和醯五分律》卷二十："僧得施者，施主施僧，僧應知所施物，隨宣處分，是名僧得施。"第二，施捨給十方僧衆，可参

唐愛同録《彌沙塞羯磨本》卷一："僧得施，謂施普通十方凡聖。心既彌廓，福亦弘多。還據本心，四方僧受。"

[三] 現前施：又名"現前僧得施""現前得布施"，指檀越施捨給某處的僧眾，既包括常住僧，也包括現在居住在此處的异處僧。可參姚秦弗若多羅、鳩摩羅什譯《十誦律》卷二十八："云何現前得布施？有檀越言：'是住處與現前僧。'是時夏後月，是住處受迦絺那衣，白佛言：'是衣誰應受？'佛言：'雖夏後月是住處受迦絺那衣，諸比丘是中住處現在，是衣是輩應屬。'是爲現前得布施。"劉宋佛陀什、竺道生等譯《彌沙塞部和醯五分律》卷二十："現前僧得施者，施主對面施僧，是名現前僧得施。"唐愛同録《彌沙塞羯磨本》卷一："現前僧得施，施主對面約境爲定。"

[四] 底卷"界"字，本田義英、賈沃爾斯基照録，是，兹從録；岩本裕誤録作"果"字。按：底卷"界得施"，唐釋智儼集《華嚴經内章門等雜孔目章》卷二所引《净土盆經》作"戒德施"，不確，"戒德"應是"界得"的音誤。○○界得施：又名"界布施"，指檀越指定要施捨給此界内之僧。可參姚秦弗若多羅、鳩摩羅什譯《十誦律》卷二十八："云何名界布施？有一人言：'是衣布施是中住處僧。'夏後月受迦絺那衣，是衣誰應受？佛言：'雖夏後月受迦絺那衣，若比丘入是界内者應受。'是名界得布施。"劉宋佛陀什、竺道生等譯《彌沙塞部和醯五分律》卷二十："界得施者，施主言：'施此界内僧。'是名界得施。"唐愛同録《彌沙塞羯磨本》卷一："一、界得施，謂施主心約界而施，還隨施意與界内僧。"

[五] 安居施：又名"安居僧得施"，施主指明要施捨給某處安居之僧，可參劉宋佛陀什、竺道生等譯《彌沙塞部和醯五分律》卷二十："安居僧得施者，施主言：'施此安居僧'，是名安居僧得施。"唐愛同録《彌沙塞羯磨本》卷一："安居僧得施，無心擬施此安居僧。"

[六] 齊限施：又名"齊得施""限得施""制限布施""制限得布施"，

指檀越布施時，已明確了受施僧衆的範圍，例如，施捨給某僧、某寺僧等。詳參姚秦弗若多羅、鳩摩羅什譯《十誦律》卷二十八："云何制限布施？有一住處有二部比丘僧夏安居，有受法衆、有不受法衆。是衆僧夏安居竟，作如是制限：'此族布施我等受，彼族布施汝等受。此家布施我等受，彼家布施汝等受。是間行處布施我等受，彼間行處布施汝等受。是間聚落布施我等受，彼間聚落布施汝等受。'"劉宋佛陀什、竺道生等譯《彌沙塞部和醯五分律》卷二十："限得施者，施主言：'施如是如是人。'是名限得施。"唐愛同錄《彌沙塞羯磨本》卷一："限得施，謂施主心標，人數定故。律文言，施如是人。"

[七] 指示施：又名"指示得布施"，檀越指定某處僧侶可受此布施，可參姚秦弗若多羅、鳩摩羅什譯《十誦律》卷二十八："云何示得布施？有檀越言：'是衣與耆闍崛山中、若毗婆羅跋首山中、若薩波燒持迦波婆利山中、若薩多般那舊河山中。'白佛：'是衣誰應受？'佛言：'是衣何處示？示處應受。'是爲示得布施。"

[八] 給得施：又名"給得布施"，指每月齋戒布薩法會上，檀越給某寺或某處所施之物。可參姚秦弗若多羅、鳩摩羅什譯《十誦律》卷二十八："云何給得布施？若爲人作布施，爲因緣作布施：月八日、二十三日、十四日、二十九日、十五日、三十日、十六日、月一日，乃至布薩時一錢給某處，是諸物給處與，是爲給得布施。"

[九] 底卷"三世常住僧施，如法施"，唐釋智儼集《華嚴經内章門等雜孔目章》卷二所引《净土盆經》作"三世常住僧施，此是三乘正施"。

尒時，阿難共五百羅漢即從座起，白佛言："世尊，目連比丘母行何業行，生世之時作何罪過，受生餓鬼三劫受罪？目連何因緣故託（托）其家受生果報若此？乃復聖如是，唯願世尊説目連母因緣，一切大衆共同得聞。"

　　尒時，世尊告阿難及五百居士言："一切衆生，行業果報不可思議，汝等諦聽（聽），往昔過去世五百劫時，有佛名曰乏（定）光[一]，出現於世，住羅陁國中[二]。尒時，目連生一婆羅門家，字羅卜，母字清提。其兒羅卜，少好布施，其母大慳，不樂布施。其兒羅卜，出外遠行，囑母言："朝當有多客来覓兒，阿婆當爲客設食恭，須一一使歡喜。"是其母兒行後[三]，多客来，其母都无設食之意。母詐作散飯食菜茹鹽等狼藉在地，似若食處。兒從外来問母言："今朝客來，若爲對之？"母荅（答）言："汝不見設食處所狼藉在地如此。"其母妄論詐稱調兒，大慳无情。其母五百世與目連爲母，慳惜相續，至於今日[四]。目連五百世爲其子，今母死入餓鬼中。目連於初七日送一鉢飯上靈牀（床）上[五]，其母猶在鬼中，即得鉢飯，諸餘餓鬼来從乞飯。其母得鉢飯，即舉身坐鉢飯上，猶故慳惜。若欲廣說其母大慳之事，一劫不盡；略說一慳之事，以示大衆三世果報不可思議。

【注釋】

[一] 乏（定）光：梵名、巴利名皆作 Dipaṃkara，音譯提洹竭、提和竭羅。過去世時，定光佛曾爲釋尊授記，又名普光如來、燈光如來、錠光如來、然燈如來，又名然燈佛、錠光佛，無足曰燈，有足曰錠。龍樹撰，鳩摩羅什譯《大智度論》卷九："如然燈佛生時，一切身邊如燈，故名然燈太子。作佛亦名然燈，舊名錠光佛。"玄應《一切經音義》卷一："錠光，大徑切，又音殿，即然燈佛也。諸經中作提洹羯佛，是梵音。"東晋僧伽提婆譯《增一阿含經》卷十三《地主品》："過去久遠，有王名曰地主，統領此閻浮里地。彼王有臣名曰善明，少小與王周旋，無所畏難。是時，彼王分閻浮地半與彼臣使治。是時，善明小王自造城郭，東西十二由旬，廣七由旬，土地豐熟，人民衆多。爾時，彼城名曰遠照，善明王主第一夫人名曰月光，……未經幾日，身便懷妊。彼夫人

即往白王：'我今有娠。'王聞此語，歡喜踊躍，不能自勝！便敕左右，更施設座具，快樂無比。夫人懷妊日數遂滿，生一男兒。當生之時，閻浮里見晃然金色，顔貌端政，三十二相，身體金色。善明大王見此太子，歡喜踊躍，慶賀無量，便召諸師、婆羅門、道士，躬抱太子，使彼瞻相：'我今以生此子，卿等與吾瞻相，便立名字。'時，諸相師受王教令，各共抱瞻，觀察形貌，咸共白王：'聖王！太子端政無雙，諸根不缺，有三十二相。今此王子當有兩趣。若當在家者，便爲轉輪聖王，七寶具足。所謂七寶者，輪寶、象寶、馬寶、珠寶、玉女寶、居士寶、典兵寶，是爲七。當有千子，勇悍剛強，能却衆敵，於此四海之内，不加刀杖，自然靡伏。若此王子出家學道者，成無上正覺，名德遠布，彌滿世界。生此王子，當此之日，光明遠照，今字王子名曰燈光。'時，諸相師以立名字，各退坐而去。時，王竟日抱此太子，未常離目。時，王爲此王子立三講堂，秋、冬、夏節隨適所宜，宮人婇女充滿宮裏，使吾太子於此游戲。時，王太子年二十九，以信堅固，出家學道；即日出家，即夜成佛。爾時，閻浮里地悉共聞知：'彼王太子出家學道，即日成佛。'父王清旦聞王太子出家學道，即夜成佛。時，父王便作是念：'昨夜吾聞諸天在空皆共稱善，此必善應，非有惡嚮，我今可往而共相見。'時，王將四十億衆，男女圍繞，便詣燈光如來所。到已，頭面禮足，在一面坐；及四十億衆，各共禮足，在一面坐。是時，如來與父王及四十億衆漸説妙論，……是時，地主國王復於餘時，將諸群臣至彼如來所，頭面禮足，在一面坐。是時，燈光如來與彼國王説微妙法，地主大王白如來曰：'唯願世尊盡我形壽受我供養，及比丘僧，當供給衣被、飯食、床卧具、病瘦醫藥，悉當供給。'爾時，燈光如來默然受彼王請。"地主大王即世尊，燈光如來即善名之子。《修行本起經》載佛過去世爲儒童菩薩，從一女子手中買得五莖花，散花供養錠光佛，五莖花在空中變成華蓋，儒童菩薩遂得到未來成佛之記，即佛告儒童："汝却後百劫，當得作佛，名釋迦文（漢言能仁）如來、無所着、至真、等正覺。"

[二] 陁，本田義英據底本校作"陁"，是，兹從之；賈沃爾斯基、岩本裕錄作"陀"，不必。

[三] 是，本田義英斷屬前讀，作"須——使歡喜是，其母兒行後"，不確；"是"字應屬下讀，即"是其母兒行後"，此處"是"字，表示加重或加强肯定的語氣，唐孟郊《惜苦》："可惜大雅旨，意此小團欒。名迴不敢辨，心轉寔是難。"

[四] 按：唐義净撰《盂蘭盆經贊述》時，借鑒了底卷所述目連母墮餓鬼地獄的因緣故事，并對經文進行節略與概括，即"《大經》中説：'定光佛時，目連字羅卜，母字清提。羅卜欲行，囑其母曰："今日客來，娘當具膳。"去後客至，母遂詐爲設食之所。兒還問曰："今日客來，有爲擬備（備擬）?"母曰："汝不見設食處耶？何須問我？"'從爾以來，五百生中，慳惜相續，故曰罪根深結。"

[五] 靈牀（床）：人死後下葬前，停放尸體的床鋪。《後漢書·張奐傳》："措尸靈床，幅巾而已。"唐道世撰《法苑珠林》卷九十五："宋時王文明，宋泰始末，作江安令。妻久病，女於外爲母作粥將熟，變而爲血，棄之更作，亦復如初，如此者再。母尋亡没，其後兒女在靈前哭，忽見其母臥靈床上，貌如平生，諸兒號感奄然而滅。"

尒時，阿難、五百居士聞佛爲目連説盂蘭盆施佛及僧，生身見母在人道中，現世得果報不可説功德。如是頂受、流通，至無量劫。

尒時，未來世菩薩摩訶薩、比丘、比丘尼、優婆塞、優婆夷受持、讀誦、解説《盂蘭盆經》，一切知聞流通宣説化化不絶[一]，至未來世。尒時，復有梵天王、六欲諸天、阿脩（修）羅、天龍八部、鬼神於无量劫受持讀誦解説，如法脩（修）行。如是无量大衆，歡喜奉行，如生見佛等无異也。

佛説浄土盂蘭盆經。

【注釋】

［一］化化：感化外物，《文子·守真》："夫生生者不生，化化者不化，不達此道者，雖知統天地，明照日月，辯解連環，辭潤金石，猶無益於治天下也。"此處指宣説《浄土盂蘭盆經》以教化、感化信衆，例如，隋智顗《菩薩戒義疏》卷二："流通事者，以此戒法流通三世，化化不絶。"P. 3717 號《歷代法寶記》（《師資血脉傳》）卷一"無住禪師"："和上到州，州吏躬迎。至縣，縣令引路。家家懸幡，户户焚香。咸言蒼生有福，道俗滿路。唱言，無相和上去，無住和上來。此即是佛佛授手，化化不絶，燈燈相傳。法眼再朗，法幢建立，大行佛法矣。"